吉田司評論集

「あなたは男でしょ。強く生きなきゃ、ダメなの」

吉田司

草風館

目次

〈まえがき〉ボム・ド・パンからの最初の挨拶

東京都知事の石原慎太郎は、将来の政策の見通しや人生の機微を問われて答えに窮した時、よく「ケ・セラ・セラ」（なるようになるさ）という言葉を使う。以下は、彼の青春期に、雪村いづみが歌った流行歌「ケ・セラ・セラ」からの引用である。

あたしが　お嫁に行く人は
どんな人　お金持ち
それとも　貧乏絵描き
ケ・セラ・セラ
心配せずに
神様の手に　まかせましょ
ケ・セラ・セラ

そしていま慎太郎の四人の子供たちは、長男の伸晃が小泉内閣の行政改革大臣。次男の良純が俳優タレント、三男が銀行員、四男が「画家」（絵描き）なのだ。歌が人生を模写するのか、人生が歌から呪縛されるのか——いずれにしろ、流行歌《はやりうた》は、人生という〝廻《まわ》り舞台〟の道化師のような役割を果たしている。そして、そういう意味でいうと、私の人生に涙と希望を与えてくれた道化師は慎太郎ではなく、弟の裕次郎のほうである。二年前『スター誕生——ひばり・錦之助・裕次郎・渥美清そして新復興期の精神』という本を出版した時、私はその本のなかで、〝誰もが裕次郎のようにカッコ良く、喧嘩の強い男になりたいと思った「あの頃」について、語らずにはいられない想い出がある〟とこう書き記した。

私はまだ中学にあがるかどうかの頃、私の家は貧乏だった。山形の片田舎で小さな雑貨屋をやっていて、毎晩、村《ムラ》の酒飲み百姓たちがドカドカ居間まで上がり込んで酒盛りを始め……、私と姉は、そのムラの男たちが、死ぬほど嫌いだった。叩き出したかった。でも、そんなことをしたら、明日から店の稼ぎはどうなるだろう。すると姉は、卑猥な男たちに向って、いつも小声で大好きな裕次郎の歌を歌い出す。私は、「そんなことしたって、世の中どうにもなるものか」と軽蔑しながら、いつの間にか姉のそばにピタリと寄り添い、声を合わせ精一杯、裕次郎を歌うのだった。

風が吹く吹く……やけに吹きヤがると
風に向《むか》って　進みたくなるのサ
俺は行くぜ　胸が鳴ってる
みんな飛んじゃエ　飛んじゃエ

俺は負けないぜ

（『風速40米《メートル》』）

そう、村《ムラ》なんか飛んでしまえばいいと思った。石原裕次郎の歌は、東北の貧乏な子供たちの、汚れた大人世界（＝村の因習）への抵抗歌《プロテストソング》だったのである。暗く湿った村を潰し、カラッと明るい都市《マチ》に飛び出して行きたかった者の「希望の歌」といってもよかった――。

私がナゼそれほど山形という生まれ故郷の農村風土を嫌悪したのか？　については、本文のなかでおいおい明らかになるだろうが、私の記憶する限り山形にその裕次郎の破壊的「風速40米」の変革の風が吹き荒れたことは一度もなかった。私はいつしか、風は待っていても来やしない、自分がその〈風〉になる以外、生きる道はないんじゃないかと思いこむようになっていった。高校時代は、吹雪のなかを高校に通う時、いつも学校に放火する夢ばっか見ていた。それでも早稲田大学に入って東京に出たとき、心細くて故郷を想い出す。学生寮の固いベッドで、自分が山形でヒーローになる夢物語を描きながら眠ったっけ。ストーリーはいつも決まっていて、故郷の中学校に立てこもって銃を乱射し、教師や友達、警察を次々に殺し、山形県内を大混乱に陥れる夢だった。ただその夢物語の最大の弱点は「それをやったら親が困るだろう」ってことだ。そこだけが夢でも突破できない弱点だった――だから去年「金属バット撲殺」事件の高校生が（世間やマスコミから親が責任追及されるのがしのびないと）母親を撲殺して自転車逃避行の旅に出た時、〝ああ、あいつはオレが夢のなかでさえ突破できなかった地点を粉砕して、跳んだ！〟と思ったぜ。

大学二年の冬休みの頃ではなかったかと思う。私は帰省して山形で一枚のアジビラを書いた。古い封建山形の風土から脱皮しようという、若者への連帯アッピールのようなものだった。中味の文章はもうすっかり忘れてしまったが、タイトルだけはいまもハッキリ憶えている。

《ボム・ド・パンからの最初の挨拶》

というものだった。ボム・ド・パンとは確かフランス語で「松かさ」（松ボックリ）のことだ。「なんでもないもの」または「取るに足らないもの」の意味をもっていた。私はそれをガリ版刷りのビラにして、私のいとこに渡し、山形の繁華街の大通りで通行人にバラまけと命じた。しかし、いとこはビラ配布が恥ずかしくて、デパートの屋上に登り、そのビラを風に託してバラまいて来たと、私に報告したのだった。あの時、風に乗って飛んでいった「ボム・ド・パン」はどこで誰の手に拾われて読まれたろうか。一枚も読まれることなく、木の枝や電線や家々の屋根の上で朽ち果てたか、路上の雨や泥にまみれてゴミとなったか――私は人生の折々、よくその「松かさ」のことを想い出す。私はいま、この本の第2章売れっ子有名人「殺人事件」に見られるような、権威や神話を破壊する「人斬り吉田」の異名をもつノンフィクションライターになっているが、結局私がやってきたことは、〈ボム・ド・パンからの第二の挨拶〉〈第三の挨拶〉……のビラを書き続けてきただけだったような気がする。

自分を取り囲んで窒息させる不合理や差別、不条理を破壊し、ぶっ飛ばしたいという想いにせきたてられて、生きてきた。「ケ・セラ・セラ」（なるようになる）ではなく、自分がなんとかしなくてはという精神だった気がする。何人もの女と愛し合い別れたが、そのオレが棄てた女、オレが棄てられた女だって、誰もが別れ際には凛として、気高くこう言い放つのだった。「あなたは男でしょ。強く生きなきゃ、ダメなの……」と。流行歌（はやりうた）のような別ればっかりだった。

いまバブル崩壊＝デフレ不況の暗い世相のなかで、若者の間で「明日があるさ」という坂本九のリバイバルソングが流行っている。聞きようによっては、〝明日になれば、なんとかなるさ〟というケ・セラ・セラ精神の復活のように思える。しかし坂本九の歌が流行ったのは、高度成長のとば口で世の中の動きにまかせて生きればそれで高賃金のサラリーマン生活が手に入った時代である。いまは違う。自力で明日を切り開く以外にない。求められているのは慎太郎（※現在六九歳）のようなケ・セラ・セラの年寄り精神でなく、裕次郎のような「嵐を呼ぶ男」に自らなってゆこうとする、若々しい、荒ぶる魂である。あの「風速40米」の歌をもう一度……この本はそのために出版された一冊なのだ。

第1章
「あなたは男でしょ。強く生きなきゃ、ダメなの」と言われて……

その1　ブタ箱での目覚め

わたしの人生の回心は二四歳の時、反戦デモで逮捕され、警察の地下留置場に二三日間入れられていたときに起きた。わたしは子供のころから、両足不自由だった父親を心の中で軽蔑《けいべつ》して育ったが、その時そこで、わたしは自分の中にもその〝親父《おやじ》の血〟が脈々と流れていることを知ったからだ。そのことを語ろう――。

無力な父親　わたしの家は、山形大学近くの〝ムラのような町〟の片隅で、「一銭店《いっせんみせ》」と呼ばれる貧しい雑貨屋を営んでいたが、夜になると、決まって酔っ払ったムラの農民たちがドカドカとお茶の間まであがり込み、飲めや歌えの卑猥《ひわい》な宴会踊りをするのだった。母に抱きつき、夜の街に誘う彼らの野卑なふるまい。それを見て見ぬふり、前髪をクルクルと指で巻き上げながら、万年コタツの中でじっと眼をつぶっている〝無力な父親〟が許せなかったのだ。貧乏は嫌だ、と思った。そう、身障者の家庭からまで快楽の種を貪《むさぼ》りとろうとするこの山形の封建的風土から一刻も早く逃げ出すことが、子供のころのわたしの悲願だったといってよい。

だから早稲田に入りキャンパスで追い求めたのは、ひたすら反山形的なもの、反封建的で新奇な都会の風俗、つまりは反農民的モダニズムであった。いまは芥川賞作家に大成した青野聰らと『深夜同盟暴力委員会』なるアナーキーな文学サークルを結成し、一種のフリーセックスのような〝乱交パーティ〟を開催し〈性の解放〉を宣言したのも、その延長線上だったのだろう。乱交志願の女性がひとりも現れぬというマヌケな結末だったが、週刊誌の〝潜入ルポ〟にスッパ抜かれ「早稲田に深夜同盟あり」の虚名のみを残した。山形では、週刊誌を見た母と姉がビックリ仰天、腰をぬかしたという。

遊びの果て　農民的勤勉・勤労主義にも反発した。世の中の〝ためにならない〟遊び人で生きてやれと思った。学園ストライキや新左翼の学生運動でゲバ棒を握ったのも、その〝遊び〟のつもりだった。いまわたしの頭には二五針以上の縫い傷があるが、その三分の二は、右翼や機動隊とのゲバ棒闘争で叩《たた》き割られた傷で、少々〝痛い遊び〟ではあった。そしてその遊びの果てで出会ったのが、まだ無名だったドキュメンタリー映画監督の小川紳介である。

小川と共に「小川プロ」を結成し、成田空港反対！の三里塚農民の記録映画作りを始めたが、途中でわたしは挫折し、転落した。わたしには、小川が描く〝おおらかで思慮深い〟、戦う農民像が嘘八百に思えて仕方がなかったからだ。小川の実家は岐阜の大地主で、小川の農民映画にみなぎるそ〜した手放しの〝小農民賛歌〟は、いわばその大地主の孫としての贖罪意識から発していることは明白だった。

小川の映画は、現実をリアルに描くというよりは、むしろ〝農民へのラブレター〟だった。わたしにとって、あの野卑な農民の暗黒世界に向かってラブレターを書くなんてことがど〜して出来たろうか。わたしは挫折し取り残され、小川は七〇年代日本記録映画のトップ＝時代の寵児《ちょうじ》へとのし上がっていった。

温かな血潮　挫折した時が、二四歳だった。冬の一一月の国際反戦デーの過激派デモに参加して逮捕され、警察の留置場の中で二三日間、わたしは完全黙秘のままずっと考え続けた。自分はこれからどう生きていったらよいのかと――フト気がつくと、わたしは眼を閉じ自分の前髪をクルクルと指で巻き上げながら、思索しているのだった。そう、その仕草は、あの山形の夜の一銭店でわたしの父親がやったのと同じ仕草だった！　わたしはその時、あの農民たちの卑猥な踊りの前で親父がじっとなにを考えていたか、生きることのどんな哀しみを凝視していたのか、やっとわかったような気がした。自分の中に〝身障者〟の親父の温かな血潮がどっと流れ込んでくるのを感じた。

そうだ、わたしは、農民の足の裏をなめて生きた身障者の息子なのだと思った。わたしがやるべきことは、農民一揆の革命幻想に同伴することではない。むしろ逆にムラの最下層＝下《げ》の下の下下《げげ》の身障者の知恵を借り、日本中に巣食う、その暗黒で封建的で抑圧的な「ムラと農民の思想」（＝日本的共同体の宿痾）と戦わねばならないと――その留置場での回心をわたしは一人ひそかに〈一銭店の思想〉と呼び、それから半年後、チッソ水俣病の海辺の村へと旅立った。水俣病差別とは結局、水銀中毒症の身心障害者に対する無惨な〈村八分〉だったからだ。

水俣病患者を「伝染《うつ》る奇病」と恐れ日本的共同体（村や町）から追放した〈村八分〉＝その人間を社会の汚れたバイ菌扱いにする思想は、七〇年代の反公害闘争、八〇年代の環境保護運動の中で根絶できたろうか？　トンデモナイ。学校社会の中の集団〝いじめ〟に見られるように、社会の隅々まで拡大している。

しかも昔の村八分が、被害者を共同体の暗闇に追い込み全員で〈監視〉したのに対し、いまの学校いじめは、〝臭い〟〝汚い〟「この世のゴミ」と呼び、クラスの外に追放して徹底的に〈無視《シカト》〉する。存在しないかのごとき〈無意味〉として放置する。そのために、いじめられ排除される被害生徒は、殴られ蹴られるパシリ役でも手をかけられた分だけ愛情ある交流だと思い込むのである。〈監視〉から〈無視〉へ……、昔よりもっと残酷でサディスティックな共同体精神が育ちつつあるのだ。

掟に縛られ　こ～した人間を汚物や異物として排除する「無菌社会」（＝清潔ファシズム）はどこから起きたかというと、反公害や消費者運動の〈汚染〉絶滅の思想と、コンピュータ半導体産業やロボット工場のハイテク科学技術との合体から起きてきた。半導体は雑菌の汚れが混入すると商品がすべてパーになる超微小技術の〈清潔〉〈無菌〉工場で作られるからだ。半導体技術で世界一の大金持ちにのし上がった八〇年代の日本人は、その市民社会のあり方までが〈清潔〉〈無菌〉というコンピュータの〈掟《おきて》〉に縛られることとなったのである。

そしていまやその掟に触れる〝汚れ〟の領域は、学校のゴミからエイズ患者やO-157患者に至るまで好き勝手に解釈され、本人もなんの理由かわからぬまま突然に汚物＝異物扱いされ集団〈無視〉の地獄に追い込まれる事例が跡を絶たない。ニュータウン全体から〈無視〉されていたあの酒鬼薔薇聖斗の事件は、こうした「抗菌社会」のあり方の典型だった。つまり日本的共同体の古びた掟〈村八分〉の伝統は、新しいコンピュータ産業社会の掟と結びつくことによって、変質・強化されたのである。

情報の肥大　だから最近、作家の村上龍が、快楽殺人の狂気を描いた『イン　ザ・ミソスープ』の本の中で、「共同体の〝癒《いや》しのシステム〟は機能を停止して久しく……、どれだけ小説を書いても、日本的な共同体の崩壊という現実には追いつかない」などと述べているが、そんなトンチンカンはない。日本的共同体は、崩壊などしていない。「無菌」工場のほかにも、コンピュータ電子社会のさまざまな機能（例えば「情報」）を借りて、復活または変質・肥大化しているのだ――現在の日本が、阪神・淡路大震災やオウム真理教、酒鬼薔薇事件などマスコミの集中報道や情報過多によって誘導される、一個の巨大な〈情報共同体〉に変貌しつつあることは明らかではないのか。そしてその情報の肥大化があの「昭和天皇Xデー」の二四時間連続報道から始まったことでよくわかるように、この情報共同体は常に〈日本単一民族〉共同体への指向・転化を内包しているのである――即ち、「無菌」共同体はいじめを助長し、「情報」共同体は民族を促進する。

だからわたしなどがいま最大に懸念することは、その「無菌」と「情報」が合体し、日本人が「無菌民族」（＝清潔ファッショ）指向をさらに深めることだ。それが深化すれば、戦前軍国ファッショが「現人神《あらひとがみ》」という〈聖なるもの〉を偽造したように、わたしたちの清潔ファッショも〈聖なるもの〉の国民的偽造へと突っ走りかねないからだ。

聖者ブーム　その兆候はすでにある――宮澤賢治の聖者ブームである。わたしは最近『宮澤賢治殺人事件』という本を書き、賢治文学は侵略戦争の血みどろに関与しない、戦前唯一の日本人の〈聖なるもの〉と信じられているが、それは歴史の偽造であることを指摘した。彼の童話は、満州建国の「理想」とされ、特攻隊員の「死出の美学」としてもてはやされた。一個の立派な戦争協力文学であった。

そう、いま日本は、アジアの経済破綻＝通貨危機を奇貨として、アジア通貨会議（＝円ブロック）の結成に走ろうとしている。大東亜〈経済〉共栄圏復活へのシナリオといっていい。そうしたまた再びの〝満州〟の幻と、現在の賢治の聖者ブームとが結びつき、もし〝大アジアの精神〟とでもて囃《はや》されることがあれば、わたしたちの戦後反戦の五〇年はマッタクのお笑い草となろう。情報共同体の〈聖なるもの〉の偽造を阻止することは、日本人の戦後責任をかけた戦いなのだ。

（97・11・18、19）

その2「やくざ踊り」の日々

人間はどのような人生の数々の「事件」に遭遇し、悩み学び、そして一人前の大人に成長してゆくのか？　少年時代の夢、光と影を描いたフェデリコ・フェリーニ監督の自伝的映画「アマルコルド」は、突然町に降りつもった記録的な大雪の朝から始まる。続いて、町をさまよい男たちから弄ばれる知能障害の大女サラギーナへの〝性の目覚め〟。「サラギーナ、ルンバ！」と少年が叫ぶと、女は砂浜で大きなお尻と乳房をゆすってセクシーなダンスを踊り出す。雪と女が、少年フェリーニにとっての「事件」だった――。

その伝に従えば、私のアマルコルドは山形県の片田舎、学問の神さま菅原道真を祭った天満神社のたもとにあった。

昭和二〇年の敗戦ベビー世代で、神社参道の入口で学用品や駄菓子を売る小さな「一銭店」で育った。親父は両足の立たない身体障害者だったから、小学校の私はよくいじめられ、一人ぼっちで神社の裏の河原や人糞肥料のぷんぷんする田圃道をさまよい歩いた。春の小川のほとりで泣きつかれて眠ってしまったりした。時々、神社の床下の暗がりにもぐり込んだ。というのもその床下は、私ら子供が中学生のガキ大将に集められ、集団でオナニー（自慰）を教えられたなつかしい〝秘密の隠れ家〟だったからだ。

そう、神社は表向きは学問信仰の聖域だったが、その裏はいつも淫靡なエロスが花盛りの庭であった。四月のお祭りの日が近づくと、青年団が境内に篝火をたいて深夜遅くまで〈やくざ踊り〉の猛練習をする。「赤城の山も今宵限り……」と国定忠治が日本刀をかざすあの名場面だが、もっぱら境内から聞えてくるのは、若い男女がエロチックな戯れにあげる嬌声や歓声の方だった。いまも鮮やかに思い出すのは、やくざ踊りの祭礼の夜、丸太作りの舞台の上で旅廻りの女剣劇のおばさん役者がパッと着物の裾をめくり、太股からお尻を丸出しにして見せたストリップ芝居だ。胸がドキドキした。夜目にも白い、そのぷりぷりとした肉感的な股ぐらにずりしてみたいと、なかなか寝つけなかった。きっとあの夜が、私にとっての「サラギーナ、ルンバ!」だったのだろう。

しかし祭りが終ると最悪だった。その神社エロスのはけ口が、力の弱い身障者家庭の一銭店に向けられたからだ。神社の寄り合い酒で酔っ払った農民が店からどかどか上がり込んで、毎晩卑猥な歌や踊りを繰り返す。私の母に抱きついては、夜の街に遊びに行こうと手練手管をつくして誘うのだった。私はその農民たちが死ぬほど嫌いだった。清らかな母が汚される、と思った。叩き出したかった。しかしそれをしたら、明日からの店の稼ぎはどうなるだろう。貧乏は嫌だ。こんな封建農民の町は燃え上がればいい、と思い続けた。暗い六〇ワットの裸電球の下で踊っていた農民のひび割れた泥足と、あの黄色い歯ぐきは忘れようにも忘れられない。

こうした〈やくざ踊りの時代〉がもつ意味については、松永伍一が『日本農民詩史』の中で、「戦地から復員してきた男たちと、これから村を背負う若い男たちとの『再生の祝宴』」が頽廃したもので、「神を拝まない人間の祭り」だと指摘した。日本中の農漁村でやくざ踊りが大流行し、都市の労働者との労農提携の意欲がそがれたため、左翼勢力の戦後革命が失敗したという説があるほどで、なにも私のアマルコルド・天満神社だけの現象ではなかったのである。つまりあの時私は、農民エロスの中で天皇制打倒！　の左翼革命が挫折してゆく「事件」の現場を目撃していたことになる。

そしてまたそのやくざ踊りの時代の子供たちが大学生になった時に起きたのが、あの大学解体！　の全共闘運動である。私と同じように封建農村への憎悪をもつ子供が全国から集まって、封建的大学打ちこわしのお祭りを始めたわけだ。だから「東大闘争」というあの高度成長期の大事件も、その真相はこの時の無数のアマルコルド的「事件」の総決算だったとも言えるのである。

（00・1）

その3　てんでカッコ良く死にてえな——ノンフィクション評判記

戦後最大の時代劇スター・萬屋錦之介が逝って三カ月がすぎた。いま深夜の二時、私は書斎の机の上で『萬屋錦之介——芸道六十年回顧写真集』（東京新聞出版局）を一人そっと開いてみる。〝東映城の若殿〟と呼ばれた錦之介の代表作は、内田吐夢監督の『宮本武蔵』五部作に決まっているが、これは一年一作のペースを守り、劇中の武蔵の成長と現実の錦之介の成長が同時進行してゆく「世界映画史上初めての〝教養映画〟」（島野功緒）だった。つまり錦之介の時代劇のワンシーンワンシーンは、私たち戦後生まれの世代にとっては単なるチャンバラ映画の領域を越え、自分自身の成長史の哀歓の一コマ一コマに濃密につながっている。

古いアルバムを開き、同級生の女の子に恋心を抱いていた頃をなつかしむように、女房も寝しずまった深夜、こっそりと錦之介の写真集を見入るのはこのためである——例えば子供の頃、私の家は貧乏で、父親が身体障害者だったから、父親に夜の町に連れて行ってもらったことがない。たった一度、どーゆうわけか、父を車イスに乗せて一家総出で夜の町の映画館に出かけたことがあった。それが、中村錦之介（当時）主演の『風雲児・織田信長』（昭和三四年）だった。そう、親父は七九歳で死んだが、生涯にたった一度、親父と一緒に映画館で見た映画、それが錦之介である。

また早稲田大学の二年生の時、学費値上げ反対のストライキ闘争があった。私たちは文学部のバリケードのなかで、闘争上映会を開き、上映したのがヤッパリ錦之介の『真田風雲録』（福田善之原作・加藤泰監督）だった。〝六〇年安保闘争を総括した映画〟と呼ばれ、政府・自民党と機動隊の圧倒的な〈徳川家康軍〉に向かって、新左翼の〈真田十勇士〉が絶望的な戦いを挑んで全滅してゆくという内容だった。

織田信長の　歌いけり
人生わずか五十年
夢幻の如くなり
かどうだか知っちゃいないけど、

やりてぇことをやりてぇな
てんでカッコ良く死にてぇな
人生わずか五十年
てんでカッコ良く死にてぇな

という風雲録のテーマソングが、早大闘争の流行歌になった。
錦之介は実人生の上でも〝反逆のスター〟だった。昭和四〇年東映俳優クラブ組合の委員長となって、東映を頂点とする五社体制と戦い、最後には孤立無援、たった一人で東映城を追われてゆく。昭和四三年、自主製作映画『祇園祭』で再起。翌四四年には、『祇園祭』の錦之介プロ、『黒部の太陽』の石原裕次郎プロ、『風林火山』の三船敏郎プロの三つの〈独立プロ〉がキネマ旬報で鼎談し、〝五社体制の終焉《しゅうえん》〟を宣言した。裕次郎は、この年を「革命の年だ」とまで言い切っている。しかし革命は来たらず、この後日本映画は衰退の一途をたどってゆく……。

かくの如く、この錦之介の写真集を見開いてゆくと、私たち戦後人生の一コマ一コマが鮮やかに浮かび上がり、時がたつのを忘れる。私たちがかつて抱いた理想とは何だったか。その挫折はどこから始まったか——さまざまなことを考えさせる一冊だ。

ところで、あの頃の〈徳川家康軍〉の警察機動隊を〈花の機動隊〉とたたえ、機動隊賛歌を作ったのが『月光仮面』の原作者として名高い川内康範だが、その川内が最近『生涯助っ人』(集英社)という回顧録を出した。コノヤローッと読んでみると、意外やこれがすごく面白い。佐藤栄作など歴代総理との交友関係を語る〝自慢話〟や〝大東亜戦争肯定論〟などの部分は願い下げだが、それ以外は全部面白い。

特に、貧しいお寺の家に生まれて流浪の旅に出て、少年炭鉱労働者となり、上京して浅草や玉ノ井で〝売血〟しながら作家への夢を育《はぐく》んでゆく前半部と、最後尾の「今こそ不戦の決意を持て!」のアジテーションが鮮烈である。湾岸戦争以後、「国際貢献病」におちいったPKO派遺の日本の現状を憂え、かつてのあの敗戦の日の私たちの理想「不戦」の誓いを今もなお断固として守りぬこうと呼びかけている。〝最後の無頼派〟川内康範の熱情が凝縮されている。

（97・5・27）

第2章
売れっ子有名人「殺人事件」

◆さらば、ニッポン！　◆松田聖子

ビートたけしに続いて、八〇年代が生んだ最強の、最後のダーティー・ヒーロー（ヒロイン）の物語がいまようやく沈んだという気がする。思い返してみよう、私たち日本人にとって松田聖子とは一体なんであったかを――。

豊かだった八〇年代ニッポンは、男女雇用機会均等法も施行され、若い女性の男女「平等」幻想や「女の自立」願望が大爆発した。これまでの男性優位社会の「飲む・打つ・買う」の世界に復讐するかのように、街や職場に若い娘たちの略奪愛やら不倫やらの過剰な欲望があふれ出た。キャピキャピギャルとボディコン娘とおやじギャルの時代といわれた。

そうした「女の欲望」全面展開のシンボル・スターとなったのが、松田聖子だった。郷ひろみから神田正輝に乗り換え、沙也加を出産し、ブティックを経営し、歌手稼業も捨てないという、まさに八面六臂《ぴ》の大活躍で、「ママドル」の尊称を獲得した……。しかし、九〇年代バブル崩壊の時代閉塞感の中で、その聖子の「女の欲望」全面展開＝過剰な「女の自立」主義は次第に行き場を失い、孤立し、むしろ時代の冷笑や嫌悪を買うものへと暗転していった。

聖子バッシングが始まったのは、平成元年二月二四日・昭和天皇のお葬式「大喪の礼」の日に、フライデー報道された一枚のスキャンダル写真〈マッチとのニューヨーク不倫密会〉（二月二四日号）からだ。

〈淫乱ママドル・あきれはてた奔放〉〈絶対に妻にしたくないタレント第一位〉

などの非難記事が続出した。聖子がジェフ君を囲い込む頃には、過激スポーツ紙の東スポなどは、「ホント聖子の外人狂いには困ったもの。いっそのこと、聖子、ニューヨークに永住でもしたらいかが⁉︎」との記事を載せた。

それはもう聖子を同じ日本人として日本国に置いておきたくないといった態《てい》の「在日・日本人」の扱いであり、ダーティ聖子への嫌悪感は、聖子を日本的共同体の外に追放したいという地点にまでふくれ上がっていたのである――そう、今回の聖子の離婚＝アメリカ移住計画は（聖子自身の夢であると同時に）、この図式の完成であり、〈聖子追放〉の側面を併せ持つことも忘れてはならない。

ただし一度「男女平等」の時代を体験した女たちも、そう簡単にはその幻想を手放さない。むしろダーティ聖子の物語を男性優位社会につきつける刃として、若い娘たちの多くが「聖子の生き方」にひそやかな支持を与え続けた。その〈隠れ聖子教〉の人々によって、彼女は歌手としての凋落《ちょうらく》をまぬがれ、悪役人気のダーティ・ヒーローとしてよみがえったのだった。

いまや聖子支持の日本人は、男にも女にも多数存在する。不況と汚職と官僚支配、中身は相変わらずの「男尊女卑」の封建ニッポン！　そうした時代閉塞に風穴《かざあな》をあけるかのように連射される聖子の〝大胆不敵なセックス・スキャンダル〟は、人々にブラックな爽快感を感じさせたからだ。

今度の聖子離婚の報に接して、人々が口々に、「離婚したら、ただの女《ひと》」「仮面夫婦を続けるべきだった。なにか新しい日本人の家族形態がそこから生まれてくるのでは、という期待があった」などと、まるでスキャンダルをもっと続けてほしいかのような意見を述べているのは、このためである。

ただし、この夫婦、少しも新しいことなどやってない。男の「飲む・打つ・買う」を逆転させただけだ。聖子が亭主役、正輝が〝耐える妻〟の役を引き受けて、男と女の一種の倒錯劇を演じてみせただけの話である。それを承知で、私たちは自分が大胆不敵になれないことの代償や言いわけや照れ隠しのために、聖子の不敵なスキャンダルを必要としたのだった。

でも、もう「変わらなきゃ」。聖子の欲望の物語を支持するのではなく、自分が略奪愛であれ不倫であれ、「女の欲望」に正直に生きなければ。

聖子の物語は、終わったのだ。

ナニ、聖子は「打つ」バクチはやってないだって？ それは、これから、やる。ある女性週刊誌によれば、聖子が「米国永住権を取って、アメリカで成功するためには、米国人と再婚するのが一番いい」という。もしそれが本当の話なら、聖子の離婚→出国はまさに肉体《からだ》を賭けたバクチだろう。

それは、あの八〇年代ニッポンに観光ビザで流入し、日本人男性と〝偽装結婚〟して永住権を得て、キャバレーやソープランドで、肉体を賭けて〈ジャパニーズ・ドリーム〉を追い求めたアジアの出稼ぎ女性たちの姿にちょっと似ていて、迫力十分！ そうさ、いまグズグズと、「変わろう」として「変われない」でいるこの閉塞ニッポンの中で、ただ一人聖子だけが 眦《まなじり》 をけっして、夫も家族もなげうって、〈アメリカン・ドリーム〉の世界に旅立ってゆくのだ。

間もなく、狭隘《きょうあい》な日本共同体に対する、聖子の肉体《からだ》を張《は》った、海の向こうからの反撃が始まるだろう。伸《の》るか反《そ》るかの大バクチ、新たな聖子ストーリーの予感がする。

（97・4）

◆かあちゃん、かあちゃんと泣いた男◆北野　武

この男、最近はビートたけしというよりは、北野武監督という方がより本質的かもしれない。映画『HANA-BI』でベネチア映画祭グランプリを受賞し、『菊次郎の夏』はカンヌ映画祭の会場で嵐のような歓声と拍手につつまれたという。大島渚監督の最新作『御法度』にも、新撰組の土方歳三役で出演して、圧倒的存在感を示した。これまで漫才やテレビ芸、辛口エッセイなど多彩な分野で能力を発揮しているたけしだが、以前評論家の吉本隆明が〝映画に最もかれの才能を感じる〟と予言したことが、いま大輪の花を開かせたのだろう。でも、チョット不思議ではないか。だってたけしは、あの『マルサの女』などを撮って、自殺した伊丹十三監督のように、父親が名監督だったわけではない。東京足立区の貧乏なペンキ屋職人のせがれで、非芸術的な環境に育った。しかも処女作『その男、凶暴につき』以来、たけしの作る映画はどれもヤクザチックで、反社会的な暴力映画ばかりだった。そもそもかれにとって、映画とは一体なんなのだろう——というわけで、今回の「スターたちのしられざる光と影」は、ビートたけしの心の中に隠されたその暴力的風土と、それを育んだ父と母と子の断ち難い〝血の絆〟の物語にスポットを当てていこう。

去年（一九九九年）の八月二六日のスポーツ各紙は、「最愛の母さきさんとの最後の別れ、たけし号泣！」とか、「かあちゃん……、かあちゃん……、がんばっていい仕事して、いい子だといわれるように

なりたい」とたけしが子供のように泣き崩れたとか、母親・北野さき（享年九五歳）の告別式のありさまを一斉に伝えたが、それからも垣間見られるように、たけしは〝稀代のマザコン〟なのである。どうしてそうなっちゃったかを、たけし自身の口から語らせよう。

「ばあさんは義太夫語りで……、旦那が十人ぐらいいる。その子供が（俺の）おやじで、ほとんどヤクザで、うちには帰ってこないし、博打でつかまっちゃうわ、ほかには女はいるわ、めちゃくちゃだよ。気が弱いものだから、うちに帰れば暴れるでしょ。……劣性の生き物ってあるんだよ」（『月刊Ａｓａｈｉ』）

自分の父親を「劣性の生き物」と言い捨てている。父親の名は菊次郎といい、ペンキ屋をやる前は、テキ屋の露天商などにも手を染めていたようだが、生来無口で、「酒を飲まないとなにもいえない」。飲むと、人格が一変した。

「おやじは一升ビンかなんかで酒飲みながら、おふくろをけっとばしたりして……。おやじはいつも殴ってたんだよね、おふくろのこと。婆さんまでけっとばしたりなんかして。おやじの実の母をだよ。……八十いくつの婆さんをだぜ。ムチャクチャなんだから、もう、地獄なんだ、俺んち」（『たけしくん、ハイ！』）

当然、四人の子供たち（茂、安子、大、たけし）は、みんな母親さきの側につく。ところが、この母親さきがまたすごかった。

「『とにかく勉強しろ。勉強して勉強して貧乏から脱け出すんだ……』口を酸っぱくしていったもんですよ。私は教育の鬼だったかもしれないねぇ」（『ここに母あり』）

つまり「劣性の生き物」に対して子供たちだけは「優性の生き物」に育て上げようとしたのだが……、

「（勉強を）やらなかったら大変よ。殴る蹴るでさ。もう、パンチの雨なんだもの、うちのおふくろ。…

…鬼のようだったね。本当に、鬼子母神のようだったよ。恐かったなぁ、あれ」

かくして劣性の世界も殴る蹴る、優性の世界も殴る蹴るの、逃げ場のない暴力家庭だったのである。貧しさの中で、父も母も「殴る」という形をとってしか〝家庭への愛〟や〝子供への愛〟を表現できない、そういう東京下町の「反語的」精神風土でたけしは育ったということだ——。そう、いまかれの言葉は常に市民社会を嘲笑う悪口やにくまれ口であるのに、その奥になにか憎めない人の良さややさしさを感じ、人々が「まぁ、たけしなら仕方ないか」と許してしまうのは、きっとかれのその辛口のひとつひとつがそうした反語的精神から発せられているからなのだろう。

環境に培われた〝演技〟の才

たけしの小中学時代は、「勉強しろ」というさきの優性教育に四六時中見張られて、「何をやるにしても、おふくろとの対決だった」という。「おふくろをだますか、見つかって怒られるかのどっちかだった。おふくろをだまして家を出ちゃえば、こっちのもんだ。……あとは野となれ山となれ」だと。そこで私は、かれに会った時、こう話した覚えがある。

吉田　いまならさしずめ母親からビデオカメラで監視されるって話だ。そうすると、カメラに向かって〝演じるたけし〟ってのが出てくるよね。

たけし　うん、やっぱり、ごまかしのね。

吉田　そうするとさ、あなたは子供の頃から必死で〝人をあざむく演技〟ばかりやってたんだ。

つまりたけしは、自分の姿がいま母親や他人の眼にどう写っているかをすばやく計算し、自分を外界に向かってさまざまに演出していく能力（＝演技と演出）をここから手に入れたのだ。必死であればあるほど、それは超能力化し、たけしの内部世界は鋭く二重人格的に分裂してゆく。〝演じるたけし〟と

〝演出するたけし〟の誕生である。

　そしてこの二重人格的な精神の複雑骨折は、のちにかれが舞台の漫才師、テレビの芸人、映画の監督へと大成してゆく上で大きな影響力を発揮した。例えば漫才コンビ『ツービート』の時代、たけしはいつもイライラと相棒のビートきよしの無能ぶりを非難した。「オレはテメエの才能だけでやってきた。……何で十年も苦労したかっていうと、相棒が悪かったからで」(『週刊大衆』)と。私も一度ビートきよしに会ったことがあるが、そんな無能なわけではない。要は、あの時代、売れっ子になったたけしがファンの眼を意識する余りますます鋭敏に「演技と演出」の二重人格化が進み、たけしが二人出来ちゃって、眼の前の三人目のビートきよしが邪魔でわずらわしくて仕様がない。きよしははじき出されたのである。――あの有名なツービートの〝一人漫才〟たけしが速射砲のようにしゃべりまくり、きよしが「よしなさいって！」と合いの手を入れるだけの漫才は、そんなふうにして生まれたのである。

　ところで、かれはまたなんで漫才芸人の道なんかを選んだのだろう？　実は、これにもその母親さきの絶大なる影がさしている。なぜなら一九六五年にたけしは明治大学工学部に入学するが、大学こそ「勉強して貧乏から脱け出せ」というさきの優性教育が完成する場である。

　そのプレッシャーにさすがのマザコンたけしも耐えかねて、「あとは野となれ山となれ」式に明大から逃亡する。

　新宿ジャズ喫茶のボーイなどをしながら、フーテンまがいの暮らしを始めた。「バイバイ・ママ」宣言をしたといっていい。

　時代もかれに味方した。その頃は新左翼や全共闘のスチューデント・パワーが花開き、ベトナム反戦や新宿騒乱で火炎ビンが飛ぶ〝騒乱文化〟の世の中で、ドロップ・アウトやヒッピーの群れが都会の中にあふれていた。若者世代はあげて『とめてくれるな、おっ母さん』（東大五月祭スローガン）のバイバイ・ママの時代だった。

だからたけしは、その時代風潮に乗ってようやくさきの引力圏の外に脱出してゆくのである。バイバイされたさきは語っている、「二二歳のとき家を出て、テレビに出るようになるまでの約一〇年間、どこにいるのかもわかりませんでした。……私はその一〇年間、いつも食事のときは、たけしの茶碗にごはんをよそって陰膳《かげぜん》をしていました」（『女性セブン』）

たけしはどこまで逃げたのかというと、それが〝大衆芸能のメッカ〟浅草だった。

「浅草フランス座エレベーターボーイ。これが浅草に来てのとりあえずのオイラの肩書きだった。コメディアン志望のエレベーターボーイだ」（『浅草キッド』）

このフランス座のストリップ劇場で、タップの名人の深見千三郎に弟子入りして「芸人への道」を開き、やがてビートきよしに出会って漫才コンビの『ツービート』を結成するのだが、なぜ芸人志望だったのかはこうである。

「なにが嫌いったって、お刺身と芸事が大っ嫌いなんです、私は。……お笑い芸人なんて、浮き草の、あてもない生き方をしてどうするってもんですよ」（『ここに母あり』）

だから今度は、さきが最も嫌悪し、近寄りたくない「芸人」の浮き草暮らしをたけしは選択したのだ。浮き草暮らしの原型はもちろん、旦那を一〇人も持ったという、あの自由奔放な「娘義太夫語り」の婆さまだろう。父親菊次郎を通して、その婆さまの血のざわめきはたけしの中まで流れ込んでいる。

吉田　どうしても親父の世界に惹かれてゆくんだね。

たけし　それは、血だね。酒を飲むのも……。

吉田　スケベなのも？

たけし　スケベなのもね。

そう、長い間さきの「優性」教育に抑えつけられてきた、たけしの心の中の「劣性の生き物」が牙をむき、ようやくその姿を世の中に現わしたというわけだ。たけしの反撃がはじまった——。

生い立ちへの回帰と今後……

というわけで、八〇年代ニッポンを席巻したあの〝たけし人気〟とは、単なるMANZAIブームの到来ではなかった。たけしは、さきという「鬼子母神」的教育ママから逃げのびた「教育難民」のチャンピオンみたいな男だったから、文部省管理教育や教育ママや受験戦争に苦しむ若者にとって、かれの「婆ぁ、早く死ね！」の毒舌は神の救いの声に聞えたのだった。〈たけし教〉の若者たちが全国の津々浦々にひろがっていった。つまりたけしのテレビ芸がすごいというよりは、たけしの受けた教育の傷がすごかったのである。だから、去年さきが死んだ時、かれは正直にこうふりかえっている。「オイラとしても最後までおふくろから逃げ通しの人生だったけど、いま思うと、おふくろを切り離そうとあがいたのが、結果的には良かったんだと思うよね。あのまま、おふくろのいいなりになって、大学へ行っても、どうってことない人生だったんじゃねェかって思うもの」（『週刊ポスト』）

そう、そしてそのおふくろを切り離そうとあがいてたどりついた先が、「劣性」の父親像だった。父親こそが、たけし情念の根拠地となったのである。だからかれ、すなわち北野武監督が映画の中で今も執拗に描き続けているのは、その一点だけなのだ。

例えば、処女作『その男、凶暴につき』（八九年）と『ソナチネ』（九三年）と『HANA-BI』（九七年）の三つの作品を並べてみる。すると、これらは、狂暴な刑事と凶暴なヤクザがかわりばんこに物語の主人公となり、周囲の人間を殴りまくり、虫ケラのように殺しまくる同工異曲の作品であることがわかる。刑事役をやろうとヤクザ役をやろうと、それを演じるたけしの人物像はたったひとつ、変わらない。ほとんど台詞をしゃべらず、突如殴りつける「劣性の生き物」の姿だ。菊次郎の幻《まぼろし》だ。最新作『菊次郎の夏』ではとうとう父親の実名をタイトルに使い、「この作品は父親菊次郎へのオマージュである」と宣言して、自分の映画情念の正体を明らかにしてしまった。それはきっとかれの心の中で、父と母の葛藤の物語が一応完結したことを暗示しているのだろう。いまかれは次回作『BROTHER』のロサンゼルス・ロケを終え、これは「自分の作品でも、一番のヒット作となる」と語っているが、もう同工異曲ではない、まったく新しいたけしワールドが出現するかもしれない。期待しよう。

（00・3）

◆「二流」で行こう、モーニング娘。◆つんく

さあこれから、〝髪がツンツンしてる〟から「つんく」だというチョットおふざけなあの男の物語をはじめよう。「シャ乱Q」のボーカルで「シングルベッド」「ズルい女」の二大ヒットをとばし、いまは「モーニング娘。」のプロデューサーとして若者人気ナンバーワンとなったロックミュージシャンつんくの〝心の物語〟だ。

だが、その前に少しばかり時間をくれ。いまの日本の若者と子供たちの哀しくつらい現実について語らせてくれ。それはそのまま、なぜ今つんくと「モーニング娘。」のあのワァワァキャーキャーけたたましい歌と踊りが〝受けているのか?〟を逆証明するような話だからだ。

最近ひとつの葬列が私たちの目の前を通りすぎた。いわずと知れた五月一六日の小渕恵三前首相のお葬式。これと前後し、政府・自民党は、前首相の誕生日だった六月二五日を総選挙の投票日とし、〝弔い選挙〟による勝ちパターンをめざしている。露骨な〝物いわぬ死〟の政治的利用だが、それを可能ならしめているのは〈死〉あるいは死の儀礼というものが、この国のなかでふるう隠然とした力なのである。

原発や環境問題にしても、死者が出なければ何も動かない。死者が出れば、解決するかどうかは別にして、事態は動き出し立法化への一歩を踏み出す。

またたとえば、リストラされた中高年サラリーマンは、鉄道自殺で、ローン地獄をはじめとする人

生のすべてを清算し、なおかつ肉親・友人の涙をさそい、彼の人生は〝浄化〟されて終わる。

大人社会において＜死＞が、そうした力をもつからこそ、八〇～九〇年代の学校で〝いじめ〟に苦しむ子供たちは次々と「自殺への道」を選んだのである。自分の「小さな死」でも世の中は大きく動くだろうという幻想が、彼らをつき動かしていた。

しかし教育荒廃は変わらなかった。子供らの＜自殺幻想＞は崩れ、九七年神戸で一四歳の少年による「酒鬼薔薇《さかきばら》」殺人事件が発生する。日本中が震撼し、あれ一発で世の中は＜子供を恐れよ＞という時代に変化した。こうして＜自殺＞から＜他殺＞によって世の中を動かせるという幻想が、子供や若者の精神世界に浸透していった——五月のゴールデンウィークに「バスジャック」殺人事件をおこした一七歳の少年は、「みんなを殺して、自分も死ぬつもりだった」と語ったという。＜自殺＞＜他殺＞、死によって世の中が変わるという幻想、ここには八〇～九〇年代の子供たちの精神荒廃と悪戦苦闘の到達点がある。

平気の平左・屁のカッパ。不思議に楽しい＜生の踊り＞それが「モーニング娘。」

とまぁそんなふうに、まるで死に神が力を得て＜死の踊り＞を踊っているかのような閉塞《へいそく》不況のニッポンで、たった一つ、そんなことは平気の平左・屁《へ》のカッパ、はちきれんばかりの若さで現在《いま》生きていることの嬉《うれ》しさを大声で歌い上げ、いわば「サタデー・ナイト・フィーバー」のディスコ踊りと日本のど田舎の「盆踊り」をかけ合わせたような、不思議に楽しい＜生の踊り＞を繰り広げている娘たちの集団がいる。それが、「モーニング娘。」である。

日本の未来は（Ｗｏｗ×４）
世界がうらやむ（Ｙｅａｈ×４）

恋をしようじゃないか！（Ｗｏｗ×４）
……モーニング娘。も（Ｗｏｗ×４）
あんたもあたしも（Ｙｅａｈ×４）
みんなも社長さんも（Ｗｏｗ×４）
Dance! Dancin'all of the night
（「ＬＯＶＥマシーン」）

俗に〈モー娘〉と呼ばれる彼女らは、人気上昇中の後藤真希（一五）を含めメンバー現在一一人。もともとは九七年『シャ乱Q女性ロックヴォーカリストオーディション』に落選した安倍なつみ（一九）や飯田圭織（一九）などの〝負け組 五人組〟からスタートしたのだが、九九年にメガヒットしたその「ＬＯＶＥマシーン」では〝社長さんになれない〟三〇代サラリーマンたちがカラオケで愛唱するほどの大衆的支持を獲得した。

「歌も踊りもルックスもいまいち」（街の二〇代女性の声）の負け組娘がヒット曲を出すために、恥も外聞もなく懸命に歌い踊る姿は、「第二の敗戦」で負け組となった経済大国ニッポンの、再び立ち上がらねばならない〈復興期の精神〉にピタリと合致したのである。

モー娘のプロデューサーであり、娘たちのファミリーのドンである「つんく」（三二）は、こう語る。

「あの子たち見た時に、『でもなあ、おまえの苦労話聞かされてもなあ』って気がしたんですよ。あんなはつらつとした体なのに、恋しくて悲しくて、切なくてって……。なんか『もっと無責任でいいよな、この子たち』って思ったんですよ。『おまえたち世代が悩んでたら、おれらはどうしたらいいんだ』『もうパーッと行けよ、七人も八人もいてさ』って。実際おれ自身がそんな（元気な）歌を聞きたくってしかたがなかった」

だからね、とつんくは〝視線で相手を射止め落とす〟あのチャーミングな眼玉《めだま》をクリクリさせた。

「このリストラブームといわれている世の中に、七人も八人も同じ茶碗で飯食ってるわけじゃないですか。こいつら、すごいなって。中小企業ですからね、一種の。立派なベンチャー企業(笑い)。そいつらが、『社長、帰りにパーッといきましょうよ』と言ってると、『明日、取り立て屋が来るけど、よし、行っちゃうか』って思うんですよ。何も考えず、明日のこと、どうでもよくて、ワァキャー、ワァキャーあいつらが騒いで、ごはん食べてるの見てると、ちょっとオレ感動すんですよ。酒も進みますよね。それが、いまの時代のこいつらの役目じゃないかって気がしたんですよ」

そう、つんくミュージックが日本の音楽界の最先端をつっ走っている秘密がここにある。九〇年代の音楽は若者の孤独な心を癒《いや》す、内向的な〝癒しのミュージック〟が主流だった。しかしいまや、孤独でつらいのは若者だけではない。大人社会も明日が見えなくてつらいのだ。もっと力強い、明日への不安をふきとばすような爆発的エネルギーをもつ＜芸能の力＞が要求されていた。

たとえば、古代ギリシアの「バッカス(酒の神)の狂宴」のようなもの、日本の伝統でいえば「盆踊り」の夜の大騒ぎのようなもの。つんくとモー娘の歌声は、その世界に一歩足を踏み入れている。これまでの音楽常識を破砕しているのだ。

辛口の〝ロック評論家〟として名高いロッキング・オン社長のあの渋谷陽一でさえ、つんく音楽には前向きで、ポジティブなものを感じるとエールを送る。

「モーニング娘。大きく評価はしないけど、面白いですね。決して否定はしません。キャバレーのマネージャーが若い娘集めて、騒いで歌ってお客をパーッと楽しませている。そういう音楽オルガナイザーがいてもいいじゃないですか。頑張って欲しいと思います」と。

普通のやつらはロック外。必死にロックを学ばないとロックになれない。僕もそう

つんくは一九六八年生まれ、大阪近郊の小さな商店街で育った。タコ焼きやホルモン焼きの店が並ぶ通りの乾物屋（魚の干物売り）、そこの三人兄弟の長男坊だった。「貧乏でしたよ。まあ、あのへんはそれが普通でしたけど」

彼はその「普通」が嫌いだった。その「普通」から脱《ぬ》け出したかった。幼なじみは「歌がうまくて、話はまるで漫才。町の人気者だった」と彼の少年時代を語るが、つんくの方は町の友達にはどっぷり浸らないようにしていたと言う。

「早く東京に行きたいと小さいときから思ってたから、あまり打ち解けると、町から出られなくなっちゃうじゃないですか」というのだった。

「そりゃぼくは、ひょうきんな道化タイプだったけど、家のなかはいつもピリピリしてましたから。じいちゃんが厳しくてピシッとしてたから。その下に親父《おやじ》、おふくろがいて、順番がちゃんとある。あまりふざけていると、じいちゃんが怒って、飯食ってるテーブルをガーンとひっくり返しちゃう。そういう（家父長制的な）家のなかの空気を読まないと家じゅうが暗くなるってのは、子供の頃からすごく感じていましたね」

彼はそうした、本当は暗くてブルーな自分の心、繊細で過敏で傷つきやすい虚弱な精神を他人の眼から隠すため、より一層チャラチャラした軽薄な道化の衣装を身にまとって青春時代をすごした。

「近畿大学のキャンパスを、パステル系の服にチェックのパンツというヘンな格好の彼が闊歩《かっぽ》する。〝90Ｓコットンクラブ〟というイベントサークルの〝会長〟として、ディスコや合コンで活躍していたのだ」（ＶＩＥＷＳ　九七年六月号）

八八年大阪のアマチュアバンド「シャッターズ」「乱」「ＱＰ」が合体して「シャ乱Ｑ」が発進する。

つんくは先頭に立ち大阪城公園のなかで〝ゲリラライブ〟を敢行し、道行く女子中学生たちに「プロになりてぇ～」と大声で叫んでいた。ド派手なファッションで正統派ロックを打倒する、「大道芸ロック」の誕生だった。

そして九一年一二月ようやくNHKのバンド選手権「BSヤングバトル」に出場して優勝し、プロとなった「シャ乱Q」をマスコミはこう評価して迎えた。

「つんくの存在は、日本のミュージックシーンに大きな爆弾を投げつけた。今までに、あれだけ激しく土着なドハデさで売ったミュージシャンはいなかった。服装からして、シャネラーでキンキラキン。トークはH話オンリー」(JUNON 九六年六月号)

もちろん、彼の本質はそこにない。

「あれは、ぼくにとって一種のバリアなんです。『あいつ、どうせチャラチャラしてて、きっと勉強も嫌いだったろうし、なるようになったんじゃない、あれ』と思ってくれている方が楽なんです。『敵じゃないよ、あいつは』って……」

彼の本質的なテーマは〈普通からの脱出〉だった。家がそこそこ貧乏の普通だったばかりではない。学校の成績もクラスで一〇〜二〇番、どうあがいてもトップクラスにはなれない。スポーツの陸上部でも三種競技の〝合わせ技《わざ》〟だとかなりいけたが、一種目ずつ一〇〇メートルオンリーとなると絶対に勝てなかった。

一流の天才にはなれない。そこそこの二流つまり「普通」であることを運命づけられた人間が、その運命《さだめ》とどう闘うか——その問いが、彼のロック精神を鍛え上げたのである。

「ロックとは、今あるカテゴリーを崩壊させることだとぼくは認識している。そうすると、一つの時代を切り崩す人たち、一流や天才はみな生まれながらロック魂をもっている。でも、そこそこ食えてる普通のやつらには、それがない。ロック外なんです。僕も、そう。そういう生まれもってロックじゃないやつらは、自分で必死にロックを学ばないとロックになれないんです」

こうして彼は、その一流の芸能天才たちのロック魂の研究すなわち、物真似に没頭してゆく。ビートたけし、郷ひろみ、チェッカーズ、長渕剛……、特に明石家さんまのトーク芸は録音して毎日歩きながら物真似した。こうしてやがて姿を現してきた〝つんくミュージック〟の精華が、九四年のシャ乱Q「シングルベッド」と翌年の「ズルい女」だった。

　Ｂye-Ｂyeありがとうさようなら
　愛《いと》しい恋人よ
あんたちょっといい女だったよ……
（「ズルい女」）

そしてそのつんくミュージックは、九〇年代に突如として現れた、「七〇年代正統派歌謡曲の復活」だとか「物真似のようであって、そのオリジナルが定かでない不思議」な音楽だとか評された。しかしそれはつんくにとっては歌謡曲では決してなく、丹精こめたロックミュージックなのだった。

「結局ぼくの歌は、俗に大衆と呼ばれている人たちがどうしたら〝普通〟から脱け出せるか、その精神をわかりやすく商品化しているんです」

〝癒し〟ではなく〝鼓舞〟する。二流娘や負け組と組んで、七、八人の〝合わせ技〟で勝つ

∧普通からの脱出∨をめざしたつんくミュージックの異質性《いしつせい》を際立たせるために、チョットここでこれまでのＪポップの音楽常識を簡単に点描してみよう。

音楽が若者を中心にメガヒットするようになったのは、八〇年代の家庭崩壊、教育荒廃のなかで、親も先生も信頼できず、「行くべき道」を見失った多くの若者に、音楽だけが、共に悩み、共に苦しむことの勇気や愛や、孤独でいることの意味を教え続けたからだ。

そのなかから、「カネやモノのためでなく、夢のため愛のため」に歌うという〝反逆の歌手〟尾崎豊

が現れ、最初の「癒しの教祖」＝「音楽英雄《ヒーロー》」となった。

更に安室奈美恵は、茶髪、ヘソ出しルックの「コギャルの教祖」として一世を風靡《ふうび》し、一〇代少女の危うい心理を〝援交《エンコー》応援歌〟とも思える甲高い声で歌い上げた。そのメロディーは、大人社会の頽廃的快楽には自分たちも快楽主義でこたえるという〝反抗のメッセージ〟を含んでいたため、軒並みヒットしたのである。

しかし九〇年代後半、時代の流れはその〝反逆〟や〝反抗〟にもホトホト疲れ、〝普通〟であることの安らぎを求め始めた。そうして登場してきたのが、GLAYである。GLAYは函館出身。

「自分は、生まれ育った故郷と、そこでの家族や友人をとても大切に思ってます。もう一度生まれ変わったとしても、またそこで暮らしたい」（ボーカルのTERU）と語るような、〝ふるさと回帰型〟のビジュアル系ロックバンドだ。

真面目で礼儀正しく、「ライブの後は反省会を欠かさず、キチンと掃除して帰る」ような普通の高校生バンドが、東京に出て、トップアーティストの地位を築いた。去年のGLAYコンサートには、なんと二〇万人もの人たちが足を運んでいる。

つんくは、そのGLAYの対極にいる。小さい時から故郷の町と友達から離れることを夢みていた。だから彼は、GLAYのようにふるさとを歌わない。〝普通〟に回帰しようとはしない。

彼の歌は、ふるさとを離れる者をはげます歌だ。〝癒し〟ではなく、弱き者力及ばざる者を〝鼓舞〟する歌だ。だから、どうしても一流の美女になれない二流娘や負け組とファミリーを組んで、戦うのだ。二流だって七人、八人の〝合わせ技〟があれば、一人の天才に勝てるじゃないかと。

東京の街の声を拾って歩くとそれがよくわかる。

「オーディションに応募したら私だってモー娘ぐらいにはなれそうって感じはある。でもモー娘じゃ、なれてもなりたくないよ（笑い）」（二一歳・女子大生）、「自分より明らかにバカっぽかったりすると、なんか優越感があって、逆に誰でもノリノリで歌っちゃうでしょ。モー娘人気ってそれに近い」（二〇代・ＯＬ）

そしてたいていの女性が最後にこんなことを付け加えるのだ。「つんくさんがそばにいて、ああやって色々めんどう見てもらえるのは、うらやましい」

ふりかえってみれば彼は、『ＡＳＡＹＡＮ』などのオーディションではいつも美女を捨て、個性あるド田舎娘を選び出している。それは結局、それら二流の娘たちのなかに若き日の自分の分身を見いだしているからなのだろう。

彼はいまモー娘や太陽とシスコムーン（改めＴ＆Ｃボンバー）、ココナッツ娘などのいくつもの女性グループを集めた「つんくファミリー」のドン（首領）の位置にある。家父長である。むかしの大阪の家のじいちゃんのようなものだ。だから、ドンを見上げるファミリーの娘たちの心理が、かつての子供時代の自分を、見るように手に取るようにわかるのだ。

一歩でも引いたら負けだからね。倒れるなら前のめりだ

四月のある夜、東京・広尾の撮影スタジオでの彼との二時間あまりのインタヴューを終え、表通りの明るいイルミネーションのなかを歩いた。ちょっと小粋《こいき》なショットバーで一杯やりながら、これから日本の音楽はどうなってゆくのだろうと思った。

激しい受験戦争に勝ち残ってもせいぜい大会社の課長どまりが目に見えている八〇～九〇年代の若者世界では、手作りバンドから「音楽英雄」にのし上がるというのが唯一のジャパニーズドリーム＝青春の脱出口だった。

しかし現在《いま》、コンピューターを軸にしたデジタル・ベンチャー・ブームの世の中が到来して、たいていの大学にはかつてのバンドブームのように、一

〇〇や二〇〇〇のベンチャー企業予備軍ができはじめているという。もし将来そのなかから、ビル・ゲイツや孫正義に続くような「経済英雄」が出現すれば、若者の脱出口は音楽から経済へと変化してゆくのではなかろうか。

そうだ、いまは暗く絶望的な不況の世の中だからこそ、あのバッカスの娘たちの∧生の踊り∨も輝いてみえる。しかし時がめぐり経済不況の脱出口が見つかり始めたら、モー娘たちの歌声の魔力も力を失ってゆくだろう。その時、つんくミュージックは一体どこに行くのだろうと思った。

でも、いいさ。たとえ明日、取り立て屋が来るとしても、今夜は今夜だ。

「一歩でも引いたら負けだからね。倒れるなら前のめりだ」

と笑っていた今夜のつんく。

〝あんたちょっといい男だったよ〟

（00・6）

◆「顔で笑って、心で泣いて」ってか◆渥美 清

笑顔に隠されたニヒリズム

めでたい正月は家族連れ、恋人同士で街に出て松竹映画『男はつらいよ』の寅さんを見て大笑いするというのが、ここ一〇年二〇年の日本人の最も一般的な行動様式だった。しかし、それを演じる渥美清がもういない。「いよっ、労働者諸君！ 元気でやってるかい」という、あのなつかしい掛け声も聞こえない。この不況とリストラ続きの暗い世相、いまこそ国民的なお笑い映画をみんなが求めているというのに……。全部で四八作、ギネスブックにも載った世界一の「超マンネリ」映画だったが、なくなってみると、つくづく寂しい。渥美の死後、いわゆる大物役者が主演する日本映画で話題を呼んだヒット作といえば、九八年に吉永小百合と渡哲也の『時雨《しぐれ》の記』、九九年に高倉健の『鉄道員《ぽっぽや》』くらいしかないのではないか。おまけに九九年末にはその寅さんシリーズを撮り続けてきた松竹「大船撮影所」が閉鎖、鎌倉女子大に売却された。

大船は、小津安二郎監督の『東京物語』（原節子主演）など映画史に残る数々の名作を生んできた〝老舗〟であり〝聖地《メッカ》〟だった。日本映画の斜陽化ここに極まれりの観がするが、松竹が経営不振で大船を売却した背景について朝日新聞はこう報じている。

「渥美清さんの死去で『男はつらいよ』シリーズが終わって以降、いっそう厳しい映画収入減に直面し……、さらに『鎌倉シネマワールド』の閉鎖などによる多額損失の穴を埋めるため……」

渥美清が不振の松竹＝斜陽の日本映画界にとってどれほど大きな存在であったかを改めて想い出させ、「シェーン、カムバーック！」ならぬ「渥美、カムバーック！」と叫びたくなるような記事である。
二年前、『時雨の記』上映キャンペーンで全国各地を駆け回っていた吉永小百合を取材した時、渥美清の〝映画俳優としての器の大きさ〟について二人で語り合ったことを想い出す。吉永は、一九七二年『柴又慕情』（九作目）と七四年『寅次郎恋やつれ』（一三作目）のマドンナ役で渥美と共演している。
吉永　映画俳優として、もうすばらしいの一言ですよね。たまたま『男はつらいよ』の寅さんで、あいう（喜劇の）形になったけれども、恐ーい役もできるし、ニヒルな面ていうのを持ってらっしゃった方。とってもね、いろいろお話してくださるけどフッとこうひとりでセットの片隅にいる時、ほんとにニヒルで、近寄りがたいものをもってらっしゃることがあるんですよね。
吉田　人間が暗いの？
吉永　孤独感とかそういうものでしょうね。
吉田　冷たい感じなの？
吉永　クールですよ。それは、別に人に押しつけて、この人はこんなに冷たい、てんではなくてね。遠くから見て、近寄れないようにね。
高倉健さんも、近寄りがたいですけど、高倉さんの役づくりは独自のやり方で、集中力というか、撮影現場ではほとんどしゃべりませんから。撮影終わってお酒のんだりする時は、雄弁な方ですから、なかなかお話になる方なんですよ。
だからね、渥美さんのは、高倉さんのそれとは全然違うものでね。なんかあのニヒルさみたいの、すごいなぁーと。
吉田　人間の心の奥にひそむ〝地獄〟のようなものが垣間見えると……。
吉永　地獄……なんかどうか。
吉田　人間の心の奥のなかの闇みたいな。

吉永　そうでしょうね。ハイ、ハイ。そういうものを知ってる方だと思いますね。
吉田　それが逆に〈笑い〉に転化した時のすごみみたいなもの？
吉永　そう、そう、ハイ。
つまり吉永小百合の観察によれば、渥美の本質は〈笑い〉よりも〈虚無《ニヒル》〉の方にあるということになる。それなら彼のその近寄り難い虚無とか孤独感とは一体何を意味しているのか。
それは彼の人生のどんな暗闇や迷路のなかから生まれ出てきたものなのだろう？　私は最近出版した『スター誕生ひばり・錦之助・裕次郎・渥美清そして新・復興期の精神』（講談社）という本のなかでそれらを詳しく考察したが、今回はまずそれを点描するところから渥美の〝知られざる物語〟をスタートさせよう。

結核闘病体験で見た〝地獄〟

渥美の人生遍歴には謎と空白が多い。昭和三年東京の上野車坂の棟割長屋に生まれ、父は地方紙の政治記者として活躍したこともあったが酒で身をもちくずし、一家は正月のモチも区の福祉事務所からもらう貧窮な子供時代だったことはわかっている。しかし、それ以降の敗戦の混乱期に彼が何をしていたか、浅草芸人になるまでの青年時代の遍歴がスポッと空白なのだ——渥美が自分の実人生について語ろうとしないからで、肺ガンを隠して死んだだけでなく、彼は昔から私生活について触れられることを嫌った。妻や子供をけっして芸能ジャーナリズムに公表しないし、親友の関敬六ですら「荷物を運んでやっても家の外で〝もういいよ〟」と追っぱらわれる。その徹底した秘密主義は、彼にはなにか世間には隠したい個人的事情や私生活上のうす暗い過去があるのではないかと思わせるのに十分なのだ。公《おおやけ》にされている彼の略歴を見てみよう。

昭二一年　大宮市日活館『阿部定一代記』の通行人役で初出演。ドサ回りの下積み生活

昭二六年　浅草・百万弗《ドル》劇場でヌードの踊り子に囲まれて、専属コメディアンになる

昭二八年　浅草フランス座でストリップ前座

昭二九年　結核療養のため入院。右肺切除で死地からの生還

昭三四年　日本テレビ『水蓮夫人とバラ娘』でテレビ初出演

昭三六年　ＮＨＫ『若い季節』『夢で逢いましょう』のレギュラー

昭三八年　松竹『拝啓天皇陛下様』（野村芳太郎監督）で映画初主演

略歴をみれば一目瞭然、渥美の芸は師匠筋を持たない素人芸だ。ストリップの前座やレビューの幕間に、お客からヤジられながら鍛え上げられたものだ。渥美自身語っている。

「ストリップというのは、女の人が人前で着物を脱ぐということ自体が本来あってはならないことなんだから、ものすごいエネルギーを必要としたはずなんだよね。ストリップ劇場の役者というのは、そのエネルギーに負けまい、刺身のツマになるまいと思えば、まともなことをやっていたんではだめなわけでね」（昭和五四年『週刊明星』）

だから初期の渥美は、自分が非凡な役者であることを示すなんらかの仕掛けを必要とした。そこで使われたのが、自分の結核闘病体験である。テレビで売れ始めた頃の渥美の週刊誌インタビューはどれもこれも、結核病棟のなかで人間の生と死をめぐるあらゆる哀しみと歓びを観察し、人生の深淵を知ったかのような話で埋めつくされている。作家の吉行淳之助との対談では、結核患者が毎日バタバタ倒れその遺体をリヤカーで運ぶ、隔離病棟の〝死の風景〟について熱っぽく語っている。

「前の道をずっと左に行くと、煉瓦を積んだ焼き

場がある。右へ行くと駅がある。だから新しい患者が入ってくると、看護婦が『あの人は右だよ』とか『左だよ』なんていってた。……その左の道を、何度も送って行った。そのときは、ほんとうにあたりまえのことだけど、死んじゃあいけないなあとおもいましたね」（昭和四三年『アサヒ芸能』）

こうして人生の深い虚無感をたたえた、そういう意味では二人といない非凡なお笑い役者が誕生したのだが、彼が結核の〝死の風景〟に魅入られたわけは実はもうひとつある。彼の兄が二五歳の若さで〝結核死〟しているからだ。渥美はこの兄を小さい頃から深く敬愛していた。そのために、自分もまたいつか兄のように突然の結核死を迎えるだろうと思い込んだ節がある。そう、つまり自分は五体満足の普通の人と違う「片肺役者」（→結核死）なのだから、普通の人の常識や役者のルールからは離れ〝悠悠自適〟で生きようという渥美清独特の人生哲学が、そこから生まれてきたのである。そしてそれが次に、あの親友の関敬六をも寄せつけない「私生活防衛」主義や、吉永小百合が「近寄り難いニヒル」と語ったものを育んでいったというわけだ。

本当に隠したかった「過去」

さてそんなふうに初期の渥美は結核という私生活については狂おしいほど他人に語り明かしているが、もうひとつの私生活についてはピタリと貝のように口を閉ざして隠し続けた。昭和四四年に『週刊新潮』がこう暴露している。「浅草時代、彼にはストリッパーの恋人がいて、胸を病んだ四年間の療養生活を〝献身的〟に看病してもらいながら、病気がなおると『ストリッパーでは出世にさしつかえる』と彼女をすてた」

渥美の放浪時代について詳しい元・浅草フランス座支配人の佐山淳（七三）は、自著『女は天使である』のなかで、そのストリッパーの恋人まきこ（仮名）について書いてある。「渥美がテレビに出はじめ、上り調子になっていったころ、まきこは渥美から静かに身を引いた。オレたちの仲間言葉でいう『チャリ振った』である。未練も情けもなくチャリッと女を捨てることをいうが、ハタ目には、渥美が出世してもうストリッパーの助けがいらなくなったからチャリ振った、と見られても仕方がない。……渥美と別れたまきこは、親しかったコメディアンや踊り子にさえなにも告げず、ぷっつりと消息を絶ったのである」

そこで私は佐山に会って、こう聞いた。

吉田　女の方は渥美を恨《うら》んだろうに？

佐山　いや、恨むストリッパーは一人もいない。偉くなったから、昔のことをむしかえして、どうこうしろなんて女は、ストリッパーには一人もいない。

吉田　なぜ？　信じられない……。

佐山　自分らが底辺で生きてるってことを、よく知ってんだよ、この女たちは。だから巣立った人を、呼び戻そうなんて誰も思わない。良かったねぇ、苦労が実って、偉くなってって。ストリッパーたちの気持ちはあたたかいですよ。お母さんみたいに……。その反対に、男は偉くなると、必らず過去を消しますよ。少しテレビに出て、生活がよくなってゆくと、そのストリッパーを捨ててゆく。ほとんど例外なく。

男は出世すると、必らず〝うす汚い過去〟を消すという。そして過去を消すのに最も良いのは、自分が自分の私生活について語ることを放棄してしまうことではないか。渥美の人生に謎と空白が多いのはそれを地で行ったからだが、なるほど自分から語り出さなければハタ目にはわからない秘密が人生にはいっぱいある。例えば「チャリ振った」渥美がのちにこっそりマネージャーに告白したという次の話も、そのひとつだろう。

「おれが二年の入院生活をおくって退院したとき、

衝撃を受けた。入院前につきあっていた踊り子が、おれの知っている何人もの男とできていた。苦しかったねぇ……」

しかしまぁ汚れちまった〝男と女〟の哀しみの物語はどこにもある。

取り立てて隠さねばならぬ話でもない。

だから、〈フーテンの寅〉を演じて国民的スターにのし上がった渥美清にとって本当に消したかった過去とは、作家の大下英治が『知られざる渥美清』のなかに書いた、敗戦直後の上野アメ横時代のこの物語ではなかったろうか。

「渥美は、谷幹一に、『若いころテキ屋の霊岸島枡屋一家に身を寄せていたことがある』と打ち明けている。……上野のアメ横の一角で啖呵売《たんかばい》の手伝いをしていたという話は、現・枡屋一家では有名な話だった」

自身のテキ屋時代を下地に

渥美清の人生は、癌《がん》を隠しただけでなく、なにかと謎や空白が多い。彼が、自分の過去や私生活について語るのを拒否したからだ。

「俳優がちょっと売れるとベンツに乗ってゴルフをやって、銀座で酒飲んで……。ああ、ヤダヤダ。役者というのは、どこで生まれ育って、どこの大学出たかなんてことがわかっちゃつまんないよ」

とまぁこんな調子で、やたらと過去を隠したがる。特に敗戦混乱期の青春時代、どこでなにをしていたのかが彼の人生の最大の謎とされていたのだが、先の『知られざる渥美清』という本のなかで、作家の大下英治はこう指摘している。

「渥美は、……正式な盃はもらってはいないものの、枡屋一家をたばねていた西尾善治の配下の若い衆のひとりにくっつき、啖呵売の手伝いをしていたという。……マネージャーの高嶋幸夫に、そのころのことをこう打ち明けている。『おふくろがよ、家に帰るたびにおれの肌着まで脱がせて、背中を点検するんだ。入れ墨を入れてやしないかってね』」

上野のアメ横で進駐軍の放出物資を売ったり、かつぎ屋になったり、白と黒のコンビネーションの靴をはき、髪にポマードをつけてリーゼントにして、ヤーさん風をふかしていたという話も残っている。そしてこれらの過去がもし真実の話なら、事態はかなりやっかいなものとなる。なぜなら、彼は『男はつらいよ』の寅さんの喜劇演技で国民的スターにのし上がった役者だが、その寅さんの職業もまた露天商、いわゆる〝テキ屋〟だったからだ。テキ屋のフーテンの寅のあの絶妙な演技は、役者としての力量よりも、自分の若い頃を地《じ》でいった、テキ屋がテキ屋を演じただけという話になったら、彼が『男はつらいよ』で獲得した主演男優賞とか日本アカデミー特別賞なんていったいなんだと笑われてしまうだろう。芸術選奨文部大臣賞や紫綬褒章なんか、もっとつらい。なぜならテキ屋商売はいまでこそ縁日で焼イカや綿菓子を売る平和な露天商人と思われているが、とんでもない。特に敗戦直後のテキ屋といったら、博徒なんかよりずっと恐かった。闇市マーケットでギャング化してピストルぶっぱなす奴もたくさんいた。

当時のテキ屋の一例をあげれば、東京の新宿では、尾津組などのテキ屋集団が血みどろの縄張り争いを繰り返し、淀橋署長の仲裁で「尾津組は新宿東口、安田組は西口、和田組は南口と一応縄張りをきめられた」(『新宿の今昔』)。さらにこれらのテキ屋・愚連隊は、〝戦勝国民〟として無法の限りを尽していた台湾人・朝鮮人ヤクザと激しく対立し、昭和二一年七月には有名な「新橋事件」を起こしている。新橋の松田組と、これを応援する尾津組ら露天商の選抜隊、さらに関八州の親分衆の応援隊合わせて三〇〇〇人、いわば日本ヤクザの総連合と、トラック十数台に分乗して襲撃してきた台湾華僑がぶつかったこの大抗争事件については、東京露天商同業組合(七万人)の理事長だった尾津喜之助の長女・豊子が一代記『光は新宿より』のなかで、こう活写している。

「一般の住人は……避難を開始。家々は固く戸を閉ざし、往来には通行人の影もなく、真夏の午後の炎天下、静まり返った街には殺気が漂っていたのでございます。この異様な静寂を破り、鈴なりになったトラックは土埃をあげながら向かって参りました。あわや市街戦開始……と誰もが身構えたところへ、突然、ダ、ダ、ダ、ダ……と、機関銃の大音響、凄まじい威嚇射撃でございました。……松田組のビルの屋上から発射された弾丸は、トラックの側面の鋪道に強烈に炸裂し……、肝を潰した華僑側は退散」

こんな当時のテキ屋さんが平和商売であるわけがない。立派な暴力ヤクザだ。だから渥美清は、入れ墨なし・盃なしだが、「ヤクザ出身」といわれても反論できない俳優だった可能性がある。文部大臣賞や紫綬褒章に出世したご身分では、過去を消す(＝私生活を語らない)以外、方法がなかったと言えよう。

芸風の転換を契機に人気が

さらに述べるなら、渥美が浅草ストリップの前座芸人から身を起こし広く世のなかに知られるようになったのは、もう高度成長のど真ん中、日本小市民階級のお茶の間テレビ＝ＮＨＫ『若い季節』『夢で逢いましょう』のレギュラー役で、だった。敗戦ヤクザ的な生臭い〝獣の息づかい〟は、初期のお茶の間ホーム・ドラマの世界では〝危険物取り扱い注意〟の赤札をぺたりとはられかねなかった。彼は懸命に己れの〝過去〟を消した。その結果、彼の風貌も芸風もガラリと一八〇度変化したのである。作家の長部日出雄は『喜劇人列伝』のなかで、こう指摘している。

「(渥美を) 最初に見たのは、コメディアンにとって最大の晴れ舞台だった日劇のショーに登場したときで、

――凄くガラの悪い役者だなぁ。

というのが、第一印象だった。ひどく横柄で、ふてぶてしい感じがしたのである。……既製の常識を逆撫でする芸風《スタイル》で、笑っているときでも凄み――威圧感を覚えさせる。(中略)ところが、それからしばらくして、白黒テレビだったころのNHKの音楽ヴァラエティ『夢で逢いましょう』(永六輔作)に現れた彼は、第一印象が一変して、ソフィスティケートと英語でいいたくなるくらい、都会的に洗練された軽妙な芸風になっていた」(『東京人』一九九五年七月号)

こうして過去を消し、〝凄み〟から〝軽妙〟へと変化した渥美のテレビ芸はお茶の間人気をかっさらい、彼は一躍マスメディアの寵児にのし上がっていく。

昭和三七年　フジテレビの連続ドラマ『大番』に主演。ギューちゃん役が大当たり。

昭和四三年　フジテレビの連続ドラマ『男はつらいよ』(山田洋次脚本)、視聴率平均一〇パーセント台をキープ。

ここから喜劇ヤクザ(テキ屋)「フーテンの寅」が登場してくるのだが、ディレクターの小林俊一は最初、渥美と長山藍子の共演で〝愚兄賢妹〟みたいなドラマを作りたいと思っていたという。すると、渥美が、ポツンといった。

「あのさ、テキ屋って、面白いんだよね」

小林は渥美のテキ屋物語の数々に腹をかかえて笑いころげ、さっそく山田洋次にこう依頼したと、大下英治は書いている。

「面白いテキ屋の話なんです。落語の世界でいけます」

もともと山田洋次自身が、学生時代から落語ファ

ンで、落語作家になりたかったくらいだから、難なく落語長屋的「寅さん」イメージが創作されていった。小林は、スポンサーの日本石油への企画書には、「テキ屋とズバリ書いては、抵抗を持たれる。テキ屋ではなく、わざわざ大道商人と書いた」という。

世のなかが豊かになった高度成長期以後も、渥美清の心の奥には敗戦ヤクザの無頼の血、獣の息づかいが隠れ棲んでいたことをうかがわせるに十分なエピソードだ。だからこそガンで死ぬ直前にも、彼は、NHKテレビのインタビューのなかで再びこんな謎めいた言葉を吐いて、逝ったのである。

「ほんとうは、いちばんいいのは、……どんなとこで生まれて、なにしてきて、どういうふうになったんだかわかんないほうがいい。なにしてたんだろ、これやる前にどろぼうでもやってたんじゃないかという感じがする人のほうが、面白いね、ウン」

(『渥美清の伝言』九九年二月放映)

きっと〝どろぼう〟を〝ヤクザ〟と言い換えても、いいのだろう。

「寅」であり続ける事の不幸

さて、「私、生まれも育ちも葛飾柴又です。……人呼んでフーテンの寅と発します」の名セリフでおなじみの松竹映画『男はつらいよ』の方が始まったのは、昭和四四年。平成七年まで続いて、二六年間に四八作撮られている。ギネスブックに載るほどの世界一の長寿映画シリーズとなり、総観客動員数七、七六七万人、興行収入四六八億円を記録した。共演のマドンナ役は吉永小百合や太地喜和子、浅丘ルリ子、栗原小巻、松坂慶子らの豪華女優陣が支え、かくて渥美清は、石原裕次郎や勝新太郎に次ぐ、日本映画を代表する大型俳優に出世していったのである——まことに映画冥利《みょうり》につきるお話だが、なら、彼の役者人生もまた幸せだったかと聞かれれば、答えはノーである。話はまるで逆になる。彼ほど不幸な役者はいなかった。なぜなら彼は死ぬまで「フーテンの寅」以外の何者にもなれなかったからだ。年二回、お盆と正月の年中行事的映画『男はつらいよ』の渥美清以外、日本人は認めなかったからだ。彼は、渥美＝寅さんのマンネリ図式を変えようと何度もテレビのシリアス芸に挑戦した。すべて不人気で、失敗した。なぜか？　なぜ日本人はそれほどまでに渥美的「寅さん」像に固執したのだろう。その謎、すなわち人知れず彼が背負った苛酷な運命《さだめ》についての物語を最後に記《しる》そう。

寅さん映画の流行《はや》った時代を想い返すと、昭和四〇年代には田中角栄の「日本列島改造」で、故郷の山川は次々にダイナマイトで爆破され、工場排煙の光化学スモッグで子供や老人がバタバタ倒れた。日本各地で生産性の低い農村潰《つぶ》しが進行し、〝なつかしき笛や太鼓〟のお祭り・縁日が姿を消していった。五〇年代には、日本の小型自動車の総生産が〈日米逆転〉し、世界一の経済大国が出来上がったが、人々は逆に企業管理社会の無数の小さな端末と化し、緑の大地を踏みしめて生きる「人間として」の生活実感を失っていった。その結果、多くの日本人がその管理社会の外へさまよい出る「放浪願望」にとりつかれるようになる――それが、「寅さん映画」だった。人々は、あのお祭り・縁日の旅の空をわたり歩き、嫌になればいつでも故郷の葛飾柴又のだんご屋に帰ってこられる、フーテンの寅の「自由人」的放浪の姿にあこがれたのだった。寅は、企業管理社会が作り出した価値の〈反対物〉なら、なんでも写し出す《鏡》のようなものだった。すなわち収穫豊かな日本の農漁村共同体、義理人情の美しさ、温かな家族の団欒風景……。そう、寅さんシリーズが四八作も続いて国民的映画となったのは、この映画が単なるヤクザ喜劇ではなく、高度成長やバブル経済が破壊した《古き良き日本》の残骸を拾って歩く〝愛惜の旅〟または〝贖罪の旅〟を意味したからである。暴力的な経済成長への反省を秘めた、一種のお遍路さんの旅のような映画だった。だから山田洋次監督も、撮影所入りする渥美の姿を、「私生活のどろどろしたものをいっさい切り捨てていた。斎戒沐浴《さいかいもくよく》ですね、あれは」とまで述べている。つまり彼は、国民の前で常に斎戒沐浴して〈汚れ〉を落とさねばならない役者＝彼がテキ屋上がりだったといううす暗い闇も、いつ再発するかわからぬ肺結核の黒い汚れも、みんな隠し通した〈清浄〉なお遍路さんの心でマンネリ喜劇を演じねばならぬ、奇妙な《贖罪役者》だったといってよい。彼は死ぬ前に、こうもらしている。

「とんぼのように、こう、ふらーっと、自分の好きなところに出かけていって生涯終われるんなら、末はのたれ死んでもいい……」

なんのことはない。国民の「脱管理」願望からキリキリと縛られていた渥美こそが、最も〝さすらいの旅鴉《たびがらす》〟になりたかったのだ。フーテンの寅、あのなつかしい旅鴉。日本人の誰もがいまも愛し続けてやまないその喜劇ヤクザの栄光は、渥美清という役者人生の不幸の限りを燃やしつくして造形されたものだったのである。つまり彼は、《喜劇とは、悲劇の最高形態である》という真理をも演じ切って逝《い》ったのだ。人知れず……。

（00・2、3）

◆あんた、〝左翼の寅さん〟だよ◆宮崎　学

今回は、とんでもないアウトロー（無法者）の登場だ。宮崎学、キツネ目の男。そう、一六年前「けいさつの　あほどもえ……」（かい人21面相）の挑戦状で世のなかを震撼《しんかん》させたグリコ・森永犯の似顔絵にそっくり＝真犯人だと大騒ぎされた、あの「キツネ目の男」である。事件そのものはこの二月一三日が時効だったが、この男の物語の方はますます満天下に隠れもない――京都ヤクザの組長の次男坊に生まれ、小さい頃からの喧嘩《けんか》ゴロ。その喧嘩の腕を買われ、日本共産党の「あかつき行動隊」の隊長となり、東大闘争の全共闘・新左翼連合軍と血みどろの抗争を繰り広げた。その後は実兄と組んで〈宮崎家の鉄砲玉〉となり、詐欺、恐喝もどき、賭場通いの毎日。環境保護の市民運動とも敵対し、左翼なのか右翼なのか得体が知れない。とうとう京都府警に逮捕され、起訴されなかったものの、あげくの果て、地上げのイザコザにからんでヤクザのヒットマンの銃弾を脇腹に受け、朱に染まって倒れた。

ベストセラーになった宮崎の自伝ノンフィクション『突破者《とっぱもの》』（南風社刊）には、こう描かれている。

「その瞬間、銃口から火煙が吹き出た。その火煙が突き刺さったかのように右腹部に途方もなく熱いものが走った。……火で真っ赤に灼《や》いた中華料理用の肉厚の包丁をいきなり腹に差し込まれた、といった感じだった」

ふーむ、アエラの「現代の肖像」はじまって以来六〇〇人近くの有名無名人が登場したというが、〝ヒットマンに撃たれた無法者〟なんて破天荒な人

物像はかつてなかったのではあるまいか。早速私は、宮崎の事務所のある東京・高田馬場近くのホテルの一室で彼と会い、勢い込んでこう言った。

「血だらけで倒れたなんて、東映映画『仁義なき戦い』みたいでカッコいいですね」

「いや、弾は貫通してないんだ。当たったは当たったんだけどね、かすったって感じ」

「なんだ、かすったんですか」

私は少しガッカリした。すると宮崎は、私を元気づけるかのように、こう繋《つな》いだ。

「それでも、息ができないくらい熱くて痛いんです」

イケイケの武闘派物語『突破者』のなかでは隠されていた、人の良い、心やさしきアウトローの姿がちらりと垣間見えた。

〝心やさしき〟とは別に誉め言葉ではない。こういう意味だ――彼は自分のことをよく「蛇蝎《だかつ》の如く嫌われる」「市民の敵」だなどと露悪的に表現する。組長の息子でエリートなのに〈宮崎家の鉄砲玉〉だと、必要以上に卑下して、泥だらけになろうとする。彼の生き方は、なにかそうしなければすまない〝心の十字架〟でも背負っているようにも思えた。なぜなのか？　この無法者の心の奥には、一体どんな物語の川が流れているのか。それが知りたいと思った。七月の夏のはじまりの日、私は宮崎と二人で、彼の生まれ故郷の京都の街を歩き回った。

宮崎学は昭和二〇年一〇月、京都伏見一帯を縄張りにするヤクザ「寺村組」の初代組長・宮崎清親の次男坊として生まれた。清親はもともとは荒くれの鳶《トビ》や労働者を率い、土建の解体業を営む稼業人だった。敗戦のドサクサで大儲けして、伏見稲荷大社の境内町に「黒塀で囲まれた敷地三百坪の二階屋」の豪邸を構え、職人子分あわせて二〇〇人。京都の大親分・中島源之助から盃《さかずき》をもらい、幅をきかせていた。母の文子も大阪・西成区のスラム周辺で育ったヤクザ渡世人の子で、「姉は身売り」という悲惨な極貧プロレタリアート出身だった。宮崎はその寺村組で「ぼん」（坊ちゃん）と呼ばれて育ったのである。組本部には子分の若い衆や女たちが三〇人ほど住み込んで、朝夕の食事を共にする「原始共産制的な日々」だったという。組同士の抗争になると、若い衆全員が鉢巻に黒装束、猟銃や竹槍や日本刀で武装して殴り込みに備えた。

その頃の伏見は、稲荷大社のある高台の方には「伏見の名酒」の造り酒屋や染物屋の旦那衆の豪邸が軒をつらね、下町には溝泥のにおう貧民街がひろがっていた。その先は、「鴨川沿いの被差別地域」（『突破者』）につながる。そして寺村組の「若衆には被差別部落出身者や在日朝鮮人が多かった」（同）というのである――伏見稲荷は全国四万の〝お稲荷さん〟の総本社だから、参道筋は現在《いま》も賑やかで、両側にはお土産物や食い物の店がずーっと浅草の仲見世のように続いている。その参道を覗《のぞ》き歩きしながら、宮崎はゆるゆると語り始めた。

警察との戦いは一種の「聖戦」だと母から教えられて育った

「組長の子だから、怖がって誰も近寄らないのよ。仕方ないから、この参道を独りトボトボ歩いてゆく。すると、その先に河原があるんです。そこ行くと、朝鮮人の子がワーワー水泳ぎして騒いでる。その仲間に入れてもらって遊んだ。だから子供時代の友達は、朝鮮人と組の若い衆だけだった」

つまり宮崎にとって〈ヤクザ〉とは、単なる博徒・暴力団ではない。極貧プロレタリアと朝鮮人と被差別の底辺の人々が団結して生きてゆくための〈自衛〉共同体なのであり、「そこには、人間臭い熱、寄り集まって生きる温かさがあった」という。市民から白い眼で見られるヤクザな暴力行為も、貧しき者が不法を承知で犯さざるを得ない「哀しき生業《なりわい》」であり、警察との戦いは一種の「聖戦《ジハード》」だと母から教えられて育った。

宮崎の語るヤクザ論で面白かったのは、その〈自衛〉共同体を支えているのは、女たちの《母性原理》だという話である。

「共同体では下っ端《ぱ》やってる労働者の母親とかがいっぱい集まって、日がないろんな話をする。そのなかで、男たちの伝説も作られるんです。うちの父ちゃんは、あの厳しい抗争のなかでこう頑張ったとか。それに尾ヒレがついちゃう（笑）。あの子はまだ中学生なのに、相手のヤクザに手を斬られても組のバッジ（代紋）握って守り通したとか。実際は、痛くてバッジ手放しているわけですよ（笑）。でも、男たちはその武闘派伝説に縛られて、かえって退《ひ》くに退けなくなる。男を一人前の暴力ヤクザに磨き上げてゆくのは、そうした母親たちの力なんですよ」

ただしこうした底辺共同体としてのヤクザの姿は、いまはもうない。消滅した。現代ヤクザは狭い地域風土から遊離して「広域暴力団」化した企業ヤクザの世界である。その消滅と変貌は、高度成長の一九六〇年代前半、神戸に本拠地を置く暴力団山口組が全国制覇にのり出した時から始まった。山口組の圧倒的な資金力と近代化された「殺しの軍団」のピストル乱射の前に、日本各地の由緒ある、小さな自衛共同体は整理・統合され、古びたヤクザ世界は一掃されていった。溝口敦の『血と抗争』には、こう記されている。

「三十八年夏、山口組は名神高速道路や阪急地下鉄の河原町乗り入れ工事の完成などに、暴力バーのかたちで大挙市内に進入した。……地元中島会は山口防戦に立ち……、三十九年三月の地蔵組対中島会系寺村組の殺人抗争事件……などがあいついで発生した」

この時、宮崎は高校二年生。「寺村組に一〇〇パーセント勝ち目はなかった」という。日本刀と竹槍の寺村組も新しい脱皮を迫られていたのである。そう、翌年早稲田大学法学部に進み、共産党の学生細胞となって〈左翼革命〉を夢みた彼の心根は、こうだった。

「僕は一度ヤクザの世界を否定したかったんです。僕が属していた共同体がもたされた寂しさとか悲しさとか、それらと違う社会ってものがあり得るだろうと。貧しい底辺の人間がもう少し増《ま》しな、胸を張って生きられるような世のなかにできないかと……」

言葉を換えれば、彼は、消滅してゆく京都伏見の〈自衛〉共同体が最後に送り出した〝世直し〟の希望の星だったかも知れない。

さてここで少々蘊蓄を傾けるなら、「ヤクザから左翼へ」の転進は京都ではそれほど奇異なデキゴトではない。例えば京都は日本映画発祥の地だが、京都の侠客《きょうきゃく》・ヤクザは映画関係者とかかわりが深く、〝用心棒〟的役割を果たしていた。親分の息子がアナキスト運動のなかで、マキノ雅広監督らと交流を深め日活に入社するなど、「大正から昭和初期、京都の映画界は、アナキストややくざ、チンピラたちの巣窟《そうくつ》であった」（『時代劇とはなにか』京都映画祭実行委員会編）という。つまりあの鵺《ぬえ》のような《左翼ヤクザ》の型は、戦前京都のお家芸のひとつを継ぐものなのだ——しかし、その左翼ヤクザ革命の夢はわずか三年で砕け散る。一九六九年の東大闘争・安田講堂決戦（機動隊八〇〇〇名導入）を前にして、共産党本部は平和路線に転換。あかつき行動隊のゲバルト隊長だった宮崎は、暴力異端分子としてパージされたからだ。〈共産党の鉄砲玉〉として使い棄てにされたと言ってよかった。

革命と故郷の共同体、二つの大義を失った。デラシネとして生きる

つまりかくも見事に左翼革命の金メッキがはげ落ちた時、この〝組長の息子〟には、崩れゆく伏見ヤクザ共同体を守るための捨て石になるという、泥まみれの〝贖罪《しょくざい》〟の道しかもう残されていなかった

と思われてくる。彼の心の奥にもし〝重い十字架〟が隠されているとしたら、それはきっとこの償いのことだろう。丁度、故郷が呼んでいた。実兄の経営する寺村建産（社員百数十人）が借金で経営危機に陥っていた。

「俺が宮崎家の鉄砲玉をやる。兄貴は寺村建産でどんと構えて、従来通り公共事業などの綺麗《きれい》な仕事をやってくれ」（『突破者』）

　こうして彼は、一度は否定したヤクザの被差別世界へ再び深く身を染めていった。膨大な借金を埋めるための談合破り、詐欺、恐喝とつきあう「地獄のような」毎日で、八〇年にはゼネコン詐欺容疑で全国指名手配。結局、起訴されず、警察には勝ったものの、寺村建産は負債二五億円を背負って倒産した。金融関係の負債が二〇億、寺村組などヤクザ関係への借金が五億だったという。

「会社がつぶれて一番哀しいのはね、内部の人間から追い込みをかけられることなんですよ。山口組に借金があって、山口組から追い込まれるのは当たり前。それは、どんなことやられても容認できる。だけど同じ寺村組の内輪の関係者から追い込まれるほど、つらいことはない……」

　つまり彼が命懸けで守ろうとした伏見〈自衛〉共同体の人間臭い温かさや助け合いは、もうとっくの昔に消滅していたのである。八五年には、その〈共同体の母〉たる文子が七二歳で死んだ。

　彼は一晩中泣きあかし、母の葬式が終わると、「ダムの堰《せき》が決壊したような勢いで」暴走し始める。「ずっと連れ添っていた女房とも離婚した」という。子供も三人いた。どうして？　と私は聞いた。普通の市民家庭に育った妻にはヤ、ク、ザ、の、心というものが終《つい》にわからなかった……、と彼は答えた。

「全国指名手配で京都府警からガサ入れされた時、妻はうろたえて私のおふくろに電話する。『なんでこんな悲しい目に遭うんでしょう』。それ、おふくろは理解できない。合法的なことやって食っていけるほど、社会はわれわれに対して甘くないんだと。それ、仕方ないんだと。でも、別れた妻の方は、『正しいことやってんでしょ、警察は』という意識ですから。私が子供の頃、親父のガサ入れがあると、子供心に警察に刃向かうわけですよ。するとおふくろが私の顔を抱きかかえて、耳と眼にふたをして、見るな、聞くなというふうにして守ってくれた。ぼくは未来永劫《えいごう》、そういう共同体の掟《おきて》のなかでしか生きられないんだ。互いに終止符を打とうと、別れたんです」

かくて左翼ヤクザ宮崎学は、革命と故郷の共同体という二つの大義を失い、デラシネ（根なし草）となって、八〇年代バブル・九〇年代バブル崩壊の日本の裏社会を歩き続けることとなる。〝さまよえるアウトロー〟と言ってよかった。

だから自伝『突破者』のなかでは、バブル全盛期に、宮崎が不動産暴力団と組んで東京・神田の地上げや群馬のゴルフ場用地買収などに暗躍する姿が詳細に描かれているが、そうした資本主義の走狗《そうく》としての〈地上げ屋〉の生きざまは、大義を喪失したデラシネの宮崎にとっては本質的にはもう〝どうでもいい〟デキゴトだったのではあるまいか。地上げで手に入れた三億～四億のあぶく銭は、「四人の女に、二〇〇〇万～三〇〇〇万ずつくれてやった」。女も金も、ど～でもよかったのである。あのヒットマンに銃撃された事件でさえ、彼はどこか心の片隅では、無意識におのれの死に場所を求めていたと思われてくるのだった。

とまあそんなふうに私は、宮崎の心の奥に流れる物語の川を見つめてみたのだが、トーゼン異論反論も多い。例えば、かつてバブルの悪徳弁護士を糾弾する闘いで宮崎と共闘した内田雅敏弁護士の事務所を訪れると、「そ～んなカッコいい奴じゃないよ、あいつは」という話。

宮崎に裁判資金や絵画を預けると、不思議に行方がわからなくなる。どうもあいつは闘う仲間にも隠している暗部があると嘆く。ふ〜む、そう言われればば、宮崎がグリコ・森永事件の真犯人だという疑いもまだ完全に晴れたわけじゃないと私が深刻がると、内田は思わず椅子からズッコけて、げらげら笑い出した。

「あいつはね、私の裁判中に、めんどくせえって、悪徳弁護士の部下の首を裁判所の廊下で締め上げちゃってね。すぐさま告訴されて、逮捕ですから(笑)。あ〜んな体育会系の粗暴犯に、グリコ・森永みたいな緻密な犯罪がやれるわけがない」

また、最近盗聴法反対運動で宮崎と轡《くつわ》を並べた評論家の佐高信のところでは、こんな話。

「裏だろうが表だろうが、彼がかかわってきたのは経済だから、ものすごく実際的ですよね、宮崎は。空疎な理論はいらない。この政治のおとしまえはどうつけるか、とすぐ凄《すご》む。そしてわけもわからず突進するムチャなところがあるでしょ。だから酸《す》いも甘いも噛みわけた年配の女性にもてますよね」

いずれにせよ宮崎は現在《いま》、ダーティな裏社会の時代を終え、表社会の反権力文化人を堂々と演じている。盗聴法やガイドライン反対の講演会やシンポジウムで論陣を張り、著作物も『突破者それから』『突破者列伝』『突破者の母』……と数を増した。タイで逮捕されたよど号赤軍派の田中義三被告を支援したり、日本初のインターネット政党「電脳突破党」を立ち上げ、自自公・翼賛政治への対決を呼びかけるなど、まさに八面六臂《ろっぴ》の〝売れっ子〟文化人である。

なるほど九〇年代バブル崩壊は、経済大国ニッポンが銀行と官僚と土建屋暴力団によって作り上げられた、贈収賄と詐欺の大国であったことを白日の下に暴露した。だからそのバブル資本主義のカラクリを骨の髄まで知っている＜地上げ屋＞が、バブル敗戦の焼け野原の寵児《ちょうじ》となるのは当然の話かも知れなかった。

というわけで、宮崎は、今度は勇ましい反権力の

＜文化人の鉄砲玉＞に変化したというお話なのだが、ただしこの三度目の鉄砲玉稼業は、前の＜共産党の鉄砲玉＞＜宮崎家の鉄砲玉＞の必死さに比べると、いかにも虚ろで軽々しい。最近も若手評論家の宮台真司との対談（『野獣系でいこう』）で、任侠の力について語っているが、いまの世のなかにもうそんな底辺共同体的義侠心は通用しない。絶滅した。彼の身ぶり手ぶりには、〝古き良きヤクザ〟像の幻を追い求める哀しさがある。リアルに生きるより、むしろ死滅した＜ヤクザの掟＞に殉じたいのであろう。

河原の朝鮮の人たちはいまでも俺を迎えてくれる。それでもう充分なんだよ

そう、だから彼のいまの生きざまは、あの八〇年代のデラシネ・ヤクザ（テキヤ）だった、映画『男はつらいよ』のフーテンの寅の物語に実によく似てくるのだ。フーテンの寅は高度経済成長が破壊した〝古き良き日本〟への郷愁を演じ続け、日本各地の農漁村共同体の祝祭空間（＝お祭り、縁日）をさまよい歩いた。九〇年代デラシネ・ヤクザ（アウトロー）の宮崎も、バブル経済が破壊した〝古き良き底辺共同体〟への郷愁を語り続け、焼け野原の祝祭空間（＝講演会やシンポジウム）をさまよい歩く。喜劇のデラシネが死んで、悲劇のデラシネが徘徊《はいかい》していると思ってよいのだ。ただフーテンの寅には、葛飾柴又という、帰るべき故郷があった。宮崎は一体どこへ帰ればいいのだろう。

京都の伏見稲荷を二人で歩き回ったあの七月の夏の日、別れ際に宮崎が語った言葉を想い出す。

「あの河原の朝鮮の人たちは、いまでも俺を迎えてくれる。この共同体のなかから、学さんという人が出たんだと。俺が日本の社会に対して五分にわたり合っているということが、彼らの誇りになっているんだ。それで、俺はもう充分なんだよ」

きっとそこが、彼のデラシネの翼を休める場所なのだろう。

（00・2）

◆デジタル「多重人格」化時代が始まった！　◆田口ランディ

田口ランディと言ったって、知らない奴は全然知らない。who is Randy? だ。でも覚えておきなよ。田口ランディを。いま出版メディアや物書きの世界でチョット熱い注目を浴びている〈旬の女〉だからさ。インターネットのメールマガジンに週一回のエッセーを書き続け、アクセス読者数六万を誇る〈メルマガ界の女王〉だ。

ランディというネットのハンドル名がなぜ謎めいてて、カッコいいんだろうね。「いやらしい／誘惑的な／乱暴な」という意味らしいが、その正体は「無学歴の、大酒飲みの田舎の主婦であり、モテないくせに男好き」（「デジタル世界のアナログな私」）と本人が自己申告している。去年六月、ひきこもりの末に亡くなった兄の〝謎の死〟を描いた『コンセント』を上梓《じょうし》、作家の村上龍をして、「僕がこの十年ぐらいで読んだ小説のなかでも最も上質なもののひとつ」（「群像」二〇〇〇年五月号）とうならせた。これでランディ人気に火がつき、一気に文壇のお墨付き〈直木賞〉の候補にまで駆け上ったが、結果は見事「落選」。それでもランディにこにこして、「文壇って、どんな壇なのよ。興味ないね……」とうそぶいてござる。〈強気な女〉だ。口の悪い雑誌には「傲慢かつ虚無的なパーソナリティを有するため治療不可能」（サイゾー）などとからかわれているが、私がひとつランディに胸キュンさせられるのは、彼女の人生が、これから語る戦後日本の〈親と子〉の離れられない物語＝家族の呪縛《じゅばく》史を必死でねじ切ってゆこうとした〝独りぼっちの娘〟の冒険譚だからである。

家族を見棄ててしまった原罪意識に責めさいなまれ〈心の旅〉がはじまる

ランディは茨城育ち。幼い頃から、アル中の飲んだくれ、ヤクザみたいな父親の家族内暴力にさらされ、おびえて育ったという。そしていつも「家族を救うためにはどうしたらよいのか」と悩み続けたが、一七歳の時突然ガビョ〜ンと目覚める。例によって父が母を殴りつけ、母がランディを連れて家出した時、こう言ったからだ。

「母さんが離婚したら、あんたも母さんと一緒に来て働いてくれるね」

うっそ〜！　と思った。母子で働いて苦労するなんて冗談じゃねえよと思った。私は私、あんたはあんただ。こりゃヤバイ。もう親に振り回されるのはごめんだ。高校を卒業してこの家を出て行こう。そして自分で稼いで好きなようにハレンチに生きてやると思った。（『できればムカつかずに生きたい』）

そこから独りぼっちの〈ランディの冒険〉が始まるのだが、まず皮切りに、彼女の出世作『コンセント』の中身を覗いてみよう。すると、これは「因果はめぐる」の物語で、今度は成長した自分の兄が父母への家庭内暴力を繰り返す。そして「ひきこもりのまま衰弱死」する。ランディの実体験の小説化だという。

「ドアを開けるともうすでに（兄の）遺体は運び出された後で、おびただしい量のどす黒い血液が台所のPタイルの上にゼリーのように凝結していた。その、血のゼリーの中を蛆《うじ》がぴたぴたと這《は》っていた。……そこには確かに兄の姿の痕跡があった」

ひとり家を出て、家族を見棄ててしまったという原罪意識に責めさいなまれ、兄の〝謎の死〟の意味を解こうとする妹の〈心の旅〉がはじまる。

「目を開けると、兄が踏切りの向こうに立っていた。……『やっとここまできたよ』私は心の中で呟《つぶや》いた」

現代心理学を駆使して、兄の霊魂に導かれる旅を描く＜鎮魂と癒しの物語＞は、最後に沖縄の巫女・ユタの「お前自身が現代の巫女《シャーマン》なのだ」というお告げに出あって完結する。——想えば、こうした「因果はめぐる」のランディの兄のひきこもり暴力は、現代日本の＜親と子＞の笑うに笑えないアイロニー（逆説）を見事に映し出すものだった。

というのも、昨年一年は、「人間を壊してみたい」トカナントカ、日本の大通りをハチャメチャな少年犯罪の群れがまるで「聖者の行進」のメロディーのように騒々しく、ド派手に、陽気に通り過ぎたじゃないか。そしてそれら多発する＜暴力と殺人＞の裏側には、あの新潟「少女監禁」事件にみられるような、ひきこもり→父母への家庭内暴力の「家族崩壊のドラマ」が存在していたというのが大方の通説だった。

しかし、よく考えてみよう。もし本当に家族崩壊しているなら、家の中は廃墟である。廃墟で人間は暮らせない。とっとと家を捨て、外の世界に餌《えさ》を求めて出て行くはずだ。だからいま若者がいじめや就職失敗などを理由に家の中にひきこもるのは、そこが親の「無限抱擁」（愛情と金銭）によって外部社会から可愛い子供を守る防波堤＝住みやすい天国となっているからだ。そこでは、子供たちは＜暴力の王＞である。「頼みもしないのにナゼ産んだ」「産んだ親がみな悪い」と家の中で暴れてさえいれば、食ってゆける。

親は子供を産んだという「無限責任」をとらされ、土下座してわび続け、次にはイソイソその子供へのつぐないとしてコンビニへ子供の餌を買いに出かける——これは「家族崩壊」などではない。逆だ。むしろ親と子の血の絆《きずな》が強化され、家族が＜子宮化＞し子供が＜嬰児《えいじ》化＞しているのだ。こうした家族の防波堤化＝＜子宮化＞現象は、なにもひきこもりだけに限った話ではない。いま多くの学生・若者が就職せずアルバイトやフリーターへの道を選ぶが、最近のテレビ調査によればそのフリーターの六〇パーセント強が富裕な両親の家でぶらぶら徒食して時を過ごしているという。三〇代四〇代の会社行きでも、親離れしないパラサイトシングル（寄生虫現象）が増えている。ひきこもりとパラサイトは同根の現象と言うべきだろう。

面白いことにはランディのメールエッセーにアクセスする読者の中には、その学生フリーターや「ひきこもりの若者が多い」（出版関係者）ともいわれている。一体若い世代はランディのどんな魅力にひかれてアクセスしているのだろう。

精神を病んだ現代社会や心の闇の底からわき上がる声を伝える〝異能者〟

ちょうどランディ・ファンが初めて集まるオフ会（ネットの外で出会う飲み会）があるというので、のこのこ聞きに出かけてみた。浅草は吾妻橋のたもとの安居酒屋で、お湯割りホッピーなんか飲んで盛り上がっていたのは、ハンドル名・やじろべえ（二〇代後半男性）、てん助（二一歳、学生）、なかやま（二〇代後半女性）、やぎ（二〇歳、学生）、むー（三〇代半ば女性）、さとる（二〇代後半女性）、Y《ワイ》（二〇代後半男性）の七人。でね、こんな調子。

「ひきこもり犯罪とか病んだ家族の精神構造がどうなってるのか、闇の世界をリアルに伝えてくれるよね」

「私も近くに精神病の人がいるんで、なんであの暗い家庭環境であんなにランディさんパワフルでいられるのか、それで彼女のもの、ずっと読んできた」

「ランディって、いろんな人生経験してきて、うらやましい。私はまわり道する自信がなかったから、スゴイと思う」

「エロいとこも、いいよね。母性的で。こっちをありのまま受け入れてくれる」

「だけど、ランディさんが受け入れられる時代って、ある意味で不幸だと思いません？　お互いに〝病んでる〟から共感・共鳴しあうわけで（笑い）」

ランディを〈新しいネット文学の旗手〉として評価する意見はひとつもなかった。むしろ彼女は、精神を病んだ現代社会や人の心の闇の底からわき上がってくる声を伝える〝異能者〟として位置付けられていた。あるいはその時、闇を突っ切る〝人生の道標《みちしるべ》〟のような母性的（エロチックな）救済者として。だからこそ、吾妻橋のオフ会のような二〇代の若い世代が、ランディの後追いを続けるのだ。

前述の『コンセント』の結末でも、妹は沖縄のユタのような精神救済型の巫女（メンタルカウンセラー）にはならなかった。逆に、兄のような心弱き男たちを「女の穴」という母性的なエロスの力で癒そうとする「淫《みだ》らな娼婦」（セックスカウンセラー）に成長してゆくのだ。あの物語の中では、「女の穴」と電源プラグを差し込まれる「コンセント」とがほとんどダブルイメージで展開している。「エロい」ランディの面目躍如なのである。

二作目の小説『アンテナ』の中でも、この妹はセックスビジネスの〈ＳＭの女王〉ナオミに変身して大活躍する。

改めて彼女の家族史をたどろう――。父親は、「戦争に行けなかったお父さん」だったという。あの「若い血潮の予科練の、七つボタンは桜に錨《いかり》」の、海軍航空隊・予科練習生である。終戦で死に損ない、生きて帰って「下田の町でも有名なチンピラ」になった。

「終戦間際の予科練志願てのは、ほとんど一〇〇パーセント特攻隊ですよ。そして特攻精神の本質は、愛する家族と故郷を守ろうとする〝救国の魂〟です。そらもう純真一途でした……」（元陸上自衛隊二等陸佐・雨宮甲子雄）

その〝救国の大義〟に生きる目標を失った〝予科練崩れ〟が、自暴自棄の果て、ヤクザ・暴力団への道を突っ走るのが七〇年代東映ヤクザ映画の定番メニューの物語だったが、ランディの父は「チンピラ」から遠洋マグロ漁業船の乗組員になった。ヤクザというはぐれ者＝社会的異物にもなれなかったお父さんなのである。彼は一年の大半を海の上で暮らし、家に帰ってくると大酒を飲んで暴れ、「刃物を持ち出し、家族を脅し、隣近所を驚愕《きょうがく》させた」という。

母は実家に逃げ帰り、兄は小さい頃から親類に預けられる……、もうハチャメチャ。それでも「海の男を自任する父親は、兄に男らしく逞《たくま》しく生きろ」と要求し、兄はその父の期待に応《こた》えられなかった——たった一年で会社を辞めて、自宅に戻ってきた。その後二〇年もの歳月、彼はほとんど働かず、家でぶらぶら徒食して過ごした。

その兄を、母は小さい頃、親類に預け「可愛がってあげられなかった」という深い罪悪感から許し続けたという。「無限抱擁」の原型がここにある。兄は「親のせいでオレの人生はダメになった」とわめき続け、〈家庭内暴力〉に移行し「やがて遺体で発見された時、四二歳だった」。

父親像が結べなかった。だから家族の外に、「リアルな異物」を求めた

かくて女性誌に「崩壊する家族の肖像！」（女性自身）と評されたこの暗く悲惨なランディ・ファミリーストーリーだが、その家族史がわれわれに何を語りかけているのか、私はこの二カ月間繰り返し考え続けた。そして見えてきたのはこんな〈失われた世界〉の物語だった——

ふりかえれば、昔は学力「劣等者」や人生の失敗者、ヤクザや娼婦でも、社会的偏見に対抗して、それなりにイキイキと人間らしく生きぬけた〈庶民の世界〉や〈裏社会〉というものがあったのさ。けれど、七〇～八〇年代ニッポンの経済大国化は、それら社会的「劣等者」をすべて経済効率にあわない〈異物〉として社会から抹殺したのだった。優秀な

企業戦士になるための受験戦争からはずれた少年少女も「学校の異物」として、いじめられ軒なみ「不登校」をきめこんだ。

その結果、日本中が便利で明るすぎる〝過剰平等〟の世の中になり、社会からはずれた人間でも「これがオイラの人生さ」と胸をはって生きてゆけるダークサイド＝庶民の世界が地上から消え失せた。＜闇＞がもつ〝はてしないやさしさ〟が社会から失われたと言ってもよい。それは、日本人の心と暮らしに多大の変容をもたらした。

ひとつは、現代の家族というものが、薄暗い＜子宮＞と化してそれら落ちこぼれの子供たちを無限抱擁する以外なくなったことだ。家族が、行き場を失った落ちこぼれたちの〝死体処理場〟となり《失われたダークサイド》の受け皿にさせられているのだ。そしてその暗い死体処理場という〝社会的無意味〟に家族が耐えられなくなった時、その裂け目から〝行き場のない〟〝目的もわからない〟、ただ「オレはここに生きているぞ!」と宣言するためにだけ決行されたような少年少女犯罪が噴出するのである。

そしてもっと深刻なのは、庶民精神の内部に「はずれ者でも、美しいまっとうな顔をして生きる」二重人格または多重人格化が生まれてしまったことだ。庶民が「素面《しらふ》のままで生きられなくなった」時代である。

想えば、ランディの父親なんてのは、その庶民精神の「人格分裂」化の最も早い先駆けだったろう。ヤクザという暗黒世界にも地域の市民社会にも行き場を失ったお父さんは、アル中という＜平常＞と＜酒乱＞の間を行き来する一種の多重人格者になっちまったからである。そして恐らくは、幼いランディがその父の人格分裂の嵐《あらし》に耐えられたのは、彼女にも父親に合わせて「自分を演じる」多重人格的な才能があったからだろう。彼女は小・中・高校と演劇部で活躍し、一七歳の時に家出して最初にめざしたのは劇作家・寺山修司のもとである。しかし父親にあわせて演じれば演じるほど、「自分とは何か？」のアイデンティティーを失い、心の中はカラッポ化していった……と書けば、ランディは怒るだろうか。

うっとうしい雪空が晴れた一月の末、神奈川県湯河原の温泉街、海を見下ろす高台にあるランディの家を訪ねてみた。冷たい波の打ち寄せる浜辺を通り、長い石段のある神社に上り、三歳の娘が通う保育園の前に出る彼女の〝散歩コース〟を二人でたどりながら、ランディと私はこんな話をした。

吉田　高卒後上京して、新聞販売所の炊き出し、神社の巫女、銀座のホステスなど、七〇年代末の底辺フリーターの世界を放浪しますね。

田口　二八歳の頃まで、親から愛されてないとずっと思いこんでいたんです。父と母の関心はいつも兄に行ってて。だから自分がなぜここで生きているのかその意味を知りたかった。自分と違うもの、「異物としての他人」に出会って、自分が自分であることを確認したくて……。

吉田　「ハレンチに生きてやる」って言ってたけど、本当はその「男遍歴」の流れの中で、アル中ではない「父親らしい父親」像を求めていたのでは？

田口　うん、そうです。恋愛対象の男にはえんえんと求め続けましたね（笑い）。だいたい父は酒を飲むと人が変わってしまう。言うことも変わってしまうから、どの父が本来の父なのか私も兄も全く理解できなかった。統一した父親像が結べなかった。だから家族の外に、確かで「リアルな異物」を求めたんだと思う。

かつてランディが遠い島や町をさまよったように、いま若い世代はネットの中をさまよい、そしてランディという「母性的な存在」に出あうのだろう。とすれば、それはいま〈家族〉だけではなく《ネット世界》もまた、現実を生き難い不安な魂や落ちこぼれを受け入れるダークサイド（裏社会）と化していることを物語る。∧家族∨から∧ネット∨に逃げる、放浪する、冒険する〝現代の抜け穴〟が掘られていると言ってもよい。

〝陰の力〟が予感となって私の中に入ってきた時、ことばにのせて送っている

抜け穴を通る者は「ハンドル名」という匿名性（別人格の別人生）を持ち、二重人格あるいは多重人格化して、丁度あの福岡地検「情報漏洩《ろうえい》」事件の〝判事の妻〟のネットストーカーのような〝人生の裏ゲーム〟を喜々として展開するのだ。

いったいヤクザ・暴力団ではなく、市民階級が裏社会を形成して生きるなんて時代が過去にあったろうか。いわばこれからは行方も知れぬデジタル《多重人格化》時代がはじまるのであり、その時に∧ランディの言葉∨が確固として人々の間に屹立するのは当然の話だったかもしれない。ナゼだって？　想い出せよ、ランディこそは幼い時から〝多重人格化した父親〟像と闘い続けてきた歴戦の強者《つわもの》だったじゃないか。

最後にまたも、謎のような∧ランディの言葉∨を伝えて終わろう。というのも、彼女には『癒しの森――ひかりのあめふる屋久島《やくしま》』という本があるように、一般的には「癒しの文学」の書き手と思われてきた。しかし「癒し」は、八〇年代の新宗教ブームが「癒しの宗教」と呼ばれ、その中からあのオウム真理教の地下鉄サリンが生まれてきたことで、時代を切り開くキーワードとしては崩壊した。いまランディは「癒し」の先にどんな∧救済の物語∨があるのかを模索せねばならないからだ。

田口　私がネットでやっていることは、人間の社会とか現象の背後に働く〝陰の力〟が予感となって私

うに思えた。（01・3）

の中に入ってきた時、それをことばにのせて送っているんです。私自身は、すごい空っぽですね。すごく空虚な人間だと思います。
吉田　じゃあ、憑代《よりしろ》（巫女）なの？
田口　そうですね。気持ちとしては。
吉田　それなら〝癒し〟というより、お告げとか警告じゃない。
田口　でも、私がそんなことを書いているなんて誰も思ってない……。私ね、もう物心つく頃から、外側から何か得体の知れない大きな力が働きかけてきて、お父さんが酔っぱらっていようが、お兄ちゃんが頭変になろうが、「私は大丈夫」って思ってきた。それは、今もずっとある。
吉田　それを神と言っちゃうと、宗教。
田口　そうなんですよ。でも、神じゃない。何なんだろう。

ランディの精神放浪、心の旅はまだ続いているよ

第3章
映画と書物に未来はあるか

「民衆」という死語

映画『全身小説家』

民衆の見事な嘘のつきっ振り

「この娘《こ》の命をチッソの水銀に奪われて……」と、仏壇の前で婆さんが泣きながら、七歳で死んだ水俣病劇症型のP子の遺影を指差した。すると、婆さんの水俣病哀話に聞き入っていた修学旅行の生徒や先生、支援の人々は一斉にその仏壇の中の、幼いオカッパ頭のP子の白黒写真を見つめた――あぁ、婆さん、またやってるなと私は思う。だってその遺影はP子ではない。どこか他所《よそ》様の娘のスナップ写真を改造したものだ(笑)。そう、水俣病への村八分で首を吊ろうか娘を売ろうかと追いつめられていた昭和三〇年当時の貧乏漁師の家に、P子の記念写真を撮《と》る金など一銭も残ってはいなかった。そこで、「あの婆さんは、誰とも知れぬ人の娘の写真に勝手に黒枠入れて、〝P子の遺影〟を捏造しちまった。水俣病裁判のデモの先頭に掲げて、全国の支援者をだまくらかしている」と、親戚の人もビーックリ。あははは、原一男の記録映画《ドキュメンタリー》『全身小説家』を見て想い出したのがこの水俣民衆の見事な嘘のつきっ振《ぷ》りだ。というのも、反権力作家・井上光晴がガンで死ぬまでの五年間の虚実にみちた言動を描いたこの映画の中で、原

が執拗に暴《あば》いているのが「井上光晴自作年譜の嘘」である。でも、その
◎父親が満州に行途《ゆくえ》不明となった話
◎朝鮮ピー屋に売られた初恋の娘の話
などの「年譜の嘘」は、民衆がこれまでついてきた嘘に較べれば、小さい小さい。小さくって、そんなの、五年もカメラぶら下げて追い続けるほどのテーマかいなと思ったからだ。

「年譜の嘘」って、よくある話で、現に私は最近、三里塚の記録映画シリーズで有名だったあの小川紳介監督が自分の出身経歴を偽《いつわ》っていた事実が死後に判明して、「激しいショックを受けている」と告白する映画屋仲間に会い、ゲラゲラ笑い出してしまった。「んな事、気にしなさんな」と。だって民衆の世界が己れの出生の闇や家系を改竄《かいざん》して生きるのは常《ジョ》ー識《シキ》で、最も得意な伝統手法だ。そしてそーゆー民衆情念を「反権力的」とか「おおらかな野放図さ」とか称賛してきたのが、戦後日本の記録映画である。小川がその称賛すべき伝統手法を物真似したとして、それを誰が責められよう。ただしそれは、小川という作家の心の闇の底知れぬ深さを語っているのではなく、年譜をいじるという民衆の猿真似によってしか己れの人生を公開できない、作家としての小ささを示しているのだ——当《ト》ー然《ゼン》、小川にいえることは井上にもいえるというお話である。

つまり民衆の方がずーっと大きくて、ムチャクチャで奇想天外な嘘をつく。例えば彼らが戦後についた最大の嘘は、戦争責任逃れの「被害者」平和主義だ。天皇陛下万歳！ で熱狂しア

ジア人種を一〇〇〇万人もぶっ殺しておいて、戦後はコロッと「か弱い戦争犠牲者」(被害者)にすり替《か》わる。仏壇の前で婆さんが泣きながら、「この子の命を天皇制に奪われて……」と、兵隊帽の遺影を指差してみせたのが私たちの戦後平和ではなかったか。こーんな大嘘ありゃしない――テンデ、実はそーゆームチャクチャな嘘つき民衆の世界こそが井上光晴の「虚構」の故郷《ふるさと》なのだった。

大地と民衆の物語の終焉

「フィクション(虚構)の本質は、現実よりも激しい物語を作ることなんですね。事実より強い嘘をつけるかどうか」(製作ノート)と、井上は語った。でもね、映画の中で披瀝された彼の嘘物語――朝鮮ピー屋の場面《シーン》や自分を捨てた〝瞼の母〟に会う場面、炭坑で少年霊媒師になる話、満州の「赤い夕日に照らされて……」と踊る哀切ストリップに至るまで、あれらは皆、ちょっと炭坑や被差別の世界を経巡《へめぐ》ると必ず出会うおなじみの民衆哀話のパターンなのだぜ。私だって、水俣の漁民世界で拾った似たり寄ったりの物語をいくつも持っている。井上の「激しい嘘」物語の原型は、「あー、あれか」ってなもんである(笑)。ここでも井上は、民衆の伝統的な物語手法を身に纏《まと》う。〝騙しのテクニック〟を、である。

だから原一男は、「井上光晴は実人生という劇場で見事に虚構を演じ、生きてきた」と述べ、《虚構》と《現実》の二項対立の関係の上にこの『全身小説家』の魂の全貌を描き出そうとするが、そら、違うって。それだと、死んで嘘がバレても井上はニコニコしてる。どうだい、俺の騙しのテクニックは冴えてたろうと。井上が青ざめるのは、それがちっとも「激しい嘘」ではなく、民衆の物真似にすぎないという彼の虚構の「お里が知れる」ことなのだ。彼の小ささが浮き彫りになる時、である。即ち、井上の《虚構》には《現実》ではなく、《民衆》という根源を対置させねばならない。

　ところが、である。日本にはもう民衆なんていないのだ(笑)。先刻から民衆と傍点付きで書いているように、「時代死語」となって久しい。

　チョットここで講釈を垂《た》れれば、〝大地の子〟としての日本民衆は、高度成長や列島改造による地母神(=風土の神々)の殺戮→大地の破壊→ムラの崩壊とその運命を共にした。彼らの〝戦闘能力〟は、一九七一年に三里塚の原野に六つの砦を築き火炎ビンの雨アラレで残った、あの〝最後の農民一揆〟で終わりを告げた。また彼らの〝物語を作り出す能力〟も七〇年代水俣病闘争の中で空洞化し死滅してゆく——ミナマタの場合は、必要なのは武力ではなく、公害被害者への世の人々の同情である。つまり〝お涙頂戴〟の戦さだった。そのため患者・漁民は大量の水俣病哀話を生産せねばならず、余りに粗製濫造し過ぎた。余りに世に媚びて暗黒体験を語り過ぎた結果、逆に自分の心の中の闇をカラッポにした。語るに足る物語がなくなっちゃったのである(笑)。

　すると彼らはなんと、最後にはあの石牟礼道子の『苦海浄土』の物語にたどりつき、その哀切極まりない、浄瑠璃のような石牟礼美学の物真似で自らの漁民魂を飾り始めたのだ。民衆が小説家の作法を真似る――彼らの〝物語能力〟の死滅だった。こ～して大地と民衆の物語が終焉した結果、それに替わって、八〇～九〇年代の地上を軽々と情報の電子の渦が覆い、今度は私たちは〝電脳メディアが作る物語〟に圧倒され巻き込まれてゆくこととなったのである。

民衆亡き後の「おとぎ話」

てな按配《あんばい》だもの、民衆をベースにした井上の嘘物語の世界(「井上光晴文学伝習所」運動は七七年からスタート)も、当ｰ然《トゼン》「時代死語」化していったと考えてよいだろう。それでだろうか、この映画に若者は一人も出てこない。〝高齢化社会の生きがい対策〟みたいな人たちばっかり。作家の野間宏は完璧に死霊だし、埴谷雄高と瀬戸内寂聴ときたひには文壇の化石か濡れ落葉(笑)。文学伝習所の人々もオジさんオバさんばっかりで、これは「生涯学習」ビデオかと錯覚する。おまけに梅干し婆ちゃんや脂の乗りすぎた大年増の文学少女たちが口々に、「井上さんは私の恋のお相手」とか、彼と寝たか寝ないかは「私のヒ・ミ・ツ」なーんて話のオンパレードで、ゲンナリしちまう。それこそ《虚構》でいいから、もっと若いピチピチ娘との艶噺《つやばなし》を出してくれーいと悲鳴をあげたくなる、二時間と三七分であった(笑)。

私はゲンナリしたが、マスコミや若い観客には「面白い」と評判がいいらしい。民衆亡き後の民衆っぽい物語、つまり一種の「おとぎ話」として受けているのだ、と私は思う。モチロンそれは悪いことではないし、映画的成功だろうよ。ただし、「戦い」にはなってない——だって、原よ、見廻して御覧《ごらん》。『草とり草紙』(福田克彦監督)も『無辜《むこ》なる海』(香取直孝監督)も『阿賀に生きる』(佐藤真監督)も、記録映画は皆終わってしまった民衆世界の亡霊を描いたものばかり。おとぎ話一色ではないか。死んだ《民衆》はもういい。生きている、電脳《コンピュータ》時代の人間情念を追え。それがいま記録《ドキュメンタリー》に要請されている「戦さ」だ、原一男よ。

(94・11)

コギャル・マゴギャルの援助交際

村上龍『ラブ＆ポップ』

私《わたし》ゃ文芸評論家じゃないから、好き勝手に書かせてもらうケド、最近の物書きの文学的創造力、世を震撼《しんかん》させる力量って一体どーなってるんでやんしょう？　作家の池澤夏樹が朝日の「文芸時評」で、村上龍の『ラブ＆ポップ』を読んでその女子高生の「援助交際をテーマにしたまことにアクチュアルな小説」ぶりには「なかなかの感動を覚えた」と書いているんで、私もその気で読んでみた。ふき出したね。喫茶店で一五～六歳の女の子が三分間で語り終えるような小噺《こばなし》の〝なぞり〟、〝換骨奪胎〟、単なる〝変奏曲〟のオン・パレード。かろうじてキャプテンEOとかいう小盗人《こぬすっと》が持っていたぬいぐるみ「ミスター　ラブ・アンド・ポップ」という小道具の使い方ひとつがうまく決ったため、小説としての全体の破綻をまぬがれているにすぎない。少し渋谷に詳しい風俗小僧ならゲラゲラ笑い出すだろう、「これが当代随一の物書きが書いた本か」と。

池澤は、「街と商品と通信手段と危険からなる一九九六年夏の渋谷の風俗を綿密に描き……」などと書いているが、どこが綿密なんだよ。『文學界』のインタヴューでノンフィクションライターの黒沼克史から、「カラオケのシーンでは歌詞を長く引用するとか……、レンタルビデオ屋が出てくるとビデオのタイトル名をズラリと書くとか……、あれはどういう効果を狙ったものなんでしょうか」と質問されてる有り様じゃないか。どういう効果かと聞かれちゃ、お終いだ。効果があがってないからそんな疑問も出てくるのに、村上御大《おんだい》ゆうぜんと、こう答えたね。「アンディ・ウォーホールと同じやり方です」。物書きとして己《おのれ》が到っていない「恥」の概念さえ忘れている。あぁそれなのに、この本の推薦文に吉本ばななが「真の閉塞の中の妙に明るい光……。なんでそれをこんなに完璧に描けるのだろう。くやしいほどうまい」とか書くのである、こいつら皆んなグルなんじゃないのかぁ？

てな塩梅《あんばい》で、『文學界』での村上龍のお話の方も信じられないくらいお粗末なのだ――外国人ジャーナリストから「貧しいアジアとかラテンアメリカの少女が体を売るのは、……わかる。でも、こんな豊かな日本の女子高生がなぜ体を売る必要があるんだ」と訊かれると、答えられないんだナンテ語っている。オイオイ、そら、貴方《アンタ》、現在の「援助交際」現象を解《と》く時の、最も重要で最も基本的なキーワード＝「切り口」でないの。それに対する解答もないまま、一冊の本書いちまったのかい？　唖然とする。せめて援助交際とは、「バブルで世界制覇を夢みた国が生んだ、いくつもの人間喜劇の中のひとつなのさ」ぐらいの、ウイットに満ちた台詞《せりふ》を外国人ジャーナリストに与えられなかったものか。仕方がない。当代随一の物書きにして、この「時代を凝視する力」の衰弱ぶりだ。ゴーマニズム宣言の小林よしのりじゃないが、ワシがしゃしゃり出て、代りにお答えしよう――わが国では「売春」が経済的貧しさと直結して語られたのは、高度成長期までである。高度成長期のエコノミックアニマルの日本人は、七〇年代には東南アジア「買春」ツアーのセックスアニマルに早変わりして世界的非難を浴びるなど、「売（ウリ）」

から「買（カイ）」へとイメチェンした。更に〝世界一の大金持ち〟の国に成り上がった豊かな八〇年代は、男女雇用機会均等法も施行され、若い女性の男女「平等」幻想や〈女の自立〉願望が大爆発した。これまでの男性優位社会の「飲む・打つ・買う」の世界に復讐するかのように、街や職場にキャピキャピギャルとボディコン娘たちの過剰な欲望（＝くう・ねる・あそぶ）があふれ出た。即ち、彼女らの性的快楽（不倫や海外旅行でのボーイ漁《あさ》り）、食的快楽（グルメ）、美的快楽（おシャレ）が〈女の自立〉とイコールで語られた。とりあえず、それらの快楽や欲望を買い切るだけの〈経済的自立〉を、彼女らは自分のOL稼業の中からひねり出していたからだ。こうして日本人は男も女も豊かな「買（カイ）」の時代に入ったのだが、その一方で、その豊かな時代の「女の快楽」（＝女の自立）という〝時代常識〟を、自分の収入だけではまかない切れない娘たちも続出した。そうした〝豊かさビンボー〟の素人《シロート》娘たちが歓楽街に進出して一斉に「売（ウリ）」に転じて、古くからのプロ売春を駆逐したのが、いわゆるあの〝ソープとピンサロとフーゾク嬢の時代〟なのである。そう、〈女の自立〉を手に入れるために肉体をひさぐという転倒現象の中で、ここに初めて「豊かさ」と「売春」が直結したのだ。だから八〇年代日本の売春市場《いちば》は、新宿を例にとれば、大久保の旅館街付近の暗闇をタイやペルーやフィリピンの外国人出稼ぎ女性の〝貧しい売春〟が占拠し、駅前や区役所通りの歓楽街を〝明るいフーゾク〟（＝豊かな売春）が占拠し、明暗・貧富の棲《す》み分けを演じた時があると言ってもほぼ間違いには当たるまい。

九〇年代の女子高生の「援助交際」が、この素人娘の〝明るいフーゾク〟（＝豊かな売春）の延長線上にあることは一目瞭然だろう。というのも、八〇年代の「くう・ねる・あそぶ」の、あの湯水の如く金を使いまくるバブルな消費構造（＝女の快楽主義）の荒波が、さらに進化し低年齢層に及び、コギャル・マゴギャルの女子中高生の〝お小遣《こづか》いの世界〟の岸辺までも激しく洗い始めたからだ。洋服、カバン、ズックに時計にアクセサリーの流行ブランド品のおシャレ感覚、ポケベル、携帯、カラオケ、ゲーセン、男に貢《みつ》ぐ遊興費、おやじギャルゆずりの「名刺」作りにまで手を出して、お金がいくらあっても足らなくなった――学校通いのコギャルたちにそれらをまかなう〈経済的自立〉なんて、ありっこないじゃないか！　こうして彼女らは、八〇年代〝豊かさビンボー〟の先輩たちが切り開いた「性労働」（明るいフーゾク）の道へ、おずおずと足を踏み入れるのだ。学校から放課後、渋谷や池袋に〝出稼ぎ〟に行くようなもんで、するとそこにはピンサロやソープランドの代りに低年齢層のための職場が「ブルセラ・ショップ」や「伝言ダイヤル」や「デートクラブ」の形をとって新装開店されており、「いらっしゃーい！」と性産業の大人たちが大喜びで迎えてくれるのだった。そう、これら援助交際の女子高生に話を聞くと、異口同音に、バブル崩壊で青息吐息の両親の経済力に「もうこれ以上、負担はかけられない」「欲しいものは、自分で手に入れる」と、〈女の自立〉めかした台詞《セリフ》を吐くのは、彼女らが八〇年代「女の快楽」主義の転倒現象をそっくりそのまま受け継いでいるからである――親に迷惑をかけたくないから〝肉体《からだ》を売る〟という、その彼女らの健気《けなげ》さは、バブル崩壊後のニッポンの、唖然たる「人間喜劇」のひとつでなくて一体なんであろうか。

　だから村上龍は、外国人ジャーナリストにこう答えればよかったのだ。八〇年代経済大国の豊かさがまだ私たちの生身の身体に残っているのに、もう私たちにはその豊かさを買い切るだけの力がない。そうゆう日本人全体の「斜陽」を最も見事に表現してくれているのが、コギャル・マゴギャルの「援助交際」なのだと。

最後に〝文学的創造力とは何か〟についてもう一度触れるが、村上は「(援助交際が)悪いかどうか分かんないけど、とりあえず恥ずかしいことだし、悲しいことだ。恥ずかしいことや、悲しいことをやっている他人を見るのは、人間は嫌なんだ」と語っている。一夫一婦制が続く限り、あらゆる売春的行為が「悪い」ことは、エンゲルスが『家族・私有財産・国家の起源』で指摘した時も、今も変わりはない。「悪い」に決まっている。しかし、「悪い」からこそ人生面白いというのが、文学ではなかったのか？　恥ずかしいことをやっている人間のなかに無垢な魂や、ゆずることのできない男と女の哀しみや、泥だらけな戦いを見い出し、真に恥ずべきは誰かを名指ししてみせるのが文学者の仕事のひとつではなかったろうか。衰弱したとはいえ、文学はなお〝戦《たたか》い〟だ。そうではないのか、村上龍よ。

（97・4）

「オウムはわが友」

村上春樹『アンダーグラウンド』

読んでいて、まず頭に浮かんだのは麻原彰晃ではなく、この間の異種格闘技戦だった。元柔道「世界一」の小川直也が新日本プロレスの最高峰・橋本真也に初挑戦・初デビューで、必殺技STOを放ち、九分二五秒・裸絞めで勝利した。プロレスが柔道に敗れるという予想外の展開だったが、東京ドームの観客は六万人。日本中の注目を集め、興行的には新日本プロレスの堂々の勝利だった。でね、今回、文学者（フィクション作家）で人気「日本一」の村上春樹がノンフィクションという異分野に初挑戦したこの『アンダーグラウンド』も、「偉大なる『習作』」（朝日新聞）とか「圧倒的ノンフィクション」（週刊文春）とかの激賞が相次ぎ、興行的には大成功。出版元・講談社の堂々たる勝利といってよかった。けれどもそのことは、同時に村上がノンフィクション相手の異種格闘技に完全勝利したことを意味するのかといえば、話はそうは簡単に問屋が卸《おろ》さない。

というのも、御存知のようにこの本は、オウム真理教の地下鉄サリン攻撃によって今なおPTSD（心的外傷後ストレス）などに苦しむ被害者、弁護士や精神科医六〇名に、村上が直接面談してまとめた〝証言集〟だ。「小さいながらも幸福な家庭」を営んでいた人々が「ちょっとした運命のいたずら」でサリンに遭遇するという、小市民的〈平和と秩序〉の破滅譚で埋め尽くされている。しかし村上はこれらの人々の証言を、「それはあくまで(事件の)記憶である」「我々は自分の体験の記憶を多かれ少なかれ物語化するのだ」と述べ、裁判の証言や〝客観性〟を重視する通常ノンフィクションの形式と区別している。いわば新しい〈物語ノンフィクション〉の方向を開示したわけで、どーやらこれが村上の必殺技であるらしい。

問題はその新必殺技が効を奏したかどうかだが、それなら読者よ、次に文中の二〜三の例をとって、村上〈物語ノンフィクション〉の実態に迫ってみよう。まず最初に、これはノンフィクション作家の野田正彰が「腰くだけ」と酷評した、千代田線・霞ヶ関駅の助役・豊田利明さんの面談シーン(豊田さんは思い出したくないサリンの傷跡を、人々に伝える義務感から無理して語っている)。

「オウムみたいな人間たちが出てこざるを得なかった社会風土というものを、私は既に知っていたんです。……」

——モラルは年を追うごとに低下しているのですか?

「あなたはどう思いますか?」

——私(村上)にはよくわかりません。

「それじゃ、少し勉強なさった方がいいですね。……」

いまや面談相手が〝傷ついた心〟の傷口を自ら押し開けて、さぁ入ってらっしゃいと招いているのに、村上はズルズルと尻ごみして、相手をシラけさせている。なるほど「腰くだけ」だ。

だが私は、「もっと勉強しろ」という豊田さんの皮肉をきちんと書き残す村上の〝正直さ〟の方にも、ニヤリとする。彼は、へっぴり腰と揶揄《やゆ》されるのを承知で、それをやっているからだ。彼はもうこれ以上サリン被害者の心をマスコミのさらし物にして「傷つけたくない」し、自分もそのことで「傷つきたくない」からだ。つまり被害者の傷口の痛みを刺激しないような〈距離感〉を保つことが、村上〈物語ノンフィクション〉の最大の掟《おきて》となっているのである。

フム、しかし、それはとても〝奇妙な掟〟だ。傷ついた人間の心の傷口から傷ついた記憶を引っぱり出すのに、〝痛み〟のともなわないことなどあり得ない。大なり小なり相手を痛ませ、傷つけざるを得ないのが、ノンフィクションの〝ヤクザな宿命〟なのだ。そのためにどれほど多くのノンフィクション・ライターが取材のたびに相手を「傷つける」ことに悩み苦しみ、自分の精神状態をボコボコに荒廃させていることか。特に私のような〝札付《ふだつ》きのヤクザ〟から見れば、そんな村上の〈距離感〉は贅沢な殿様ノンフィクションに思えてくる。だって、数多くの良質の証言をキャッチしているのに、その部分に来ると、決まって村上はそしらぬふりの〈距離感〉を取り、のほほんと、その場を素通りしてしまうのだ。もったいなくて仕方がない。

例えば、一時は植物人間状態に追い込まれた丸ノ内線の重症患者・明石志津子さんが、「いぃうにぃあん」(ディズニーランド)に行きたいと、かなわぬ口で語る場面《シーン》では、私は、誰ともコミュニケートできない水俣病胎児性患者の絶望的な孤独世界を想い出し、ハッと胸うたれた。私なら何日でもそこにど坐ってでも、彼女のサリン暗闇地獄のひとかけらなりとも共有しようともがくだろう。しかし村上は、すっとそこを離れる。「私はできることならそれ(ディズニーランドの風景)を彼女の目を通して見てみたいと思う。でももちろんそんなことはできない」と。

日比谷線のマイケル・ケネディの〝サリンの悪夢〟の話も、良質なものだった。「僕は眠るのが怖かった。だって眠ればその夢を見るんだ。僕は明かりを一晩中つけっぱなしにしておいた。僕は暗闇というものを恐れた」

あぁ、これは昭和三八年の三池炭鉱爆発の一酸化炭素中毒に陥ったCO患者の世界だ、と思った。地底の暗闇に生き埋めにされた恐怖から、かつての炭坑の荒くれ男が、夜が来るたびに暗闇が恐い〳〵と女房の胸にしがみつき、震えながら眠ったのである。しかし村上は、またもそこを素通りする。読んでいて、私は「そこだ、村上!」「いまだ、行けぇー!」と、彼のおよび腰を後ろから蹴っとばしてでもサリン被害者の心の暗闇の中へ追い落としたい衝動に駆られ続けた——かくして『アンダーグラウンド』は、市民的平和のわりと退屈な破滅譚が六〇人分ずらーっと並べられるという、起伏の少ない展開となったのである。新必殺技〈物語ノンフィクション〉が効を奏したとは、とても思えない。そう書いて、村上文学ファンに怒られるなら、こう書いておこう。荒々しい万葉の「丈夫《ますらお》ぶり」ではなく、微妙な人間心理の陰影に技巧をほどこす新古今風な「手弱女《たおやめ》ぶり」の地下鉄サリン物語が出来上がったと。

というわけで、後半部のここからは、なにが村上をそういう〈物語〉=〈地下《アングラ》〉ノンフィクションに走らせたのか、その心根に迫ってみよう。村上は「目じるしのない悪夢」のなかで、マスメディアは、市民社会の「こちら側」の正義と、麻原オウムの「あちら側」の悪という図式を作り上げ、その『正義vs悪』の対立を徹底的にあおったと書いている。その結果、みんなが

「正義という大きな乗合馬車」に乗り込んで、麻原をただの馬鹿扱いにして終わらせてしまった。しかし麻原の馬鹿気た暴力によって「こちら側」のシステムが完敗したのも、事実だ。だから麻原のあの馬鹿気た「荒唐無稽な物語」にきちんと対抗し、それを根底から浄化する「こちら側の物語」を生み出さねばならないと主張する。

そうだろうか？　人々が市民正義に目覚めたから、あれほどの麻原「悪玉」人気↓「ああ言えば」上祐ブームが起きたわけではあるまい。逆だ。極度に管理された〈平和と秩序〉の市民社会では、人々は決まり切った日常風景にもうウンザリして、〈破壊〉と〈破滅〉の瞬間を待ち望む。破壊と破滅だけが、非日常的な〈解放〉感と〈祝祭〉感の幻を運んできてくれるからである。麻原は、そのための『破壊王』だった。そう、いまや〈破壊〉はテレビで見物される悲劇となり、〈破滅〉はそこに参加すべき祭りとなった。阪神大震災に一〇〇万人ものボランティアが集ったのは、そのためである。引用しよう。かつてホイジンガは『中世の秋』の中で、犯罪者や異端派の処刑が群集にとって、ディオニソス（悪魔）的お祭り騒ぎの場だったことを指摘した。

「モンスの町の人びとは、ある盗賊の首領を、高すぎる値段であえて買い取ったが、それはその男を八裂《やつざ》きにして楽しもうとしてのことだった。民衆は、死んだ聖者の屍《かばね》がよみがえったとしても、こうは喜ばないだろうと思われるほど、喜び楽しんだ」と。

麻原オウムの「悪玉」人気とは、これであった。つまり人々は「正義の乗合馬車」になんか乗り込まなかった。ホイジンガのいう「遅鈍な喜び、その残酷さをつつむ陽気なお祭り騒ぎ」を楽しんだのだ、テレビの前で。

村上は、麻原（あちら側の物語）と私たち（こちら側の物語）をあまりに対立的にとらえすぎる──オウム真理教が、〈幸福の科学と共に〉、八〇年代新宗教ブームのなかから生まれた宗教集団だということを忘れているからだ。八〇年代新宗教はいずれも「終末教」（ハルマゲドン）的色彩を色濃く持ち、ここに「家族崩壊」時代で行途を見失った多くの若者と老人、オバさん族が蝟集《いしゅう》したのである。市民社会のリアルな裏側、または〈地下《アングラ》〉は、それこそハルマゲドンの「荒唐無稽な物語」で満ちあふれていたのだ。その邪悪な〈破滅〉願望の空気を胸いっぱいに吸って、オウムは育った。

だから村上アングラ・ノンフィクションに決定的に欠けているのは、サリン被害者とその周辺がどんな宗教的土壌の下で暮らしていたかの総合調査である。その宗教分布図がもう少し明確になれば、「オウムはわが友」という、どーしようもない現代日本の市民社会の病巣がもっと深刻に描き出せたろう。地下鉄サリンは、そのわが友が行なった「同朋殺し」であり、その同朋殺しをお祭りにして「こちら側」（市民社会）が楽しんだというお話である。本当に浄化されねばならぬのは、「あちら側の物語」ではなく、「こちら側の物語」ではなかったろうか。

最後に、しかしながら、多くのノンフィクション・ライターがマスメディアの先兵、御用ライターとなって、恣意的なオウム物語を書きまくったことも否定のしようがない事実だ。その意味で、モラル、レベル共に低下した現在のノンフィクション界だ。今回のような村上の〝正直〟で〝誠実〟な仕事ぶりが通用する可能性は十分にあると思う。

（97・6）

もうひとりのフランク

村上 龍『イン ザ・ミソスープ』

村上龍の新作『イン　ザ・ミソスープ』のストーリー展開はいたって簡単《シンプル》――大晦日、新年をひかえた真冬の東京・新宿の三日間の物語。援助交際かなんかの女子高生バラバラ死体がゴミ捨て場から発見され、歌舞伎町のけばけばしいフーゾクの世界が描かれ、その中で『お見合いパブ皆殺し事件』が発生する。「マキの喉は大きく横に裂けていた。首の半分以上が裂かれている。……信じられなかったが、マキはまだ生きていた。マキは喉の切り口から泡の混じった血を吹き出しながら眼球を動かし、唇を震わせていた。……胸にナイフが入った。小さな羽虫が草の間を飛び出ていくように、女の笑っているような顔から何かが抜け出ていくのがわかった。そのとき五番の女がふいに悲鳴を上げ始めた」といった村上龍らしい調子で描かれる、この〃理由なき〃大量殺戮の犯人は、アメリカから日本の「セックス天国」をエンジョイしに来たフーテン旅行者のフランク。それに巻き込まれる東京「穴　場《ピンク・スポット》」案内業のケンジ、その恋人ジュンの三人が繰り広げる心理的サスペンス劇である――その合間合間に、フランクやケンジの口を借りて、「アジアの貧しい国の少女ならわかるけどこの豊かな日本の女子高生がどうして売春するんだ?」などの、筆者・村上龍の日本の現状に対する不平不満、憂国の情または〈壮士〉的弁舌がさしはさまれる。割と悲愴な展開なのだ。

全編を性風俗と暴力シーンの描写がおおっているのだが、最後の最後にその無差別殺人の血を飲んだフランクが、本当は日本の「ミソスープを飲みたかった」とつぶやく場面《シーン》では、その悲愴感はアララとこけまくって、喜劇に転化しちまう。日本的共同体の最後の温もりを〝味噌汁の味〟なんて噴飯ものに持ってゆくからだ。なにかと人の意表を突きたがる村上パフォーマンスの悪い癖だ。渋谷の女子高生の援交《エンコー》を描いた前作『ラブ＆ポップ』では、小盗人《こぬすっと》のキャプテンＥＯが持っていたぬいぐるみ「ミスター　ラブ・アンド・ポップ」という小道具の使い方が〝最後の最後に〟うまく決って作品の破綻を救ったが、今回の〝最後の小道具〟の「ミソスープ」は逆に作品の底に穴をあけたように思う。悲劇のエキスがみんなそこから逃げちまった。

さて「味噌汁《ミソスープ》」でみそをつけた後、次は頭をかかえこむ番だ——村上龍は「あとがき」で、この作品の殺人魔フランクがお見合いパブで大量殺戮を実行している時に、あの神戸・須磨区の事件がおき、連載の終わり近く、フランクが子供時代の生い立ちを語ろうとする時に、一四歳の少年が容疑者として逮捕されたと述べ、こう書いているからだ。

「フランクの告白のシーンでは、想像力と現実がわたしのなかで戦った。現実は想像力を浸食しようとしたし、想像力は現実を打ちまかそうとした。そういうようなことは、二二年間小説を書いてきて初めてだった」

とすれば、村上は二二年もの間、フィクションというものがもつリアリティの根拠を〈現実との抗争〉以外の、一体どこから仕入れてきたのだろうか？　私はノンフィクションという門外漠だが、文学ってものはそんなに気楽で、のほほんとした、現実からの超然内閣だったのかい？　おまけにその〈想像力〉の領域だって、この電子情報化社会で〈情報〉を食って生きている私達「情報人間」の想像力は、すでに現実と激しく対決するような確固たる構造（＝オリジナリティ）を有してはいない。酒鬼薔薇少年の挑戦状がコミック『北斗の拳』や『瑪羅門《バラモン》の家族』にそっくりだと指摘されたように、〈想像力〉も〈現実〉もそのどちらもが、メディアを含めたあらゆる大小の、洪水のような情報の流れ・蓄積によって形成された他者感覚（＝バーチャル感覚）で動いているからだ。かつての湾岸戦争も〈現実〉というよりテレビから流れ出る〈バーチャル戦争〉（＝情報）だったように、阪神大震災も地下鉄サリンもみなバーチャル・リアルな世界の中で進行している。大震災の廃墟に一〇〇万人ものボランティア・見物人が殺到したのは、その情報バーチャルのカーテンを破って〝生《ナマ》の現実〟に直接触れたいとの人々の欲求が異常に高まったからでもあろう。しかし殺到した人々が大震災の現場で見たものは、テレビやマスコミ報道ですでに自分の脳内にインプットされた〝既視感《デ・ジャ・ブ》の廃墟〟だった。もう〝生の現実〟なんてどこにもないのだった。つまり『現実vs想像力』のように自己を峻別できる古い図式の時代はとっくに終わっているのであり、酒鬼薔薇事件は〈現実〉ではない、〈情報〉だと言い切るぐらいの透徹した時代認識が伴わなければ、今後の文学的想像力（＝創造力）の領域もピンチなのではあるまいか。

ただ村上の想像力ワールドが一種異様な迫力をもつ場面があることは、誰もが認めねばなるまい。フランクの無差別殺人の描写などは、肌をゾクゾク這い回る触覚恐怖がある。新宿の闇から闇へ伝ってゆく爬虫類のような、殺人者の不気味な立居振舞にもひきこまれてゆくスゴミがある。理屈をこえて、生物が生きていることの体温差、においや汚れを本能で描き切ってしまう「異能」が、この作家にはある。時代がきらびやかに装えば装うほど、醜く浮び上がってくる虚栄の老廃物を感じ取る感性が……。

けれどもそれは、全体のストーリー展開のなかでは長続きしないのだ。第二部の冒頭、殺人鬼フランクが「脳を切り取られた」障害者だと示された途端、私たち読者の頭のなかを〝脳切除→ロボトミー手術→精神病者→異常変質者→快楽サディズム殺人〟という、お決まりの邪悪方程式がパパパパーッと駆けめぐる。そのあとの興味はもう、その邪悪な予定調和を村上の〈想像力〉がどんなドンデン返しに作り変えてくれるのかにしぼられる。あぁ、なのに最後に告白されるフランクの言葉、「脳を切られたとき、ぼくは一五歳で、既に黒魔術を信奉してたし、精神病院や少年刑務所でいろいろなやつと知り合って、合理的な人の殺し方を教えてもらっていた……」。あぁもうなんという、わかりやすい〈想像力〉！

〝切り裂きジャック〟など世界中の異常、変質、快楽サディズム殺人事件を採集し、その〝理由なき殺戮〟の深層心理を追究したコリン・ウイルソンの『殺人百科』によれば、この手の殺人はニューヨークなどの大都市の裏側、貧困で不潔な人口密集区で起こるという。ネズミの実験で、何平方メートルあたり何匹と広く面積をとって飼育するネズミは健全だが、密集させて飼育するとネズミ同士の喰い合い、殺し合いが発生するという実例をあげ、ウイルソンは、貧困地区の人口密集こそが〈理由なき殺人〉の温床だと断言している。そしてこの『イン ザ・ミソスープ』の最後の部分には、こんなフランクの告白が、誰にもわからぬ〝隠し味〟のように、ポツンと放り投げられている。「大勢の人間が密集しているのが恐い、昔から恐かった……他の人々との、安定した距離というやつがぼくにはないみたいだ」。そう、そしてそのウイルソンの〝理由なき殺人〟という概念の「理由」を「原因」という言葉に変えると、『イン ザ・ミソスープ』の中の酒鬼薔薇事件を意識したと思われる台詞、「子どもの殺人に原因はないよ、幼児が迷子になるのに原因がないのと同じだ」（傍点引用者）につながってゆく――と書いたからといって、私はけっして、村上がコリン・ウイルソンを模したなどとバカなことを言っているのではない。現代における〈想像力〉のオリジナリティはかくのごとく成立するのがむずかしい。

全編を通じて目立つのは、フランクやケンジに仮託して語られる村上のこの国の人間の現実に対する激しい「苛立ち」である。「本当にまともな女という種はもうこの国にはいないような気もする」という、大根を鉈《なた》で切るような断定、「店のマスターは風俗の世界の男の典型だ。自分に何か価値があるかという問いを早々と放棄した顔をしている」などという、人間への細かな凝視を失った表現がポンポン連射され、その苛立ちの積み重ねの上に、「お前ら、人間じゃねえ。叩っ断ってやる！」とでもいうように、フランクの日本人殺しが実行されるからだ。日本人はまともじゃない、異常だと村上は繰り返し書いている。こんな風に。

「あのお見合いパブには、嘘のコミュニケーションしかなかった。……チャイニーズクラブやコリアンクラブの女達だって、チップが欲しいから平気で嘘をつく。でも彼女たちの大半は稼いだ金のほとんどを故国に送っていて、それは残された家族が生きのびるための資金だ。……彼女たちは真剣だ。……あのお見合いパブのような場所は子どもには見せられない。汚れているからではなく、そこにいる連中が真剣に生きていないからだ。……なんとなく寂しいからという理由でただ時間をつぶすためにあの店にいたのだ。あそこで死んだのはそういう人間達だった」

ここに書かれているのは、貧しい人々の売春ならわかるが、豊かな日本の寂しさや退屈しのぎの売春は許せないという逆立《さかだ》ちした〃経済倫理〃である。——この貧しさの中にこそ「生きることの意味」が宿るという図式は、七〇年代後半、豊かさの中で崩れ始めた左翼史観（＝貧民革命）の人々が懸命に日本国内の『貧農探し』（たとえば三里塚闘争の大木ヨネ）をした時代に流行《はや》った図式で、いわば村上は形を変えたアジアや中南米の貧農出身の娘たち＝外国人娼婦の中にそれを見出したといってよい。そう、『イン　ザ・ミソスープ』とは、九〇年代世紀末、豊かさの中でなんのために生きているのかわからなくなってしまった快楽主義ニッポン（＝フーゾク天国）に向かってさし出された、『貧農探し』の一冊なのである。しかし貧農探しの本質は〃ないものねだり〃なのであって、リアルな時代認識ではない。

というわけで、主人公のケンジが「日本のほとんどの売春婦は、金のためではなく寂しさから逃れるためにからだを売っている」と口を極めて非難する、日本の豊かな売春とその娘たちのためにここで一言弁じておいてやろう――。

〝世界一の大金持ち〟の国に成り上がった豊かな八〇年代は、男女雇用機会均等法も施行され、若い女性の男女「平等」幻想や〈女の自立〉願望が大爆発した。これまでの男性優位社会の「飲む・打つ・買う」の世界に復讐するかのように、街や職場にキャピキャピギャルとボディコン娘たちの過剰な欲望（＝くう・ねる・あそぶ）があふれ出た。即ち、彼女らの性的快楽（不倫や海外旅行でのボーイ漁り）、食的快楽（グルメ）、美的快楽（おシャレ）が〈女の自立〉とイコールで語られた。……その一方で、その豊かな時代の「女の快楽」（＝女の自立）という〝時代常識〟を、自分の収入だけではまかない切れない娘たちが歓楽街に進出して一斉に「売（ウリ）」に転じて、古くからのプロ売春を駆逐したのが、いわゆるあの〝ソープとピンサロとフーゾク嬢の時代〟なのである。そう、〈女の自立〉を手に入れるために肉体をひさぐという転倒現象の中で、ここに初めて「豊かさ」と「売春」が直結したのだ。……九〇年代の女子高生の「援助交際」が、この素人娘の〝明るいフーゾク〟（＝豊かな売春）の延長線上にあることは一目瞭然だろう。（図書新聞に書いた『ラブ&ポップ』の書評より）

つまり「金のためでない」豊かな売春とは、〈女の自立〉主義が近代市民の政治的成熟に向かわず、快楽主義に向かった〝ゆがみ〟から生じたのである。だが、それをどうして一方的に責めることができようか。日本社会が近代市民として満足な成熟度を示したことなんて、一度もなかったくせに。

ともあれ、そうした〝ないものねだり〟をして、村上はやたらと苛立つ。あるいは、よく考えてみれば、ふつうロボトミー手術をすれば精神病者は〝廃人化〟するのに、フランクはかえって〝超人（＝殺人魔）化〟してしまうというノン・リアルな展開の中にも、村上の〝苛立ち〟がよく映し出されている。ナゼなのか？　彼は「あとがき」でこう述べている。

「どれだけ小説を書いても、日本的な共同体の崩壊という現実に追いつかない。……この数年共同体の崩壊があまりに顕著で、しかもそれは必ず『くだらない事件』という衣装をまとっていて、歴史や理念や思想や宗教とは無縁の非常に低レベルの地平で発生する。／わたしは何か汚物処理のようなことを一人でまかされている気分になったのだと思う……」

フム、苛立ちはそのためなのだろうが、しかし村上よ、日本的共同体は本当に崩壊しているのか？　少なくともあの酒鬼薔薇が育ったニュータウンを例にとれば、共同体は変質・補強されたのであって、少しも崩壊してはいない。そのことを語ろう。

あの町は三〇年前に、労働金庫が「ブルーカラー（労働者階級）の理想郷」として売り出したニュータウンだから、もともとその本質は古い封建的な「ムラ（村）の否定」にあった。古い村の掟とは、隣の家のカマドの灰まで互いに知り尽している濃密な人間関係から生まれていたから、新しい町はトーゼン互いの家庭をけっして覗き込まない不文律を作った。するとそれは、町の住民がそれぞれどこから移住してきた〝馬の骨〟かわからないという「疑心暗鬼」を生んだ

――またこの労働者独裁の町は、トーゼン国家権力の介入を拒否し〝警察のいない町作り〟を目指したため、その住民の「疑心暗鬼」は労働組合幹部が牛耳っている町の「自治会」権力の肥大化を作り出した。自治会が警察代り、すなわち〈自警団〉の町となる。おまけにその町は、汗水たらした長期ローンで買い取った「夢のマイホーム」の集合体だから、庭付き一戸建てのその画一的で均等な夢をこわす『異物』の混入を極度に嫌った。酒鬼薔薇のように猫を殺したり、学校から追放されたりする怪しげな個性の持ち主は、たちまち要注意人物として「のけ者」(=異常者)扱いにされちまう。町並みはあくまで清潔で美しいが、内実は『異物排除』の陰湿な〈村八分〉感覚にあふれていた。

そう、村という日本的共同体の否定として出発した理想郷=新しき町《ニュータウン》は、住民の〈自警団〉+〈村八分〉感覚によって研ぎ澄まされ、いつの間にか「新しき村《むら》」へと変質してしまったのである。あの町を訪れると、自治会の建物の奥の部屋に「子ども御輿《みこし》」が置いてあるのを見るだろう。しかしあの地域に、神社はない。つまり「神なき町の村祭り」のような儀式の復活によって、あの日本的共同体の精神は補強化されているのだった。

村上は「あとがき」のなかでこうも述べた。「共同体の〝癒し〟のシステムが機能を停止して久しく、個人の精神は言葉にならない悲鳴を上げている。その悲鳴を翻訳することが文学の使命だ」と。

とすれば、稀代の殺人魔フランクが己れの心の中の汚悪な衝動=煩悩いっさいを日本の大晦日の〝百八つの鐘の音〟(除夜の鐘)によって浄化させようとする〝大団円〟のエピソードがあるが、あれは日本的共同体の究極の〝癒し〟のシステムのことを語っているのだろう。フム、酒鬼薔薇のニュータウン共同体がその秩序維持システムの要諦を「祭りの神輿」のような神道的儀礼のなかに見出したことと、村上が日本的共同体の真髄（＝癒し）を「除夜の鐘」という仏教的儀礼のなかに見出したこととは、けっして無縁ではあるまい。癒し（救い）＝秩序（抑圧）とは、共同体が常に隠し持つヤヌス（二面神）的機能だからだ――もしかしたら、村上が書いているのは「日本的な共同体の崩壊」などではなくて、その復活願望ではないのかと、私は思ったりした。

　そして最後に気がかりなのは、やはり酒鬼薔薇のことだった。酒鬼薔薇はいま、精神鑑定の結果、「性的サディズム」の精神異常者として、いわばもう一人のフランクとして、少年院の壁の奥へ消えてゆこうとしている。しかし酒鬼薔薇が体現したものは、サディズムだけではない。あの事件は、ニュータウン殺人事件の様相も色濃く帯びていたのだ。日本的共同体の肥大化、抑圧の先鋭化という、現代日本の宿痾《しゅくあ》を背負っていたことも忘れてはならない。酒鬼薔薇事件を（フランクのような）異常者犯罪に矮小化させ、健常者社会の秩序安寧を図ろうとする〝情報操作の波〟には懐疑の眼を向け続けねばなるまい。

（97・12）

ノンフィクションなんて終わったよ

沢木耕太郎「オリンピア」

最近〈文芸ビッグバン〉なる異変が起きていると、朝日新聞の文芸欄（一九九八年七月二七日付、夕刊）が書き立てている。もともと純文学系の車谷長吉の『赤目四十八瀧《たき》心中未遂』が大衆文学系の直木賞を受賞し、もともと大衆文学系だった花村萬月が純文学系の芥川賞を受賞し、〈芥川賞・直木賞の脱境界化＝文芸ビッグバン〉が始まったというのだ。その背景には、〝面白くなくても売れなくても、作品の質が高ければいい〟とする古びた純文学の世界が崩れつつあり、書店の店先では「メガヒットと売れない小説の二極分化が進む」と結んでいる。

村上春樹の〈物語ノンフィクション〉

しかしその程度のビッグバン（＝ボーダーレス現象）なら、ノンフィクションの分野でもすでに起きている。昨年（一九九七年）は、フィクション作家の村上春樹が地下鉄サリン事件被害者の証言集ともいうべき『アンダーグラウンド』を書き、裁判所の証言のような〝客観性〟を求めるこれまでのノンフィクションの在り方に疑義を投げかけた。

証言とは「あくまで（事件の）記憶であり、我々は自分の体験を多かれ少なかれ物語化するのだ」と述べ、語り手の〝主観〟の面白さを導入した〈物語ノンフィクション〉とでもいうべきものを主張した。

また今年は、ノンフィクション作家の猪瀬直樹が、大正時代の雑誌文化草創期の青春群像を描いた『マガジン青春譜』を〈物語小説〉のスタイルで書き上げ、こう語っている。

「近ごろノンフィクションが読まれないのは、ただ事実を集めているだけで読者を引っ張る構想力、物語性がないからです。……ノンフィクションのリアリティと小説のアクチュアリティを両立させたつもりです」

そうした作家のボーダーレス現象に加え、最近のノンフィクションものの売れ行きは軒並み低い。野村進の『コリアン世界の旅』（大宅賞受賞）、最相葉月の『絶対音感』（二一世紀国際ノンフィクション大賞受賞）などが大ヒットを飛ばしたぐらい。こちらでもメガヒットと売れないノンフィクションの二極分化が進んでいるのだ。

ただこうした文芸ビッグバン現象が意味しているものは、〝異変〟ではない。文学の世界も、生産者（＝作家）主体から消費者（＝読者）主体に変化しただけの話だ。

たとえば七〇年代に日本の農業は、反公害市民の無農薬運動の時代を迎え、有機米や無農薬野菜に主婦の人気が集中し、消費者の嗜好《トレンド》に合わせた農業に転換せざるを得なかった。生産者から消費者中心の流通システムに変化し、米の販売価格も自由競争となっていった過程と同じことを、いま文学界は体験しつつあるのだ。

読者の嗜好に合わなければ、作家主体がどんなに想いを込めた質の高い作品でもサッパリ売れないし、出版界ではそろそろ〝本の販売価格〟の自由競争が始まった。その結果、いま書物というものは、消費者（＝読者）の流行心理《トレンド》に合わせ、アイドル歌手のCDをどうヒットさせるかという「売り出し戦略」とまったく同じ姿を持つに至った。たとえば郷ひろみの離婚本『ダディ』を一〇〇万部売りまくって、スキャンダラスなやり方と顰蹙を買ったあの「幻冬舎商法」などは、むしろその消費過程に入った出版業界の法則を、なんの幻想もなく、真っ先に体現した姿だといってよいのである。

「事実」でなく「情報」に立脚する社会

しかし現在《いま》ノンフィクションがぶつかっている真の困難性は、それとはまた別にある。というのも、ノンフィクションとは人物や事件、社会現象などとの生の触れ合いを描写する一種の「事実」中心主義（＝リアリズム）なのだが、私たちが暮らしているこの九〇年代はすでに電子情報資本主義と呼ばれるコンピューター社会に突入しており、その社会はもう「事実」ではなく「情報」に立脚して動いているからだ。そしてその情報社会とは、コンピューターゲームの面白さを想起すればすぐわかるように、事物との生の触れ合いをまったく必要としない「頭脳」中心主義（＝バーチャルリアリティ）なのだ。

頭脳のもつ判断力、知識力、想像力をフル回転させる。つまり「想像力を行使してはならない」という掟《オキテ》に縛られた、これまでの事実主義ノンフィクションは、明らかに時代からズレ始めているのである。そのことに気付いているライターはまだ数少ないが、前出の『マガジン青春譜』の猪瀬などは、大正時代の雑誌文化隆盛を「（当時の）雑誌というメディアは、現在のインターネットに近いブームです」（八月一〇日付、朝日新聞夕刊）と評している。大正の雑誌情報と平成の電子情報とを二重写しにした問題意識で『青春譜』が書かれたことは、間違いない。

そしてもう一人は沢木耕太郎、この言葉である。

「もうノンフィクションがパワーのあるムーブメントに見えた時代ではない。その分、ひとりひとりの新しい方法論を生み出そうという野心や、個人として読者に認知される努力が必要になる」（四月一九日付、日本経済新聞）

そう、戦後ノンフィクションはいま大きな曲がり角にさしかかっている。だから私がこれから書く二〜三冊の本の書評は、その曲がり角の困難性にぶつかって、書き手の作家主体がどんな方法論的悪戦を続けているかを凝視するものとなるだろう。沢木耕太郎の『オリンピア』を中心に論じ、少年Aの酒鬼薔薇事件を追った高山文彦の『地獄の季節』、佐野眞一の『東電OL殺人事件・裁判レポート』などにも触れるつもりだ。さあそれでは始めよう。

『深夜特急』の作家・沢木耕太郎が、今回は古代「オリンピア」への旅に出た。といっても、遺跡めぐりのノンフィクションを書いたわけではない。一九三六年ギリシア・オリンピアの遺跡に燃え上がる古代〝オリンピアの火〟を、三〇〇〇キロ離れた、当時ナチスのヒトラー政権下にあったドイツのベルリンまで運ぶ「聖火リレー」を撮って有名になった、ベルリン・オリンピック大会の記録映画「オリンピア・第一部　民族の祭典、第二部　美の祭典」をめぐる〈三つの疑惑〉を解く旅に出たのだ。

映画監督の名はレニ・リーフェンシュタール。飛びっ切りの美女だった。ヒトラーの愛人といわれ、戦後は「ナチス協力者」の烙印を押されたが写真家として復活。九六歳になる現在《いま》も元気で、「生きながら伝説の人」となった稀有の女性である。映画評論家の岩崎昶は『ヒトラーと映画』の中でこう書いている。

「一九三六年のベルリン・オリンピックほどスポーツが政治に利用された例はない。……(それは)ナチス党の実力を世界の檜舞台で誇示し、国内の不満や反感を根絶する最重要の国家的事業となった。……ヒトラーはベルリン大会を跳躍台として高く遠くへ飛翔することに成功した。彼の勝利に花環をおくる役割を果したのが、映画『オリンピア』のレニ・リーフェンシュタールである」

〈三つの疑惑〉で直接対決

そして今回、沢木耕太郎が書いた『オリンピア』というノンフィクションは、その伝説の人・レニに訪問インタビューし、レニの「オリンピア・民族の祭典」という記録映画《ドキュメンタリー》について沢木が長い間抱き続けてきた〈三つの疑惑〉をぶつけ直接対決を試みた、ちょっとスリリングな《神話崩し》の物語なのだ。

ただしその直接対決シーンは最初と最後の章だけであり、この本の大半は、六二年前のベルリン大会に参加した日本人選手の手に汗握る活躍、敗者の悲哀、日本国内の熱狂などの「事実」の再現に費やされている。その再現の中身を三つ四つ簡単に紹介すると、

●陸上五〇〇〇、一万メートル決勝四位で、一〇万の大観衆を沸かせた「小さな日本人」村社講平

●棒高跳びで二位と三位の銀・銅メダルを分けあった「友情のメダル」で有名な西田修平と大江季雄

●「前畑ガンバレ」の河西三省アナウンサーのラジオ実況放送で国民的ヒロインにのし上がった女子二〇〇メートル平泳ぎの前畑秀子

●マラソンの孫基禎《ソンギジョン》。彼の優勝は、故国朝鮮では「胸の日の丸をそぎおとした写真」で報道され、大騒ぎになった。「孫の勝利は、日本の勝利ではなく、朝鮮の勝利だ」という植民地朝鮮の民族的抵抗だった。

しかしこれら軍国時代の「小さな日本人」の大きな活躍は、戦後生まれの平和な私たちの国語の教科書にも載っていたほどの国民神話、スポーツ神話だから、若い読者はさておき、年配の読者には一編の〝懐かしのメロディー〟以上の意味を出まい。

沢木の筆も、勝った選手負けた選手が登場するたびに、その出身地とオリンピック出場に至るまでの苦労話や秘話を紹介するという〝履歴書ノンフィクション〟のパターンを繰り返し、国民神話の周辺を丹念になぞるだけ。オリンピックの後、「もうすぐ鉄と血の時代がやって来そう

だ」とつぶやいた日本人選手がいたそうだが、そうしたファシズム戦争前夜の「平和の祭典」の不気味さをえぐり出す迫力には乏しい――。

レニの記録映画手法とは何か?

実は今回の沢木のこの『オリンピア』は、二三年前に「文藝春秋」に発表したルポ「ナチス・オリンピック」に新しく手を入れ書き直したものだというのだが、いまや沢木の関心はベルリン大会という「事実」を再現することの中に全然ない。彼がただひたすらに描きたかったのは、レニの記録映画手法=ドキュメンタリーとは何か?をめぐる直接対決のほうだったということが、露骨にわかる本である。コンピューター社会の中でのノンフィクションという問題意識こそないが、「事実」の寄せ集めで世界が描けた時代は過ぎたと思い込んでいる沢木が、そこにはいる。

それなら、その沢木が最もやりたかったレニ映画の神話崩しの中身の検討に入るが、まず沢木は、この映画が「オリンピック映画の形を借りたナチスのプロパガンダ(宣伝・扇動)だった」という〝映画界の定説〟に反論する。レニに最も批判的だった評論家でさえこの映画を《映画の新たな領域を切り開いたパイオニア的作品》と認めざるを得なかったと書き、レニ映画の〈非政治性〉を擁護している。レニの本質は、古代ギリシア的肉体の強靭な美しさをひたすら描く〈美的な非政治性〉にあるというわけだ。

しかしレニはその前作「意志の勝利」で、ニュルンベルクのナチス党大会を記録したバリバリのプロパガンダ映画を撮っているのだから、そう簡単には問屋が卸さない。ドキュメンタリー映画理論の大家ポール・ローサは当時こう書いている。

「ナチス宣伝省の努力は、人工的に再現したシーンを加えたニュース映画集を産み出した（『意志の勝利』はこの種のもの）」

だから沢木は、その「意志の勝利」のプロパガンダ性と「オリンピア」の非政治性とがレニの心の中でなぜ矛盾もなく、対立もせずに両立できるのか？　その一九三〇年代当時のドイツ・ドキュメンタリー手法の秘密をここで発《あば》いて前に進む必要があった。それをしなかったことが、後述するように、この本が最終場面で奇妙な迷妄にたどりつく最大の原因となるのである。

＜偽現実＞を作り出す電気技術

そこで私たちのほうは、ここでチョット当時の世界記録映画《ドキュメンタリー》事情を覗いておこう——。三〇年代は、二九年ウォール街の大暴落から始まった世界大恐慌の闇から脱け出そうとした〝もがき〟の時代だった。

アメリカはルーズベルトのニューディール政策に、日本はアジア侵略の満州団建国へ、ドイツはナチスのベルリン大会の国際的成功にそれぞれの脱出口を見いだし、「映画とラジオという電気メディアがもつ巨大な集団説得力」（ポール・ローサ）を利用して、自国民をその血みどろな脱出口に導こうとしていた（ベルリン大会のラジオ実況放送に日本国民が熱狂興奮した背景に隠れているものは、これである）。

特に映画は、ナチス宣伝相のゲッベルスが、「彼の敵の赤色ロシアが作った『戦艦ポチョムキン』を、プロパガンダ映画のあるべき模範としてあげた」ほどに、プロパガンダ一色の時代を迎えていた。もちろんそれは、真実の反対物。国家の正義や民族の大義のために美しいバラ色の〈偽現実〉を作り出す、いかがわしい電気技術だった。

たとえばプロパガンダ・ドキュメンタリーの始祖ジガ・ヴェルトフは、ロシア革命期に「映画眼《キノ・アイ》」という記録映画運動を起こし、群衆が蜂起する当時のニュース映画を手あたり次第に裁断し、モンタージュ編集によって〝社会主義の理想像《モデル》〟を合成しまくった。〈偽現実〉の大家である。彼の『映画眼宣言』はこう叫ぶ。

「われは映画眼、機械の眼。……一人の人間から最も美しい腕を切り取り、他の人間から最も均整のとれた脚を、第三の人間から最も美しい顔を切り取る。そしてモンタージュにより、アダムよりいっそう完全な人間を創造する」と。

そう、ベルリン・オリンピックとは、この〈偽現実〉ドキュメンタリーが理想とした最も美しい、強靭な肉体美が世界中から集まった「美の祭典」だった。

そのために祭典の総編集者レニが、映画眼の〝美しい偽造精神〟の継承者になったのだと考えれば、〈非政治性〉（＝肉体美）と〈プロパガンダ性〉（＝国家美、民族美）とはなんの矛盾もなく、レニの心のなかで両立するのである。おまけに電気的偽造《プロパガンダ》はなにもレニひとりの話ではなかった。
ベルリン大会のお隣では反ファシズムのスペイン市民戦争が勃発していたが、そこでは戦争写真屋のあのキャパが「崩れ落ちる兵士」という一種の〈偽造〉写真を欧米の写真ジャーナリズムに売り渡し、民主主義《デモクラシー》陣営の寵児へと成り上がっていった。美と正義のための《偽造》とは、三〇年代世界ドキュメンタリーの輝かしい故郷《ふるさと》だったと、私たちは記憶しておかねばならないのである。

さあ沢木の本の最終章、沢木が〈三つの疑惑〉をレニにつきつけて直接対決する場面《シーン》に入ろう。ここは、掛け値なしに面白い場面だ。文間に引き込まれる。沢木のあげる〈三つの疑惑〉とは、

①「民族の祭典」で最も有名な、あの西田と大江が銀・鋼メダルを分けあった「棒高跳びの真夜中の決戦」は、後日撮り直して再現させた〝やらせ〟フィルムを使っている。

②十種競技一五〇〇メートルのグレン・モリス選手のシーンも、再現フィルムだ。

③孫基禎のマラソンシーンも、二三カットのうち実に二二カットまでが実際のレースで撮られたものではない。試合後の再現フィルムや練習中の映像が用いられている。

その結果、沢木は最後に、レニの「オリンピア」はドキュメンタリー映画ではなかったという結論に到達する。世界記録映画史の神話を崩す結論である。

レニはこれに対し、九〇歳を超えて薄れる、あやふやな六〇年前の〈記憶〉を沢木からいろ

いろ訂正されながらもこう答えている。

「確かに、あの箇所は厳密な意味でのドキュメンタリーではありません。ただ、それでも創作でないといえるのは、同じスタジアムで、同じ選手で、現実に起こったのと同じ経過をたどるからです。つまり、あれは現実のデュープ（複製フィルム）なのです」

あくまでドキュメンタリーの範囲内だと答えたのである。どっちが正しかったか？　レニが正しい。沢木の「ドキュメンタリー映画ではなかった」という考え方は今日的迷妄とでもいうべきもので、三〇年代「偽造《プロパガンダ》」ドキュメンタリー時代の実情をまったく無視しているからだ。すでに述べたように、「人工的に再現したシーンを加えた」といわれたレニの「意志の勝利」も当時は立派にドキュメンタリーとして通用していたし、ポール・ローサは「ドキュメンタリストは、スクリーンの上でより効果的になる場合は、（現実背景の）ディテールを変えることができる」と理論づけまでしているのだ。

「アクチュアリティの創造的劇化」

なに、〝やらせ〟や〝再現フィルム〟は今でも記録映画《ドキュメンタリー》の常識だ。

私は記録映画「三里塚闘争」シリーズで有名だった小川紳介監督の下で三年ほど助監督をつとめたが、小川の口グセは「アクチュアリティの創造的劇化」だった。つまり記録映画は形を変えた「劇《ドラマ》」なのであり、初期の三里塚映画で青年行動隊が〝戦う農民像〟について語る場面や竹槍で武装する場面のほとんどが〝やらせ〟である。

やらせた助監督の私が言うのだから、間違いはない。記録映画《ドキュメンタリー》とは、沢木が思っているような、お行儀のよいものではないのである——というわけで、沢木は『オリンピア』三部作を書く予定らしいから、今後の展開がどうなるかはわからないが、この一冊に限っていえば、沢木はもう少しドイツ・ドキュメンタリー史を勉強してかかるべきだったというのが私の正直な読後感だ。

ただし私は「ドキュメンタリー映画ではない」という沢木の結論について反論しているのであって、それに至るスリリングな対決過程についてはまた別の見方がある——沢木がレニの＜記憶と記録＞の怪しさ、いかがわしさを衝き、彼女の輝かしい＜歴史の証言者＞としての偶像をこわしたことは間違いないからだ。それは＜証言者の言葉＞（＝記憶）といえども「唯一無二の絶対的事実」ではないことを証したといってよい。

こうした沢木の新展開は、あの村上春樹が『アンダーグラウンド』のなかで、地下鉄サリン事件被害者の証言を「それはあくまで（事件の）記憶であり、我々は自分の体験を物語化するのだ」と述べ、裁判証言のような〝客観性〟を重視したこれまでのノンフィクションから別れ、新しい＜物語ノンフィクション＞を主張したことと酷似してくる。

これまでのノンフィクションがなぜ、そんなに〝客観性〟を重視したかについて簡単に〝謎解き〟しておけば、戦後日本に最初に現れた記録文学《ノンフィクション》は、上野英信らの炭鉱ルポや『日本残酷物語』（谷川健一・企画編集）に見られるように、近代天皇制の軍国主義や封建的暗黒の下敷きにされた下層民衆のうめきや泣き笑いを描いたものだ。左翼イデオロギーに限りなく近い、反資本の《民衆史観》だった。

「証言者の言葉」を金科玉条に

しかし高度成長期に入るや、その下層民衆史観は急速にアナクロニズム化し、七〇年には文藝春秋の「大宅壮一ノンフィクション賞」がスタートした。これは〈記録〉というものを左翼イデオロギーから切り離し、いわば裁判所の証言のように万人の前に通用する〝客観性〟をもたせようとした、好資本の《脱イデ》ノンフィクションだった。

こうして大宅賞創設から約三〇年、日本ノンフィクション界の主流はその〈証言リアリズム〉のスタイルをとり続けてきた。記録文学《ノンフィクション》の「七〇年体制」である。その結果、書き手の作家たちは「想像力」(=主観的な思想《イデオロギー》)を行使することを禁止され、ひたすら現場を足で歩き回って聞き出してきた事件や歴史の「証言者の言葉」(=記憶)を金科玉条として、べったり依存する他力本願型の〝記録の悪弊〟ができあがった。人に会って話を聞けば、それで世界が描けると思い込んでいるノンフィクション・ライターは今でもゴロゴロいる。

つまり沢木が『オリンピア』の中で証した〈記憶と記録〉=証言の確かさの崩壊は、この〈足《あし》〉中心の「七〇年体制」=証言ノンフィクションが、いま〈頭脳《あたま》〉中心の電子情報化社会のなかで大きな曲がり角を迎えている現実の忠実な反映だったといえるだろう。

「二〇〇〇字で真相に迫ってください」

実際、＜頭脳＞を使わず＜足＞を使っていたら、今のノンフィクションは間に合わない。あの少年Aの酒鬼薔薇事件の時、私もある週刊誌の依頼で須磨ニュータウン入りしたが、そこで編集者から、「酒鬼薔薇の犯行声明は約一六〇〇字です。吉田さんは二〇〇〇字でこの事件の真相に迫ってください」と言われ、絶句した。この難事件の謎を原稿用紙たった五枚で解けという。しかも一晩で！　コンピューター・スピードで回転している電子情報化のなかでは、自分の足でこつこつ歩いて取材するなんて七〇年体制では、もうとても太刀打ちできなくなっているのだ——こうした曲がり角の困難性を背負って悪戦苦闘したのが、高山文彦の『地獄の季節』だ。

想い返せばあの事件は、ニュータウンの人々がマスコミ不信をつのらせ、学校も生徒も町中が一斉に貝のように口を閉ざし、高山は「私が近づくと（町の中学生は）蜘蛛の子を散らすように逃げていった」と書いている。そうした取材拒否のなかで、高山は少年Aの魂の在《あ》り処《か》を求めて旅に出るのだが、以下は私が書いている「ノンフィクション評判記」（東京新聞）からの一部引用である。

（高山は）少年Aの両親の故郷の南の島や祖母の暗い原点＝九州の貧しい開拓村への旅を続け、タンク山への死体遺棄は南の島の「風葬」の儀式と関係があるとの「妄想」に到達したりする。

しかし確信は得られない。少年Aの心を覗きこむ度に謎は拡散し、わからなくなる。その度に高山は、ランボーの『地獄の季節』やドストエフスキーの『悪霊』など古今東西の詩人や文学者の名言・名文を引用して、「人間の心の時間はかくの如し。酒鬼薔薇の心もまた……」という風な調子で、物語のタガを引き締めるのだ。ノンフィクション的〈事実〉ではもう間に合わず、文学的〈事実〉を導入してきてしまう。それはちょうど酒鬼薔薇聖斗の犯行声明文が、「俺は道を見失い、暗い森に迷い込んでいた」というダンテの『神曲』の引用で終っているのと好一対をなした。ノンフィクションの森の中で迷っているのは、高山自身だった――。

しかしそうした悪戦苦闘の末に高山がたどりついた結論は、少年Aが母親から強い精神的圧迫を受けていたこと、捜査当局が単なる「精神異常者の犯行」として処理しようとしていることなどである。その程度の結論なら、旅に出ずとも、お茶の間でテレビを見ていればわかる。つまり高山がこの本で描いたのは〝足で歩けば世界が描ける〟という七〇年体制ノンフィクションの終わりだったのである。

〈情報共同体〉の中の「金太郎アメ」

告白すれば、高山に限らず、いま記録作家は誰もがノンフィクションの森の中でものすごい不安に陥っている。自分が書いたものが明日にはもうコンピューター・スピードのマスコミ情報でひっくり返されてしまう恐怖がある。テレビを中心とした〈情報共同体〉が成立しているから、日本全国どこに行ってもメディアの受け売りのような「金太郎アメ」証言しか得られない。それを超えて証言者の心の内部に迫ろうとすると、そこはもう〈想像力〉の文学領域なのだった――記録者が有名な文学的〈事実〉に安易に寄りかかってしまうのはこのためで、曲がり角の孤独と不安と恐怖から逃れたい心理の表れだと思ってよいだろう。

さあもう紙面がつきるが、『東電ＯＬ殺人事件・裁判レポート』に《ドキュメント『堕落論』》と銘打った佐野眞一も、殺された東電ＯＬの渡辺泰子の心の中の修羅を、焼け跡闇市派の坂口安吾の『堕落論』と二重写しにして描いている。その佐野が『地獄の季節』をこう評した。

「少年Ａの原像と家族の物語を求めて……訪ね歩きながら、著者（高山）はこうも思う。もはやこの世は仮想現実の世界にはいりこんだ。肉体の痛みや疲れだけが、いとおしい。失われた言葉と想像力を使って、ひとりひとりの死を甦らせるのだ。……同じような思いは、ごく最近、私自身も体験した。東電ＯＬ殺人事件の被告の故郷を訪ねてネパールの山中を一昼夜以上かけて走破したときのことである。……著者はこの作品で、旧来のノンフィクションに対して根本的な疑義を呈している。あらゆる『事実』とよばれるものを、これから私は信じない。ノンフィクションの作業とは、事実に縛られることではなく、事実から解放されるところからはじまるじつにフィクショナルな冒険なのだ。……同じノンフイクシヨンを書きつづけてきた私は、大いなる共感を抱く」（「週刊文春」九八年三月一九日号、文春図書館）

佐野こそ膨大な資料を読みこなし、足で歩き回る証言ノンフィクションの名手だ。その佐野が「仮想現実《バーチャルリアリティ》」や「想像力」を言い出すまでに、七〇年体制は金属疲労のガタがきているのだ。

だから今後、高山や佐野が体験した〈証言〉ノンフィクションの終わりは、沢木の〈記憶と記録〉の崩壊につながり、〈フィクショナルな冒険〉だという主張は、村上の〈物語ノンフィクション〉や猪瀬の〈物語小説〉の試みと出会ってゆくだろう。

それは、電子情報のバーチャルな世の中にノンフィクション・リアリズムをもう一度どう定着させてゆくかという「ポスト七〇年体制」の、まずは最初のうねりなのだ。

（98・10）

第４章
神話と伝説がお好きな方へ

「遊民」のバーチャルランド
●宮沢賢治「聖者」伝説●

(1)

評論家の吉本隆明は今から二〇年ほど前或《あ》る雑誌の座談会で、宮澤賢治について惹《ひ》かれたのは彼の作品に戦時下の「時局の匂《にお》いが無かった」からだと述べている。彼の〝生きかた〟という面では、「例の松田甚次郎という人（賢治の弟子）の『土に叫ぶ』を読んでいたので、それを通じて知った」と。例の松田甚次郎とは、山形県鳥越の地主の長男で、父親から六反歩の田をもらって小作農となり、村の青年たちと鳥越倶楽部を結成。賢治の教えを守り、「郷土文化の確立、農村芸術の振興」につとめた。昭和一三年、羽田書店の主人（＝長野県選出の羽田武嗣郎代議士。現在の新進党の羽田孜《つとむ》の父）にすすめられて書いた彼の〝過去一〇年間の歩み〟の生活記録『土に叫ぶ』は、当時の荒廃した、飢餓線上の東北農村を憂うる世論の波にのってベストセラーとなる。新国劇で島田正吾が主演するほどに反響を呼び、松田甚次郎の名は一挙に全国に知れ渡ることとなった。でね、その松田と「山形賢治の会」（昭和一四年）を組織した農民詩人の真壁仁は、その時の会のメンバーについて、こう書き残している。

「……松田君を非常に崇拝している女性が二人おりまして、佐藤しまさんという人。それから櫻井コトさんという人で、松田君の（『土に叫ぶ』の）原稿の清書なども随分手伝ったんじゃないかと思います」

その「櫻井コト」という文学少女のできそこないみたいな女が、実は筆者のこの私の母親でございます（笑）、というところからこの賢治物語は始まります。

櫻井は旧姓で、吉田コト。当時二〇歳だった。のちにコトが綴った『貧乏貴族』という〝思い出の記〟によれば、『土に叫ぶ』の本ができ上がった時、まず何よりもこれを宮澤先生の墓前に捧げようと、花巻に向かった。……弟清六さんの案内で小高い山の小屋――賢治の碑の前にぬかずき、『土に叫ぶ』を捧げ、三人で声高く『雨ニモマケズ……』を朗誦した。

コトが最初に花巻の宮澤家を訪れたのは、昭和一三年。賢治の死後五年目のことである。父親の政次郎から、有名な賢治の遺言本「国訳妙法蓮華経」をもらっている。そのボロボロになった紫色の装幀、朱色の経本がいま私の手元にあるのだが、本の最後の頁を開くと、政次郎の筆だろうか、「順六拾九号、昭和拾参年十二月二十七日　謹呈櫻井こと様」と書かれている。つまり賢治が死んで五年もたつのに、一〇〇〇冊印刷されたはずの遺言本はまだたった六九人の人々にしか手渡されていなかった――それほどまでに宮澤賢治という人は「無名の人」だったのである。

政次郎は語ったという。

「賢治がね、初めて詩集（『春と修羅』）を出した時、詩人・小説家など有名な方々百何十人に送って批評を乞うたけれど、たった二通の返事しかこなかった。高村光太郎さんと草野心平さん。その二通の返事は簡単なものだったが、賢治はそれを喜んでね。それを後生大事にしてましたよ」

「櫻井さんのような若い娘さんが賢治を理解してくれたのは初めてだし、嬉しいですね。貴女は若い。これからの人生ですよね。だから、無理をしてはいけない。無理はいかん。……賢治は無理をした。誰にも認められないものを書いて、誰もわかってくれなかった。どうか自重して、いいものを書いてくださいね」

政次郎さんは、私が文壇に飛び出すと思っていらっしゃったようだと、コトは〝思い出の記〟に書いている。

こーゆー話を小さい頃から何度も聞かされて育った私は、賢治ってのは東北の片田舎の単なる一個の文学青年にすぎないと、長い間ずーっとそう思って来た。東京モダンに憧れ、なろうことなら郷土の先輩・石川啄木に続いて文壇入りしてみたかった田舎インテリの一人だと。そーでなければ、ドーシテ政次郎が若い文学娘のコトの文壇への憧れにわざわざ深い憂慮の念を表明したりするだろうかと。

その私の思いは、今回いろいろ賢治研究の資料を読み漁っても完全には払拭《ふっしょく》できてないし、花巻のイーハトーブ館を見学したときなどは、思わずゲラゲラ笑い出してしまった。だってそこには、賢治が世界中の思想的巨人と肩を並べ、ザメンホフ（エスペラントの父）やアンデルセン、トルストイにタゴールにカフカ、ベルグソン、ゴッホ、アインシュタインに至るまで通暁《つうぎょう》し、共鳴し合った仲であったかのように飾り立てられていたからだ。〝たった六九人しか知らなかった世界的巨人〟なんて、あるわきゃない。ここはイーハトーブというよりは、コメディ・フランセーズの館だろうと思ったりしたからだ。

もっともこの手の誇大広告は昔からあって、賢治の詩や童話を「神武天皇以来の作品」と持ち上げた草野心平にしてからが、正味な話、こ～んな有り様だったと児童文学者堀尾青史の「賢治年譜」は告げている。

「昭和三年九月、草野心平から『コメ一ピョウタノム』の電報があった。当時草野は猛烈な貧乏生活の上、賢治に対する知識はアメリカ式農場を経営し、念仏を称《とな》え、ベートーベンをきき、詩をつくるというふしぎな人物という程度で、もちろん面識はなかった。」

賢治の家が質屋・古着商を営む花巻の金持ち（＝地方財閥）だったことは、読者も御存知のことだろう。貧乏詩人に米一俵恵むぐらい、屁でもない。屁でもないつき合いのなかから、神武天皇以来ナンテ誇大評価が飛び出して来たのだろうか？

そんな「無名の賢治」を世に広めたのは、昭和九年の『宮澤賢治追悼』（草野心平編）だということになっている。しかしこれは堀尾の年譜によれば一〇〇部発行されただけというから、完全に詩壇向けだろう。だから賢治の名を大衆的規模で高からしめたのは、二冊目の賢治本、昭和一四年三月初版の『宮澤賢治名作選』（松田甚次郎編　羽田書店）だったと私は思う。ナゼならこの本は、〃時の人〃松田甚次郎の名前の上に乗って「売れに売れた」（コト）からだ。しかし実際は、弟の清六さんが大きな柳行李のなかに入っている賢治の生原稿を選り分けて編んだ一冊で、コトはその手伝いをしている。いわば「無名の賢治を有名人の松田の名で売り出した」という類の本だった。師より弟子の方が有名だったのだ（笑）。冒頭で吉本隆明が、「例の松田甚次郎」から賢治を知ったと述べているのは、そーした当時の事情を裏付けている。

ところがどーゆーわけか、多くの賢治本の重要文献目録からこの「名作選」は抹殺され、名前が見つからない。昭和一四年九月初版の『宮澤賢治研究』（草野心平編　十字屋書店）だけが取り上げられ、これが賢治本第二冊目の栄誉をものにしている。ナゼだろう？　と山形にいる私の母に電話したら、

「甚次郎の名前を使ってまで売り出さなきゃなんない時代があったってことが、清六さんには許せない屈

辱だったんじゃないかなあ。賢治が有名になってみれば……ねっ」

コトはそう言って、電話の向こうでクスッと笑った。

(2)

と～ころが、いまではどこの書店もさまざまな賢治本であふれている。

読者は〝賢治について書かれた単行本〟がこれまで何冊あるかを御存知か？　正確な総数は誰も知らない。あるデータに基づけば、過去一〇年間で優に三〇〇冊を超えた。それに雑誌などの「賢治特集」を加えたら……。特に「生誕一〇〇年記念」フィーバーの今年は、雑誌や新聞に賢治の記事や本の広告が載らない日がないってくらいの〝おビョーキ現象〟だ。それらに一々《いちいち》眼を通してる暇がないから、これから私が使う〝賢治解剖の切り口〟はきっと誰かが使っているかもしれない。それだったら、ゴメンね。もうこの小文は読まなくていいから、次の頁を繰ってくれたまえ――ってくらい、誰もが知ってる有名で単純な〝切り口〟で、書かれなかった方が不思議だと思うからだ。即ち、明治四三年、大逆事件に衝撃を受けた石川啄木は『時代閉塞の現状』を発表し、自然主義文学が天皇絶対制のなかで牙を抜かれた現実を激しく論難した。そのなかで彼はこう書いている。

「かくて日本には今『遊民』という不思議な階級が漸次その数を増しつつある。今やどんな僻村《へきそん》に行っても三人か五人の中学卒業者がいる。そうして彼らの事業は、実に、父兄の財産を食い減す事と無駄話をする事だけである。／我々青年を囲繞《いじょう》する空気は、今やもう少しも流動しなくなった。強権の勢力は普《あまね》く国内に行亘《ゆきわた》っている」

宮澤賢治とは、この「遊民」という不思議な階級の一人だったのではないか。盛岡中学・高等農林を卒業した賢治がなす術もなく「うす暗い質屋の店の小机を前にして、つくねんと座っていたり」（関登久也）、質草を置きにくる貧乏人に分不相応な大金を与えたりしたのは有名な話で、とても世の中一般の〝ものの役に立つ〟ような男ではなかった。父の政次郎が賢治に、「きさまは世間のこの苦しいなかで農林の学校を出ながら何のざまだ。……錦絵なんかひねくりまわすとは。アメリカへ行こうのと考えるとは不見識の骨頂」とどなりつけたのは当り前で、すると賢治はすぐ青たれて、親友の保阪嘉内に、「わが虚空のごとき哀しみを見よ。私は何もしない。何もしていない。幽霊が私をあやつって、……どこかの人と空虚なはなしをさせる。正にきちがいである」ナ～ンテ泣きつくのである。彼は『春と修羅』のなかで一度だけ「高等遊民」という言葉を使っているが、この頃はまだ自分が遊民階級という一種の「社会的被告」の一員であることに気づいていないから、「空虚なはなし」（＝むだ話）を幽霊ときちがいのせいにするしかないってわけだ。それでもっと追い込まれると、決って「恩を受けた人たちをかばふ為に私はまっ先に死んでみせる」とダダをこねる。ドーニモ仕様《しよ》～がない。

おまけに彼の経済生活（＝生活費、遊興費、勉学費）が生涯政次郎の財産で賄われていたことは、どんな賢治本にも載《の》っている。何百円もの給料を得ていた農学校教諭の時代でさえ、その給料を〝東京モダン〟の丸善の洋書購入にあてたり、西洋音楽のレコードや裸婦の洋画や浮世絵の収集に散財。また「教養講座」と称して、西洋料亭での「洋食フルコース」を生徒たちにごちそうしてしまう。そんなごちそう接待して、生徒に人気のない教師なんていない。大人気だが、無一文。妹のトシにまで金を借りまくる〝生活無能力者〟ぶり。「自分の労働で暮らしてゆく」と大見得を切った羅須地人《ラスチジン》協会の時でさえ、賢治にわからぬように裏から政次郎が財政援助していたのである——まさに「彼らの事業は、実に、父兄の財産を食い減す事と無駄話をする事だけ」（『時代閉塞の現状』）の、見事に立派な「高等遊民」ではなかったろうか。

〝時代が違う〟という反論が当〜然あるだろう。明治四三年のュ｜木的「時代閉塞」は、大正五年に吉野作造の「民本主義」（＝大正デモクラシー）が花開き、七年の米騒動に刺激された一連の労働争議の激化によって打ち破られたというのが〝歴史的常識〟だからだ。ところがドッコイ、一二年の関東大震災によって「東京に戒厳令」がしかれるや、「朝鮮人虐殺」「亀戸事件（社会主義者虐殺）」「甘粕事件（大杉栄の殺害）」と時代は一挙に右旋回、再び〝冬の時代〟（＝時代閉塞）を迎えるのである。大正一四年に治安維持法が公布され、日本は公然と軍国ファッショへの道を歩み始めた——賢治が生涯のうち一度だけ〝まともな人間〟として世間からも認められた農学校の先生時代（四年四カ月）を終え、

　云はなかったが、
おれは四月はもう学校に居ないのだ
恐らく暗くけはしいみちをあるくだらう

と「告別」の詩を残して、再び「遊民」（＝羅須地人協会）化してゆくのは、大正一五年三月のことだ。つまり、啄木と賢治の時代は〝通底〟しているのだ。

その「暗くけはしい」羅須地人協会で彼は一体なにをやっていたか。「ほとんど毎晩のように、オルガ

ンをひき、セロをひいていた」(関登久也)。社会改良主義者ラスキンの話をした。農民「芸術講座」と称して、蓄音機のレコードコンサートを開いた。西洋料理の精養軒にもやっぱり行った――彼のこの有名な〈農民芸術の砦《とりで》〉に参集したのは、農学校の教え子たち、つまり花巻の小作百姓の眼から見れば「最低でも小作料三~四〇俵は取る地主クラスの息子たち」で、いわば「学士さま」的存在の篤農《とくのう》集団。それに町の奇矯《ききょう》好きの文化人が加わった〈賢治サロン〉=高等遊民の趣《おもむき》が強かった。今回の取材で話を聞いた、花巻の村の古老などは、「自分たち貧乏百姓は、戦前、宮澤賢治の名前さえ知らなかった」といって笑った。

事実、「日本のチベット」と呼ばれた岩手県北の農村荒廃はひどく、岩手日報の詩人・森荘已池は「山村食料記録」のなかで、「十五歳以上四人、十五歳以下五人」の家族の日々の食卓の献立を克明に描いている。

ひえ一合、麦五合、めの子(こんぶの粉)二合　△朝　きゅうりづけ、ささげ汁　△昼　朝と同じ　△夕　麦かゆ、生《なま》みそ(ペロペロなめる)

これとほとんど同じ献立が年がら年中続く「農村疲弊」の現実! 「昭和の御世とは思えぬ生活」と題されたその県北農民の暮らしのちょっとこちら側の花巻で、その時われらが〈農民救済の星〉宮澤賢治はキィコキィコ蓄音機の手入れに余念がなかったのである――この〝飢えた農民〟と〝蓄音機芸術〟との目もくらむような落差! どこに農民芸術の「農民」があっただろう。あったのは、そう、賢治の「遊民」性だけだ。

なるほど賢治は独力で畑を作って「労働」もした。でもまだ西洋野菜のセロリ、とくにトマトは「人の肉の味がする」と気味悪がられていた時代、トマトをいっぱい作って、来る人ごとにそれを食べろと強要した。ほとんど嫌味である(笑)。花巻をほんとに〝花の町〟にするんだと、頼まれもしないのに他人の草ボウボウの空き地を花壇に作り変え、「綺麗にしときました」と報告する。これまた、ほとんど嫌味である(笑)。わざわざ外国から花の種を取り寄せ、チューリップやヒヤシンスの花を育てリヤカーにのせて、〝活《い》け花〟用に町に売りに行く。誰も買わない。仕方がないから、無料《ただ》で配る。

彼の「作品第一〇四二番」の詩には、こう書いてある。

「(馬ひきの)程吉は、また横目でみる
わたくしのレアカーのなかの……、六本のヒヤシンスの穂が原因ならば、それもなかば嫉視であって
われわれ学校を出て来たもの
われわれ町に育ったもの
われわれ月給をとったことのあるもの
それ全体への疑ひや
漠然とした反感ならば
容易にこれは抜き得ない
……あそこまで行けば
あのこどもが
わたくしのヒヤシンスの花を
呉れ呉れといって叫ぶのは
いつもの朝の恒例である」

ここに宮澤賢治の〈位置〉がある――彼は、悲惨な農民（小作人）を救おうとして篤農（地主）集団と手を結ぶというトンチンカンをやらかす。町の〝良え所《えとこ》の坊ちゃん〟育ちだから、地主と小作の階級対立の厳しさがド～シテモ骨身に染《し》みないのだ。むしろ明日なき絶望のために酒を飲んではクダを巻く荒廃農民や小作人の〝堕落と腐敗〟への嫌悪と恐怖で、足が一歩も花巻の村々の奥に進まない。村の奥にある〝封建的暗黒〟と対決せずに、彼のうたう詩《うた》はいつも村の入口で終わっている――馬ひきの程吉の〝嫉視〟がつらくてならないのはこのためだが、ここには町の質屋の息子の金持ち根性が見事《みごと》に丸出しになっている。

かといって、例の〝蓄音機芸術〟が外国生まれの高等野菜、高等切り花を無料で配って廻って、それで町の衆が喜ぶかといえば、かえって有難迷惑。ただ町の衆が彼を奇人変人として排除しないのは、親の政次郎が町会議員の財産家であり、奇矯な後継《あとと》りを持ったことへの同情ゆえである。だから時には「仏の賢治さん」とおだてて態良《ていよ》くお引き取り願ったりする――つまり賢治は町の入口をぐるぐる廻っているだけで、町衆の暮らしの内奥にも進めない。彼と正面から向かい合って〝相手にしてくれる〟のは、ヒヤシンスを呉れ呉れと叫ぶ、そーゆー〝子供〟たちだけなのだ。彼がナゼ大《だい》の大人相手に「小説」を書かず、「童話」ばかり書いていたのかの最大の理由はここにあると私などは思っている。

「食う・寝る・遊ぶ」という〈飽食時代〉のバブル感覚、高等遊民感覚を経験している現代の私達にとって、賢治の「遊民」性はとても身近かで共鳴できる部分は多いのだが、農村崩壊↓軍国ファッショに向かうこの飢饉の時代、彼の遊民性と戯《たわむ》れることができたのは子供たちだけだったかもしれない。つまり、読者よ。賢治の詩や童話の本質を一言で言い表すなら、それは〈遊民の文学〉なのだ。町も村も、誰もがその存在を理解できなかった〈不思議な階級〉が書いた物語だった。

(3)

石川啄木は『時代閉塞の現状』のなかでもう一つ重要な事柄を指摘している。自然主義文学の先達《せんだつ》・高山樗牛の個人主義が日蓮主義(法華経)へと転向したことは、自力による変革の道が閉ざされ、他力に頼る〈宗教的欲求の時代〉が到来したことを物語ると書いたのである。とくに注目すべきは綱島梁川の「異常なる宗教的実験」＝鬼神の実験で、梁川のもつ「遠神清浄なる心境」に惹《ひ》かれつつも、「彼が一個の肺病患者である」という『科学』的事実も忘れてはならないと指摘した。つまり肺患の悲惨な生涯からの脱出・救済を神仏に求めたとしたのである。

この啄木が看破した〈宗教的欲求の時代〉は、それから一〇年後の大正九年、明治神宮の完成、即ち近代天皇制(教)の様式美の完成を受けてピークに達する。それは天皇を救世主《メシア》(＝現状変革者)とする国民的な「他力本願」教が成立したことを意味し、以後日本国は多くの人々が気づかぬ間に一種の異様に張りつめた〈宗教圏〉にスッポリとおおわれていったのである。

近代天皇制(教)とは、高天原《タカマガハラ》に集《つど》う八百万《やおよろず》の「天津神《あまつかみ》」と、大地に宿る鬼神怪霊の「国津神《くにつかみ》」とを天照大神《アマテラス》という巨大な稲作神の下に統合した、祭政一致の政治(宗教)システムだから、そのシステムの内側では『科学』も大艦巨砲主義の重工業技術も、なにもかもが〈神懸《かみがか》り〉して〈神国日本〉が形成されてゆく。宗教もモチロン、仏教諸派も神道、修験道、民間信仰すべてが変革者(救世主《メシア》)への奉仕団体に変貌する。宗教的翼賛体制といってよい。そのなかでとくに異彩を放ち始めたのが、昔から狂信的な「現実批判→現状改革」力を自負していた「日蓮」の法華経主義である。この〝現状打破〟の法華経精神のなかから、のちに軍部ファッショと結んだ北一輝や石原莞爾などの〈法華ファッシズム〉が登場してくるのである。だから賢治の「法華経主義」(国柱会)への熱烈な覚醒もけっこう時代風潮に便乗した〝青年風俗のひとつ〟だったと考えても、大きな間違いにはなるまい。すなわち賢治は三七歳の若さで死んだため「時局の匂《にお》い」(吉本隆明)を残さなかったが、生きながらえていたら、彼の法華経主義が天皇翼賛に合流しなかったとは誰も保証できないのだ。

同時に、この「天津神・国津神」総動員システムの〈宗教圏〉のなかでは、天地の大自然のなかに隈《くま》なく宿っている〝神仏の摂理〟や〝慈愛にみちた生命力〟と一体化して、〈神国日本〉の人間にふさわしい〝汚れなき民族〟になろうとする「ミソギ(禊)信仰」が肥大化した。森や山や川や海、田畑を神の住む清浄なる領域として、その自然空間に無我無心で没入しようとする大正〈神秘主義〉の成立だった。

さあ読者よ、天皇制〈宗教圏〉の成立、法華経主義の台頭、大正〈神秘主義〉の肥大化と、これで第三章の舞台装置はスベテ整《ととの》った。賢明なる読者はもうおわかりのことだろう——たとえば宮澤賢治が〝エコロジーの元祖〟であり、一〇〇年後の現在の〝森林浴の時代〟をも見通していたナンテ礼賛記事がいかにオッチョコチョイの誇大宣伝であるかを。それは当時の日本人なら誰でももっていた「ミソギ民族」(=大和民族)的な魂の先鋭化にすぎないのだった。ハッキリ声を大にして言うが、それは「エコロジー」ではなく「ミソギ」なのだ。賢治の文学が「汚れ」嫌悪の「清浄」文学であるのは、誰もが読み知っていることだ。その清浄文学の頂点に、あの有名な妹トシとの死別の詩《うた》『永訣の朝』がある。

あの時（多くの賢治本が隠しているが）、あれほどに「すきとおった」「あかるい」「うつくしい雪」の朝のなかで死んでいったトシの胸のなかは、じつはどろどろに腐れ、真っ黒な病巣を貯めこんだ肺病（結核）死なのだった。そしてそれを看取《みと》る母親のイチも賢治も同じ真っ黒な病巣をかかえた肺病患者だった。そのドーニモ救いようのない、絶望的な〝病原菌世界〟のど真ン中で、賢治は、

おまへがたべるこのふたわんのゆきに
わたくしはいまこころからいのる
どうかこれが天上のアイスクリームになって
おまへとみんなとに聖《きよ》い資糧《かて》をもたらすやうに

と歌ったのである。これが「ミソギ」文学でなくて何であろう！

それはあの綱島梁川の「異常なる宗教的実験」（＝「予が見神の実験」）の系譜を継ぐもので、梁川が肺病から〝神懸り〟で救われようとした軌跡であるとの啄木の考察はそっくりそのまま賢治にもあてはまることだ、と私は思う。啄木は、こうも書いていたではないか、梁川の「遠神清浄なる心境」はよくわかると。そう、じつは石川啄木自身もまた立派に「一個の肺病患者」なのだった。啄木年譜にこ～ある。

明治四五年一月　母喀血し、肺患と判明　三月、母死去。四月、啄木、肺結核で死去。九月、妻は二人の遺児と函館の実家に帰り、翌年、肺結核のため死去。

つまり読者よ、賢治を読み解く最も深いキーワードのひとつが「肺病」（結核）なのだ――大正〈神秘主義〉の時代、自然とは〝神仏の住む清浄なる領域〟として完成した。だから肺病患者・梁川の「予が見神

の実験」は、肺病患者・賢治の「予が自然の実験」へと変化した。賢治童話が現在《いま》すべて自然愛護の〃エコロジー文学〃として誤読されるのは、肺病患者・石川啄木のこの痛切なる指摘を誰もが忘れ去っているためだ。

そう、多くの論者が、戦後ストレプトマイシンが出廻るまで、肺病がどんなに忌み嫌われた伝染病だったかを忘れている。血がケガレる〃血統の病《やまい》〃として、肺患の家とは「通婚禁止」。既婚でも肺病とわかれば「強制離婚」が常識だった。人々は〃空気感染〃しないように、肺病の家の前を手で口を押えて走り抜けたり、肺患の手の触れた物は必ず〃日光消毒〃した。たとえば、賢治が亡くなった日、宮澤家の裏庭にはムシロが敷いてあり『春と修羅』の本が三、四冊、頁をひろげて置いてあったと、森荘已池は書いている。「〃日光消毒〃にこうしてあるのだとすぐに気がついた」と。死の直前までも賢治は己れ自身までも日光消毒していたとは思わないか、読者よ！

私は長い間水俣病患者とつき合ってきたからよく知っているが、昭和三〇年代の「暗黒の水俣病差別」と呼ばれているものは、ほとんどがこの戦前の「結核差別」をお手本にしたものだ。現在の「エイズ差別」に近い。

だから、こうだ——農学校の教え子の伊藤清一は想い出のなかで、「たしか昭和五年は、先生が最初に御病気にかかられた年だと思います……」と。冗～談ではない。賢治が岩手病院で肋膜炎（結核）の診断を受けたのは、大正七年六月だ。堀尾青史の年譜を見ると、『アザリア』同人の河本義行の葉書に、「宮澤氏は肋膜にて実家に帰った。私のいのちもあと一五年はもつまい、と。淋しい限りなく淋しいひびきを持った言葉を残して汽車にのった」とある。……暗い予感であり、まさにその通り一五年後に死ぬことになるのである。

とすれば、彼は彼の愛する〈賢治サロン〉の教え子たちにもずっとその己れのなかの真っ黒な病を隠し続けたわけだ。一五年間という、あらかじめ死を予告された賢治の「結核」生涯。隠し続けた「結核差別」との闘いの日々——トルストイの影響を受けたと説明されている彼の「禁欲主義」（＝セックス禁止と独身主義）の最も小暗《おぐら》い根拠は、ここにあるのだろう。彼は結婚問題をもちかけられる度に、こう言ったという。「いつ亡びるかわからない私ですし、その女の人にしてからが、いつ病気がでるか知れたものではないでしょう」と。

羅須地人協会時代には、「私はライ病ですから」結婚できないとまで言って女から逃げている。ハンセン病を口実に使うまでに、彼は「結核差別」との対決を恐れていたのである。事実、今回取材した花巻の村の古老・五内川米蔵さん（七二）は、こんな話をしてくれた。

「羅須地人協会の建物は一度売りに出されたんだけど、結核が伝染《うつ》ると怖いから、なかなか売れなかった。やっと買い手がついた時、建物のなかにはまだいーっぱい賢治さんの本や書類が残っていた。それ、結核の人が手にとって見たものだからと、買い手夫婦が一日がかりで全～部ボンボン燃やしてしまったって。私はそれ、燃やした本人から直接聞いたんだから間違いない」

彼の思想の核心をなす羅須地人協会時代の多くの資料が、結核差別の農村因習・封建暗黒の炎のなかに焼き捨てられたのである。

だから私はこう思うのだ。〝誰よりも農民を愛した君は、また誰よりも農民を恐れた君だった〟と。つまり「犬の毛皮を着た農夫」（『春と修羅』）と、あの

「たくさんの廃屋をもつ
その南の三日月形の村では
教師あがりの採種者《たねや》など
置いてやりたくないといふ……
ひるもはだしで酒を呑み
眼をうるませたとしよりたち」を。

(4)

言ってみれば、彼はただ一編のシャンソンを歌い続けていたかったってだけの話だという気がする。あの『幸せを売る男』のような、人々への愛のシャンソンを。

「人が悩み涙こぼす
そんな時にオイラは行く
オイラ涙売るよりも
笑い声を売るのが好き
代はいらない、人が誰も

幸せなら　オイラいいさ」

しかしその〝遊民の愛〟を、あの湿った封建制土壌は受け入れなかった。村にも「置いてやりたくない」、町でも「子供」しか相手にしてくれない遊民は、それなら一体どこに逃げればよかったか？

封建因習の村の引力、町の引力の及ばない〈夢の中へ〉、である。花巻という封建日本の現実から離脱してポカリと宙に浮ぶ〈無重力地帯〉へと、である。そしてそれは、町衆、村の衆の息のかからない〈森〉と〈山〉〈川〉、〈野原〉にあった。それらは町衆、村の衆の寝静まった夜の闇の中でキラキラと月光に照らされて浮び上がる〈ドリームランド〉——神仏の「気」の宿る、大正〈神秘主義〉的自然の世界だった。ここでは〈神〉と〈自然〉と〈人生〉とが一如《いちじょ》化した。

「先生はひょいと身軽に歩き……、暗い草原の中にとびこんで行かれて、この夜の風景に深く感動されている様子でした。『ホウホウホウホウ』と声をあげ、いきなり飛び上がって……、先生の白皙の顔は月光に輝き、その顔一ぱいに歓喜の表情をみなぎらせております」（農学校の教え子・沢里武治）

かくして岩手のドリームランド〈イーハトーブ〉が誕生したのである。ここの主なる住民は、山猫にどんぐり、石ころや電信柱や狐や熊、夜タカにフクロウ——みんな、村や町の正業に就《つ》いた人々に嘲笑われる〝はぐれ者〟たちばかりだ。〝被差別〟の青い陰《かげ》りをもっている。そしてこのはぐれ者のドリームランドを支えているのは、武力でも財力でもない。〈言葉の魔力〉である。岩手＝イーハトーブ、花巻＝ハーナムキア、北上川河畔＝イギリス海岸などと言い換えて祈ると、あーら不思議、現実の封建土壌の引力は薄れ、重圧感から解き放たれ、花巻は〈ここにあるのに、どこにもない〉、フツーの人の眼には見えない、賢治の私的な〈仮想王国〉（バーチャルランド）と化すのだった。賢治は決してエスペラントによって花巻をメルヘン化しようとしたのではない。それは〈日本封建〉と戦って、そこから離脱するための呪術、彼の私的な「真言」だった。

　たとえばナゼ彼はあの小岩井農場をあれほどまでに愛したか？　小岩井に行って、あの広大な農場風景を一度眺めて見るがいい。あれは、花巻の土《ど》ン百姓《びゃくしょ》風情が見る風景ではないからだ。三菱財閥の財力をかけて開かれたイギリス式経営の西洋農場だったからで、一種の「独占資本的風景」なのだ。その「非日本」＝「非封建」的＝「非花巻」的な、バタ臭い貴族的な、または華族的な風景こそが、彼の仮想性＝遊民性にピタリとあてはまったからだ。『春と修羅』の中に、こうある。

「私は地球の華族である」
「私は移住の清教徒《ピューリタン》です」

けれども彼はあくまで大正〈神秘主義〉時代の日本人である。だから〈イーハトーブ〉は、こうも表現し直されもする――「気圏日本のひるまの底」「気圏日本の青野原」と。

　この「気圏」については、原子朗の『宮澤賢治語彙事典』を見ると面白い。笑っちゃう。「気圏＝地球を包む大気の領域。……極めて科学的なもの。……賢治は、宇宙を感じながらそれを文学に定着させようとする自身の存在を『私は気圏オペラの役者です』とコミカルに位置づける」と。

　なにが「科学的」なものか。それは、前述したように、大正〈神秘主義〉が作り出した、道教的な「気」の充満するミソギ空間をいうのだ。それにまた、なにが「コミカル」なものか。彼の役者性＝演技人生はどこにその最も深い根拠を置いていたか――「宮澤家は、地元では肺病《ハイ》一族《マキ》といわれていた」（吉田コト）。

その肺の血統を世間の人々の眼から隠し通すこと＝その一五年間の〈うす汚れちまった哀しみ〉の演技人生から生まれた「役者」性だったに決っている。

「けらをまとい、おれを見るその農夫
　ほんとうにおれが見えるのか」（『春と修羅』）

だから、言う。山猫や電信柱や石ころの、この世のはぐれ者たちに。「起て、気圏の戦士たち！」と。そう、賢治はこのドリームランド「仮想王国」のバーチャルな創造主なのだ。創造主が書いたこの国の創世神話こそが「狼森《オイノもり》と笊森《ざるもり》、盗森《ぬすともり》」などの童話群だった。また彼がナゼあんなにも夜も昼もなくメモ手帳片手に、日々刻々変化する森や雲や風や稲穂をたんねんに描写して廻ったかは、その国の王にして調査官でもある彼が、国の隅々まで〝健全なる仮想性〟が行き渡っているかを見て廻る「行幸」日記のようなものだった。

そして「遊民」と「肺患」という二重の被差別性をかかえて〝仮想の国〟をつくらねばならなかった創造主の哀しいく胸の内を描写したものが、『春と修羅』などの心象スケッチなのである。

「そらには暗い業《ごう》の花びらがいっぱいで
　わたくしは……、
　　はげしく寒くふるえている」

〝詩〟というよりは、被差別者の〝妄想〟スケッチであろう。

しかし、人間という、

「物質全部を電子に帰し

電子を真空異相といえば」

もう肺患も遊民も町の衆も村人も、その区別（＝被差別性）など消え失せるのだ。そう、それも〝科学〟というよりは、被差別者の〝祈り《いの》〟（＝宗教的欲求）であったろう――つまり宮澤賢治は〈イーハトーブ〉という遊民ランドの『聖書』を書いた。彼の死後、農学校の教え子たちが残した「先生との想い出の記」は、後世その聖書の中に収められ、幾編かの「使徒行伝」となったというお話である。決してく賢治は「農民のため」になんか死んではいない。「遊民のため」に死んだのである。昭和バブルの残党である現在の「遊民」日本人が彼を「聖書」扱いにして崇《あが》め奉るのは、当～然のことだ。

ついでに、その「遊民」日本人をもっと喜ばせてやろう（笑）――この「仮想の国」の創世神話のもののすごいところは、その遊民性の徹底度が高じに高じて、終《つい》には「わたくしといふ現象は、仮定された有機交流電燈の、ひとつの青い照明です（あらゆる透明な幽霊の複合体）。」という、非日本人＝非「大和民族」的な感覚にまで到達してしまう点にある。おかげで、当時の日本天皇制・（教）が作り出した歴史イデオロギー（＝古事記の高天原神話）の外までもはみ出してゆく、トテツモナク遠大な「時間」性と広大な「領土」感覚を持つこととなった。なにしろ賢治はイーハトーブの起源を、ビッグバン以後の地球に火山爆発が絶えなかった〝溶岩流の時代〟から語り始め、その領土は遥か銀河系の果てにまで拡がっているのだ――イザナギ・イザナミの媾合《まぐあい》（セックス）なんて日本人の起源説よりずっと古く、五族共和の満洲国支配なんて領土願望よりずーっとくでっかかったのだ。おまけに、〈四次元〉なんだという。三次元の世界で血みどろな侵略を始めていた〈神国日本〉の現実を、アッケラカーのカーで〈幽体離脱〉しちまったのである。あの時代、天皇制・（教）〈宗教圏〉に包摂されなかった日本人はいなかったろうと思われる時代に、である。〝特筆もの〟なのだ。

けれども、それは、何度も繰り返すが、彼が法華経の熱烈な行者で、農民の苦しみに殉《じゅん》じた〈菩薩道〉だったからではない。その道を行けば、必ずや彼は〈法華ファッシズム〉の一員として天皇翼賛に合流していたろう。だってこんなことまで書く人だったんだぜ、賢治って。

〈すべてわたくしと明滅し
　みんなが同時に感ずるもの〉

これこそ全体主義《ファッショ》の原基ではないか。三七歳の若さで死んでくれてよかったのだ。羅須地人時代から次第に彼の遊民性が崩れはじめ、「敗残の私にはもう物を云ふ資格もありません」というままに死んだからこそ、そのバーチャル国の「聖書」は血に汚れずに残ったのである。天皇〈宗教圏〉の外にはみ出したままの姿で残ったのだ。「敗残の私」の姿こそ、「遊民としての勝利」の姿だったといっていい。

つまりく、読者よ。話はとても単純なことだったのだ――賢治は一編のあの〝愛のシャンソン〟を歌っていたかった。

「人が悩み涙こぼす
　そんな時にオイラは行く
　心の船出《だ》すために
　オイラは歌うたう」

けれど暗黒な戦前日本の封建土壌はそれを許さなかった。だから彼の〝愛の唄〟は、夢《ドリーム》（仮想）の中でさえこう歪《ゆが》んだのである。

「多くの侮辱や窮乏の
それらを噛んで歌ふのだ
もしも楽器がなかったら……
ちからのかぎり
そらいっぱいの
光でできたパイプオルガンを
弾《ひ》くがいい」

そう、啄木が大逆事件のあと、「敗北」として描き出した「遊民」の概念を、賢治は「勝利」へと書き換えていったのである。

でもね、悪いけど、この遊民王国のバーチャル性は、前述したように「質屋」の親父の政次郎の財力に裏支えされて成立していたのだから、後世のわれわれはその「遊民の勝利」をほめたたえていいのか、けなしていいのか、サッパリわからない(笑)。ここにこそ宮澤賢治の壮大なる阿呆らしさがあるのであり、それをこそ人は「コミカル」と呼ぶべきなのだ。

そして最後に、その「コミカル」なるものの前にシャンと立ち、しっかりと正視してみよう――彼の父の政次郎は花巻の大商人にして町会議員、仏教会のリーダーだった。母親イチの実家の「宮善」は花巻銀行の頭取にして、大地主の町会議員。すなわち宮澤一族は「地方財閥」として、花巻の政治・経済を支配した権力者集団なのだった。三次元の現実世界は宮澤一族が牛耳り、四次元幻想の仮想世界は賢治が牛耳ったといってもいい。

こ〜して私がこれまで述べてきた賢治物語のとどのつまりは、花巻の町の表と裏は宮澤一族が乗っ取ってしまったかのようなトンデモナイお話に行きつくのだった。

そして現在《いま》、賢治生誕一〇〇年祭に大騒ぎしている〈平成のイーハトーブ〉を見るがいい。その震源地になっている宮澤賢治記念館の館長の宮澤雄造さんは、賢治の弟精六さんの女婿《じょせい》だし、商工会議所会頭の宮澤啓祐さんは「宮善」の末裔である。昔も今も変わらぬこの〝花巻の構図〟は果して「コミカル」なものだろうか、読者よ。

（96・9）

戦後最強「労働者」神話の裏舞台

●三池炭鉱閉山●

閉山の街、大牟田《おおむた》には夕方着いた。夜の居酒屋で、二年前お別れの涙のホームランを打って巨人軍を引退したあの「原辰徳は大牟田出身」という話を聞いた。

父親の原貢監督は、一九六五年の夏、三池工業高校野球部を率いて甲子園に初出場——初優勝の偉業をなしとげた。

当時の地元紙は「ヤッタ！　躍りあがる炭都・大牟田」と題して、三池工ナインの優勝パレードには三五万人もの熱狂した群衆が押し寄せたと書いている。

三池工の壮挙は、「血で血を洗う三池争議や四五八人もの死者を出した三池三川鉱粉じん爆発事故で沈んでいた炭都に投げ掛けられた、希望の光のシンボルだ」と。

原辰徳はこの時、父の晴れ姿を見て、「ボクも野球の選手になりたい」と決意したという。彼は小学三年、三池工のグラウンドでその優勝ナインの練習の球ひろいをしていたのである。

翌朝早速その三池工を見に行くと、突然タクシーの運ちゃんが「この学校は三池集治監《しゅうじかん》の跡に建てられたものです」とかいう。

集治監労働から出発した、三池の原点

オイオイ、集治監て明治時代の監獄、囚人刑務所のことだぜテンデ、なるほどその監獄時代の赤レンガの壁がまだ校庭脇に残っていた。

すなわち、大牟田の地を一〇〇年にわたって支配し続けた三井財閥《コンツェルン》↓三井資本グループの最初のリーダー・益田孝は、「三井全体の発展は三池から起こっている」と述べたが、その三井の原点＝三池炭鉱は、劣悪で残酷な集治監労働から出発したのだった。

何千人もの囚人が「六人一組で鎖につながれ、ジャラジャラと音をたてながら……、地底奥深く、過酷な（炭坑）労働を強いられ」（中川雅子著『見知らぬわが町』）、次々と死んでいった。

だから読者よ、野球少年・原辰徳が走り回っていたその足元には、囚人強制労働という近代日本の暗黒部が黒々と広がっていたといってもよいのである。

ヘルメットをかぶり地底に下った昭和天皇

そんなふうに、大牟田の街のなにげない日常風景の中には、三井三池鉱山の支配の爪跡《つめあと》が到るところに残されている。

いま再開発で大型スーパーを建設中の工事現場は、戦時中に朝鮮人の強制労働者を収容していた「馬渡社宅」跡だったし、そこを見下ろす丘の上には「解脱塔《げだつとう》」と呼ばれる囚人墓が建っている。

坑内災害で死亡した囚人の死体をここの深い井戸に投げ込んだため、そこら一帯はいつも腐乱死体の悪臭がたちこめていたというのである。

さらにこの街の地下は、石炭採掘のための坑道がアリの巣のように広がり、その先は有明海の海底まで伸びて、ドラムカッターが闇雲に海底の炭層を掘り進んだ。

その結果、有明海が各所で「海底陥没《かんぼつ》」をおこし始め、漁民の海苔養殖などが大打撃を受けている。地盤沈下・陥没はよく聞く話だが、「海が沈む！」ナンテ話は聞いたことがない。ムチャクチャである。

しかしこうして一〇〇年を超す血みどろな乱掘によって掘り出された三池の石炭二億八七〇〇万トンが、三井東圧などの「石炭コンビナート」を育て、北九州八幡《やはた》の「製鉄」、長崎の「造船」と結び、日本近代の『富国強兵』を成功させ、軍国主義ニッポンのアジア進出の原動力となっていったのだ。石炭こそ、コメと並ぶ、日本民族の「国の基《もとい》」だった。

だからこそ、『敗戦復興』の一九四九年、あの昭和天皇が大牟田を訪れ、ヘルメットをかぶって地底深く下《くだ》り、「黒ダイヤ」を掘る真っ黒な産業戦士を直接はげますという、〈前代未聞の行幸〉も行われたのだ。

地の底の「集治監労働」の伝統をもつ〈下罪人《げざいにん》の世界〉に天皇が下《お》りてゆくナンテ話は、これまた誰も聞いたことがなかった。

日本人すべての身軽な冷酷さ

しかし、それから先、「石炭から石油へ」のエネルギー転換の中で石炭産業は次第に斜陽化し、六〇年には「総資本と総労働の対決」といわれた三池争議がおき、六三年には三川鉱炭じん爆発をおこして一挙に暗転、今日の三池炭鉱の閉山を迎えるのである。

それらの歴史的経緯についてはすでに多くの新聞やテレビが伝えているから、詳細は省こう。

ただ一点、いま三井資本が大牟田の地を蕩尽《とうじん》して逃げ出してゆくのは誰の目にも明らかだが、その背後には「石炭」という民族的エネルギーを捨て、「石油」による繁栄→高度成長→バブルへの道を選択していった私たち日本人すべての身軽な冷酷さがあったことを忘れてはならない。

黒ダイヤとか炭坑爆発とか、そんなものはもうずっと以前から私たちの都会の暮らしの日常のなかでは、忘れ去られ、とんと昔の物語と化していたではないか。

炭都・大牟田を見棄てたのは、三井より先に、私たち自身ではなかったろうか。

だから私はここで、「失業者が三〇〇〇人も出て、地元は不安がっている」とか、誰もが書くような大同小異の閉山レポート形式をやめようと思う。本当に忘れ去ってはならないことを、ひとつだけ書く。

ガス患者の妻たちが出した緊急アピール

マスコミが一行も報道せず、この三十数年間、関係者が必死で封印してきた『炭じん爆発のガス患者』についてのある裏面史を物語ろう。

閉山の今、誰かがそれをレポートしなければ、永久に闇の中に見棄てられる話だからだ——。

それは、COガス爆発によって追いつめられた「男と女」の哀しい〈性《セックス》〉にまつわる物語だ。

三川鉱炭じん爆発で死者四五八人、CO（一酸化炭素中毒）患者八三九人が出てから四年後の六七年、CO特別立法を勝ち取るためにガス患の妻たち八〇人が三川鉱の地底深く下って「地の底の座り込み」を戦ったが、その時彼女らはこんな意味の緊急アピールを出している――。

ガス中毒で性的不能になった夫が病院から外泊許可されて家に帰り、「男と女」に戻る夜はつらい。どんなに愛撫《あいぶ》しても、夫は立たない。妻は燃えて火照《ほて》った肉体《からだ》のまま放置され、ケンカ別れで朝を迎える。毎回く、その絶望的な繰り返し。

彼女らはその「女」として許せない憤《いきどお》り、哀しみをこめて、夫たちの現場＝坑底に座り込むのだと。

私は、この緊急アピールを読みながら、その哀切さに打たれてワァワァ泣き出した覚《おぼ》えがある。

戦後公表された〈女の戦い〉で、この赤裸々な自己認識を越えた戦いはない。

しかし今回、私が取材して回ったその〈女の戦い〉は、もっとずっと猥雑《わいざつ》で痛切なものだった。

爆発で四五八人が死んだ時、炭住や社宅の〝後家荒し〟の男たちが「さぁ、これからが俺の腕の見せ所」と色めき立ったというのは、いかにも『地の底の笑い話』（上野英信）ふうな炭坑噺《ばなし》だったが、実際それを実践し、ガス患の妻の孤独な肉体《からだ》を次々と籠落《ろうらく》していった者たちのなかに、ナントあの「栄光の三池闘争」を闘い抜いた地元の労働運動の幹部連中がいたというのだ。

同情よりねたみを買い後ろ指をさされた

たとえば、新婚半年目でガス患の妻は外泊の後、最初は「よかったぁ、うちン人はアレができて」と頬《ほほ》を染めて語ったが、その後、組合の幹部と関係ができると、「主人はセックスができんく」と言って回るようになる。

人々は「健康な男と経験したら、較べものにならんかったやろ」と、冷たい笑いをもらしたという。

「幹部が、その奥さん連れて東京逃げたんですよ。二人で東京遊び回って、金使い果たして、男の方だけ戻ってきた。その金は、ガス患の旦那の労災補償や会社見舞金、政府の特別見舞金ですよ。その奥さんは、二度と大牟田には戻って来《き》ならんやった」

また、別の幹部は、重傷入院患者の妻を愛人にしており、その妻が「主人を元の身体にもどして」と会社に抗議にゆくと、会社幹部は、「旦那がガス患になったおかげで、あんたもそげん派手な服着て、口紅もつけらるる身分になれたとじゃろが」と嘲笑《あざわら》ったという。

そんなふうにして、会社交渉や団交も骨抜きにされていったというのだ。死亡者の妻たちは通称〝爆発後家〟と呼ばれたが、同情よりは人々のねたみを買った。多額の死亡補償金を手にしたというので、「衣食住足りて、足らんとはアレばっかし（笑）」と後ろ指をさされた。

実際、幹部連中が慰安旅行で爆発後家をはべらせるという町の噂が、当時しきりに聞かれたことは確かだった。

会社側の関係者にも、患者の妻に手を出した者がいたという。こうして読者よ、あの地底深く座り込んで「夫」に連帯した炭坑の〈女の闘い〉は、会社と労働運動という二つの権力によって抱き込まれ、腐敗し、内側から崩れていったのである。

閉山を目前に、当時を知る人も少なくなり、すべてが確認できた訳ではない。

しかし、ガス患者を通して、会社と労組の内実を激しく照射するこれらの「物語」は、地元関係者の間で、隠されると同時に、周知の事実として語られてもいたのだ。

「ガス患男の哀しいもがきだった」

七二年、この二つの権力の包囲網を突破して、CO裁判闘争に打って出た松尾蕙虹さん（六五）はいう。

「裁判の過程で明らかになったんですが、もともと会社と組合は、『CO事件については法廷では争わない』という裏約束を爆発直後に交わしていたんです」

三井の大牟田一〇〇年支配の底力を思い知れというような話だが、松尾さんはさらにこう続けた。

「私の夫もガス中毒で頭がおかしくなり、性的不能に陥った。だからその嫉妬で、私がCO闘争の運動のなかで男と浮気していると思い込み、毎日私を殴ったり蹴ったりした。最後には患者四人で『女を囲うから、一〇〇〇円出せ』と迫ったですよ。月四〇〇〇円出せば、市内で素人女が囲えるからと。セックスの相手が変われば立つかもしれないという、ガス患男の哀しいもがきだったんでしょうね……」

ヤマは消えても毅然として生きる

この逆立ちした「男」の哀しみ、それを目撃する「女」の哀しみ――その「男と女」の二つを合わせた、夫婦の哀しみによって、戦後の日本労働運動史は書き変えを迫られるだろう。

最後に、私はいま三池炭鉱閉山の現場に立ち、こう想うのだ。

松尾さんらの戦いは、たった三人。閉山で逃げのびようとするその二つの権力を、最高裁で追撃し続けている。鉱山は消えても、人と街はなお毅然《きぜん》として生きてゆかねばならないからだ。

そう、三井の城下町から「人間の街」へ、大牟田はいま大きな脱皮を迫られているのだと。

（97・4）

●歌舞伎町レポート●

「歌舞伎町＝恐怖伝説」のベールを剥ぐ

「雅子さまのプレゼント」

新宿・歌舞伎町には、変な話がいっぱいころがっている。これもその一つ。タイと台湾の混血ホステス聖子ちゃん（二九歳）は、長野のデートクラブまで働きに出て、日本人ボスへの借金三五〇万円を支払って自由の身になった。三二〇万円は自分が肉体で稼いだ金、残りの三〇万円は歌舞伎町の友達ホステスから借りた。一刻も早く残忍な日本人ヤクザの手から逃げたかったからだという。歌舞伎町のデートクラブに流れ着いたのは一九九四年のこと。その途端、歌舞伎町一帯で警察による「不法滞在者《オーバーステイ》」のものすごい一斉逮捕が繰り広げられたという。聖子はもちろん不法滞在に偽造パスポート。アパートに閉じ籠もり、部屋に飾った神様に「助けてく」と祈り続けたという。

「お父さん、お母さん、助けて。アタシを助けてって……。あのときほど怖かったことはない。強制送還されたら、山のようにある親の借金どうするの。弟の学校行く金もアタシが稼いでんだから。

あのときの一斉逮捕はね、雅子さまが皇太子妃になられて一年目の誕生日に、なにプレゼント欲しいですかと訊かれて、なにもいらないけど、日本に来ている不法な外国人を本国に送り返すように希望しますと言った。それで警察が動いて、歌舞伎町で大量検挙されたよ。ホステス仲間がみんな言ってたよ。あれは、『雅子さまのプレゼント』だって…」

これはもうわざわざ宮内庁に問い合わせてみるまでもない。まったくの流言飛語である。九四年といえば、歌舞伎町で中国人どうしの勢力争いがピークに達し、あの凄惨な青竜刀殺人事件がおきた時期だ。警察はそのため大がかりな「環境浄化作戦」を何度も繰り返している。聖子のいう〝一斉逮捕〟とはそのことであり、雅子さまとはなんの関係もない。ただ私がそれを聞いたとき、アレっと思ったのは、同じ歌舞伎町でも日本人とアジア人とではまるで違った街に見えるのではないかということだった。歌舞伎町が「酒とセックスと暴力の街」だという日本人の紋切り型の視線は捨てなければならないという想いがわいた。その意味で、聖子ちゃんの話は、私にとってほんとうに〝雅子さまからのプレゼント〟だった。

1　暗黒異界

新宿・歌舞伎町はいまや〝アジア最大の歓楽街〟といっていいだろう。区役所通り裏は「リトル上海《シャンハイ》」だし、職安通りは「リトルソウル」と呼ばれハングルのネオン看板をかかげた居酒屋や食堂がずらーっと軒を並べている。その向こうの大久保のラブホテル街にはタイやシンガポールの料理屋があり、街角の暗闇ではコロンビアの売春婦が四、五人ずつ輪になって、冬の寒い夜風に吹かれながら〝立ちんぼ〟の客引きをしている。一時間二万円。「寒いわね…」と、韓国人のオカマがぽつんと一人、声をかけてくる。一万五〇〇〇円でいいという。不景気で、全然客がつかまらないのだ。「でも中身は、一〇万円分のサービスしたげる」。一〇万円のセックスとはどんなものかと思った——とまぁこんな具合に、新宿・歌舞伎町はいまや「アジア最大級のエスニック・シティ」に衣替えしたのである。わずか六〇〇メートル四方の狭いこの街に、多い時は一晩に二〇万人もの人々が押し寄せる。通行人の言葉も、日本語、英語、中国語、韓国語、タイ語、タガログ語、スペイン語、ペルシア語が入り混じって、わけがわからない多民族ゴッチャゴッチャの喧騒の街となっているのだ。

たとえば浅田次郎の小説を映画化した『ラブレター』の監督補、本木克英は「古き良き日本の雰囲気を残す地方は少なくなり、大阪の道頓堀や横須賀といった街も、再開発で健康的になってしまい、つまらない。新宿は、つかみ所のない妙な熱気が残っている。そして、日本人と外国人が対等に、共生している。そこが映画の舞台として魅力的」と語っている（九八年一月一九日付、朝日新聞）。

その「妙な熱気」のせいか、これまでも大藪春彦の『暴力租界』や大沢在昌の『新宿鮫』シリーズなどのハードボイルド小説、いわゆる〝新宿暗黒街文学〟などが好んでこの歌舞伎町の裏社会を描き、日本人の脳裏にヤクザ暴力団の恐怖、サディスティックな強姦や殺しのイメージを植えつけてきた。

さらに九八年には、馳星周《はせせいしゅう》のハードロマン『不夜城』が小説に続き映画（李志毅監督）も大ヒット。いまや、ちょっとした〝歌舞伎町ブーム〟であり、ぞくぞくするほど「怖い街」というイメージはさらに強まっている。

『不夜城』で描かれる歌舞伎町の闇の主人公は、もはや日本人ではない。登場するのは、「半々《ばんばん》」と呼ばれる日本と台湾の混血あるいは中国残留孤児二世。戦争で日本が負けて引き揚げるとき、中国人に売られた子供のまた子供である。彼らは青竜刀や中国製密輸拳銃トカレフで血みどろの縄張り争いを続ける中国人マフィアとなり、台湾人や混血の女たちを奪い合う。つまり日本人が登場しない。そしていま、日本人の犯罪がサリンガスにヒ素混入の保険金詐欺と、クールで頭脳的な〝姿なき犯罪〟にどんどん変化しているとき、それに猛反発するかのように『不夜城』の裏社会ではひたすら血だらけの〝肉体〟の痛み、うずき、死の間際のセックスのめくるめく恍惚が乱舞するのだ——いまや歌舞伎町こそ、私たちの想念上に存在する日本最大の、唯一の〈異界〉だといわんばかりに。

もう日本じゃない？

でもねぇ、それはあくまでもフィクションの世界。半分絵空事だろうと思っていたら、そうでもない。実際に歌舞伎町の裏社会は、上海系の中国人マフィアに牛耳られ「警察も介入できない、おそろしい『黒社会』が築き上げられていた」と書くノンフィクションも出てきたのだ。文春文庫『新宿歌舞伎町　マフィアの棲む街』（吾妻博勝著）では、中国人マフィアが「日本人には悪いけど、もう歌 舞伎町は日本じゃないからね」と不気味に笑ったりする。

この私自身、ゆうべ歌舞伎町に面した靖国通りでタクシーに乗ったら、こっちがなんの話もしていないのに運ちゃんの方から「お客さん、最近の歌舞伎町は中国人マフィアに乗っ取られたって、本当ですかね。奴等は問答無用で、すぐ人を殺す日本のヤクザより怖いそうですなあ」と、あの『マフィアの棲む街』そっくりの台詞を聞かされてゲンナリしたばかりなのだ。

かくして新宿・歌舞伎町は創作《フィクション》においても現実《ノンフィクション》においても〝日本人が手を出せない中国人支配の暗黒暴力街〟と宣言されてしまった！

でも、そんな話って、本当だろうか？

本当に歌舞伎町はもう〝日本の領土〟たり得ていないのか？

確かに一九九二年から九四年頃の歌舞伎町では、中国人による青竜刀殺人事件が何件か発生して、中国人がのさばっている印象は与えた。しかしそれは「殺人事件」の件数の多さではなく、青竜刀という中世的な武器の残忍さが日本人の脳裏に強く焼き付いたからだ。大体、中国人マフィアがそんなに裏社会を牛耳るほど組織暴力化したのなら、日本のヤクザ軍団を駆逐するためもう少し牙を剥いてもよさそうなものだ。新宿は一二〇カ所の組事務所に約一七〇〇人のヤクザが結集している日本最大の暴力団「過密地」だ。〝チャイナ・ドラゴン〟の名をあげるには絶好の場所ではないか。

生き残った異界

さらに、想《おも》えよ。

あの街の隣りには日本最大の自治体・東京都の力《ちから》のシンボル「東京都庁」がデーンと君臨し、日本最大の警察組織「新宿警察署」（署員六〇〇人）も睨みをきかせている。

日本最大のヤクザ軍団と日本最大の庁舎と日本最大の警察が取り囲むお膝元の歌舞伎町が「日本の領

土」でなくなったなんてことがもし事実なら、ヤクザと都庁と警察は日本一のお間抜《マヌ》け、「三馬鹿」集団になっちまう。遠い海の向こうのあんなちっぽけな竹島の領有権をめぐって日韓の国家権力が角突きあっているご時世だ。もしそうなったら、自衛隊でもなんでも出動するぜ。なぜなら歌舞伎町というのは、単なる六〇〇メートル四方のちっぽけな「盛り場」ではなく、戦後ずっと、日本に向って屹立《きつりつ》し続けてきた〈異界〉だからだ――歌舞伎町は不思議な街だ。戦後、特に高度成長期からの日本は、草深い農村を潰し画一的な都市化を進めることによって大きな経済効果をあげてきた。画一的であること＝どこを切っても金太郎アメであることは、大量の物資と大量の情報を一挙に日本全土にバラまく時に断然有利だった。眼をつぶっていても、物と情報がスムーズに流れてゆく安全な流通機構を確立できた。だからその画一性の障害物となる封建的〈遺制〉や、極端に価値観の違う〈異界〉潰しが進んだ。七〇年代、田中角栄の「日本列島改造論」がそのピークだったが、その戦後ニッポンの異界征伐が続くなかで、たった一つ歌舞伎町だけが一貫してずっと〈異界〉であり続けた。九〇年代のエスニック歌舞伎町だけが〈異界〉なのではないのだ。ナゼだろう？　『マフィアの棲む街』の吾妻は、「あとがき」でこう書いている。

「歌舞伎町について、私自身、どう表現していいのか、率直にいって、よくわからない。怖い街か、と言われれば、その通りだし、楽しい街かと聞かれても、その通りですと答えてしまう」

二年も潜入ルポを書き続けた筆者に、結局よくわからないといわれてはこっちも困ってしまうのだが、吾妻の疑問に答える形で言うなら、もともとあの街には《民族》という名の《都市霊》が棲んでいるのだ。その都市霊から〈異界〉が発生するのである。歌舞伎町という「恐怖伝説」の発生源、その隠された〈異界〉性を発見しにいこう。

2　地霊招来

戦前に歌舞伎町という街はなかった。東京大空襲で焼け野原になった「敗戦復興」のときに、新宿角筈の町会長で食料製造業（固形カレーなど）を営んでいた鈴木喜兵衛が、復興協力会を組織して、歌舞伎劇場や映画館、演芸ホールを擁する健全なアミューズメント・センター＝全首都のホーム・タウンを建設しようとした。鈴木は若い頃、イギリス・アメリカ両大使館でコックをつとめた経験から、進駐してくる占領軍アメリカの姿がよく見えていた。歌舞伎町建設の志を彼はこう述べている。

「日本の生きる道は何処にあるのだろう。……亜米利加にも戦争成金がうようよ居る筈だ。優越した感情で征服した国を見たがるのは人情だろう。彼らは必ず見に来る！　敗けた日本の姿を。

彼らが東京の焼け野原に立った時、新宿に整然とした復興の街のあることを見せてやる。計画復興だ。道義的繁華街の創造をする」

つまり鈴木は、新宿を道義性において米英を圧倒する〝健全な〟日本民族精神の街に改造しようとした。というのも、当時の新宿は、尾津組などのテキ屋（ヤクザ）集団が血みどろの縄張り争いを繰り返し、淀橋署長の仲裁により、「尾津組は新宿東口、安田組は西口、和田組は南口と一応縄張りをきめられた」（『新宿の今昔』）という、騒然たる〝不健全〟状態だったからである。特に東口露天商の尾津喜之助は、「光は新宿から」のスローガンをかかげ、東口の高野フルーツ・パーラーや中村屋あたりの焼け跡に青空マーケットを開き、東京露天商組合七万人のトップに躍り出る。さらにこれらテキ屋および愚連隊集団は、当時〝戦勝国民〟として無法の限りを尽くしていた台湾人ヤクザ、朝鮮人ヤクザと激しく対立し、昭和二一年七月には有名な「新橋事件」を起している。新橋の松田組とこれを応援する尾津組ら露天商の選抜隊、さらに関八州の親分衆の応援隊合わせて三〇〇〇人、いわば日本ヤクザの総連合と、トラック三台に分乗して襲撃してきた台湾華僑とが激突寸前、松田組がビルの屋上から機関銃を乱射して台湾側を追い払ったという、「無法」「無政府」な事件だった――すなわち、歌舞伎町の《祖型》とは、アメリカには〈健全なる道義性〉を対置し、在日の台湾人・朝鮮人には暴力で対峙する濃縮された《民族的空間》だったのである。しかしアメリカが日本を「反共の防波堤」と規定し、日米の国家権力が蜜月状態に入るや、台湾人、朝鮮人グループと日本人ヤクザの「無政府」は厳しい取り締まりに遭い、歌舞伎町の民族的空間も急速に濃縮度を薄めていった。二七年には占領軍アメリカが去り、その薄められた民族的空間のど真ん中に三一年、新宿コマ・スタジアムが建設され、「エノケンをはじめ一流の芸人、エンターテイナーたちが公演する」ことになってようやく歌舞伎町は新宿一の盛り場に成長してゆく。

しかし戦後に急造されたこのアミューズメント・センターは当然ながら、浅草のような庶民大衆の伝統芸能を育てることもできず、かと言って銀座のような上流階級の舶来折衷《はくらいせっちゅう》文化にも特化できず、結局は〝米兵とパンパン〟という占領軍文化の徒花《あだばな》をそっくりそのまま継承する以外になかった。歌舞伎町は、「基本的にはやはり酒とセックスの街と言うべきだろう」（『立ちあがる東京』E・G・サイデンステッカー著）と認識されるに至ったのである。

在日アジアの怨念

さて、それならそのあと、あの大暴れした台湾人たちは何処に消えたのか？　それを考える時に興味深いのは、例の尾津喜之助が高野ら青空マーケットの地主一二名に「土地不法占拠」で訴えられていた裁判で敗北し、昭和二三年に懲役八年の刑をくらったことだ。その背景にはＧＨＱ（連合国軍総司令部）の民主化政策の圧力があったのだが、とにかくこの国で〈民族〉よりも〈機関銃〉よりも強いものは《土地》の所有権だということを、これほどまざまざと見せつけた事件はなかった。かくして台湾人たちは、日本人がまだ手も出していない大久保の陸軍用地、雑草生い繁る原っぱや歌舞伎町あたりの焼け跡などを安い地代で買い取り、戦前は住むに家なく土地もなかった在日アジアの怨念を形にして晴らしてゆく。日本農村の小作人がマッカーサーの農地解放で得たものを、彼らは自力で獲得したのだ。やがてその同胞ネットワークは日本人が容易に立ち入れない《逆租界》（＝リトル・チャイナ）を形成していった。つまり民族色を消した民族的抵抗（怨念や怨霊）の宿る都市空間＝裏社会、これが歌舞伎町に発生した、日本人の眼には見えない（不可視の）最初の闇であった。

ひるがえった日章旗

民族的色彩を薄め「酒とセックス」だけがむき出しとなった街に、六〇～七〇年代の経済成長で自信を取り戻した日本民族の男たち＝労働者階級（ブルーもホワイトも）の消費エネルギーがどーっと流れ込んでくる。歌舞伎町は、高度成長を担う産業戦士たちの慰安所、または不平不満のガス抜きの安全弁となった。

「新宿は物騒で、けばけばしく、実存主義と、新左翼の潮流と、アングラ演劇の疾走とピンク映画と、詩とジャズと、……ベトナム戦争の匂いや、横領した金を撒き散らす酔っ払いや、議論ずきのママや、俳優や女優やその卵たちや、詩人や作家やでごったがえしであった」（『欲望の迷宮』橋本克彦著）

一九六八年には新左翼と暴徒一万余の新宿騒乱事件が起き、六九年には新宿西口広場で七〇〇〇人の反戦フォークソング大会が行われ、機動隊が催涙弾を撃ち込む。歌舞伎町は、「無政府」から「反政府」の暴れ回る〈異界〉＝ガス抜き空間へと変化していった。そしてその裏で、歌舞伎町のあの台湾人の地主たちも雑居ビルを建てまくり、高度成長のうまみを独占した。おかげでビルの賃貸料は目の玉が飛び出るほど高騰し、その地代や家賃を支払うため〝ボッタクリ〟の店がこの街に氾濫した。

「歌舞伎町での成功のパターンがある。ここに土地をもっていた人は、ビルを建てると、管理を不動産会社にまかせて、郊外に家を建て、歌舞伎町から脱出する」（『欲望の迷宮』）

そのほとんどが台湾系といわれる彼ら地主は、同じ歌舞伎町に巣食う日本人ヤクザと再び勢力争いになる愚を避けたのだが、〈土地〉所有者＝真の支配者が姿を消していくことで、この街の本質はますます見えにくい「不可視の闇」となっていった。闇の拡大深化、そしてその闇の奥で待ち構える〝ボッタクリ専門の暴力団――裏社会の「恐怖伝説」はこの時代に確立されたものなのだ。

だから歌舞伎町の「怖い街」や「闇社会」の恐怖イメージを生み出す根源は、暴力ではなくて〈土地〉なのである。その土地を異民族が所有しているからなのだ。歌舞伎町が戦後日本のなかでナゼたった一つ〈異界〉であり続けられたかの秘密も、そこにある。戦前支配されたアジア民族の怨念という《都市霊》が、歌舞伎町の地霊と化して、あの街を守っているからだ。アジア侵略の戦争責任を回避してきた戦後ニッポンの最も手をつけにくい〈異界〉だった。かくして現在、「日本人妻・帰化中国人名義のものを含めると、歌舞伎町の土地、建物は、なんと『約七割が華僑系の所有物件』(在日台湾人実業家)ということである。それに韓国人所有の物件を加えれば、日本人に残された土地は猫の額ほどしかなくなる」(『マフィアの棲む街』)

でもそれは日本人にとって、実は少しも恐怖ではない。その〈土地〉所有を保障しているのは、日本国家だからだ。たとえば世が平成にかわり現天皇が即位された日、歌舞伎町には軒並み奉祝ムードの日の丸の旗が並んだ。それは日本人一般にはなんの不思議もなかったが、「歌舞伎町の土地やビルはみな台湾系、韓国系の所有だと知っている者には、異様としかいいようのないほどの旗の波だった」(写真集『新宿〈一九六五―九七〉』の渡辺克巳カメラマン)。歌舞伎町の裏社会=不可視の異民族空間を保障し、管理しているのはあくまでも〈日本〉という国家だということをこれほど雄弁に物語った光景はないのだった。

3 流民悲哀

歌舞伎町のアジア的〈異界〉が本格的に沸騰し始めたのは、八〇年代後半から九〇年代初頭にかけてである。「黄金の国」へ、ジャパニーズ・ドリームを求めて来日した中国人やイラン人の夢が、バブル崩壊とともに破れていった時代。偽造パスポートの密航者は何百万もの借金を抱えて帰るに帰れない。男も女も、彼らの多くが不法滞在者《オーバーステイ》となり、〝一攫千金〟の賭けを打つべく歌舞伎町に流れ込んだあげく、不良外人化↓マフィア化の道をたどったのだ。

しかし彼らが歌舞伎町にやってきたのは、単に金のためだけではなかった。この街が彼らにとって、唯一、息のつける「異民族空間」(=非日本的空間)だったからなのだ。

想い出してみよう。あの〝外国人労働者問題〟の時代、日本人の排外熱はひどいものだった。機動隊が不法滞在のイラン人に襲いかかり、「もう三〇〇〇人も捕まっている。外国人はこわくて町歩けないよ。友達と部屋で、じっとしている」(二九歳のあるイラン人)という時代で、ほとんどのアパートの大家が「外国人おことわり」で部屋を貸さなかった。私もあの頃、外国人の取材を重ねたが、メヘロン(二六歳)、ジャムステッド(三〇歳)、マック(二八歳)の三人のイラン人は群馬の太田シティのコンピュータ下請工場で連日一二時間労働をこなしたあげく、それぞれ三四万円、一九万円、二二万円の未払い賃金を残したままポイと首を切られた。「クリスマス・カット」と何度もいうので、ケーキでも食べさせてくれるのかと思ったら、クリスマスの日にイラン人七人全員が首を切られ、ジングルベルの鳴る寒空の街をあてどもなくさまよったという、非道《ひで》え話だった――歌舞伎町をルポしたあらゆる記録や小説、穴場案内のガイドブックがあの街は不良外人とマフィアの巣だとか、熱気あふれるエスニック・シティだとか書く。だが、国中でたった一カ所、六〇〇メートル四方の〈異民族空間〉しか保障しないこの日本という国は一体なんなのだ。全国の不当に首切られた外国人があの狭い歌舞伎町にみんな流れ寄るんだ。ギューギューづめで、熱気にあふれないわけがない。馬鹿にしている。歌舞伎町マフィアを作り出しているのは、歌舞伎町ではなく、外国人を〝日本社会の一員〟としては決して扱わない日本人なのだ。こんなズルい、自己欺瞞ってない。

「強盗がブームなの」

シンガポール生まれ（中国系）の〝蘭《ラン》ちゃん〟の話をしよう。彼女はいま三〇歳。バブルが頂点の八八年に来日し、もう一〇年、歌舞伎町で生き抜いている。彼女の女友達は日本のヤクザにパスポートを押さえられ、地方のバーで強制的に売春させられた。必死で脱出して、歌舞伎町の台湾バーに逃げ込んだのだ。ここなら日本人の手も容易には届かない。

「歌舞伎町のこと、ニホン人みんな、怖いく思ってる（笑）。そんなことないよ。こんな安全な街ないよ。わたし歌舞伎町来て、一年で両親の借金全部返した。最初の一年で、三〇〇〇万稼いだからね」

歌舞伎町の内部というのは、キチンと棲み分けができているらしい。たとえば路上の屋台の多くは韓国系ヤクザが支配していて、後から参入した既得権益のない中国人のビジネスは「泥棒」だけ。それを集めた盗品市場まであって、自分の着ているこの黒セーターも盗品だといって蘭ちゃんは笑う。いま中国人の間で一番流行のビジネスは、バーの給料日をねらって三〜四人で店に押し入り、ママさんからホステスの給料を全部まきあげてドロンする強盗で、ひどい暴力はふるわない。店の方も警察には届けない。やる方もやられる方も、不法滞在がバレて強制送還されたくないからだ。青竜刀殺人みたいなことはもう起こらない。

「日本で、外国人がこんなに自由に羽根をのばせる街、他にないよ」

この街は、日本人から逃げるための街、「駆け込み寺」（＝解放区）なのだ。そして私が最も驚いたのは、蘭ちゃんが歌舞伎町に一〇年も住みながら、靖国通りを越えて（新宿駅周辺の）日本人のバーや居酒屋で飲んだことは一回もないという話だった。靖国通りの信号を二人で渡りながら、「そっちは行ったことない」「知らない街だ」と不安を連発させた。「でも、歌舞伎町のことなら、隅から隅まで知ってるよ」とケラケラと笑った。私は、加藤登紀子が歌う『銀座のすずめ』という歌を思い出した。

　たとえどんな人間だって
　心の故郷があるのさ
　おれにはそれが　この街なのさ
　銀座の夜　銀座の朝…
　すみからすみまで知っている
　おいらは　銀座のすずめなのさ

　そうだ、蘭は〝歌舞伎町のすずめ〟なのだと思った。すずめのうたう歌は、日本人の町や村社会がいかに〝無慈悲な大地〟であるかを物語っているのだ。外国人の女や男があの歌舞伎町の暗黒街を日本におけるたった一つの〝自由な大地〟(＝心の故郷)だと錯覚するほどに。

　つまり彼女たちこそ、あの歌舞伎町の真の住民なのだ。

「あたしたちが一番寂しい時はね、日本のお正月。誰もニッポン人、来ない。ガラーンとして。あたしたち、国帰る金ない。日本人の友達いない。いつも来てくれる社長さんも、正月は奥さん、家族といる。友達と二人で、自転車のって、歌舞伎町回りしたね。でも一五分もあれば全部回ってしまう(笑)」

『不夜城』の現実

そしてもう一人、正月でも歌舞伎町を離れない者がいる。「新宿警察」である。ただし、彼らは少しも寂しくない。暗黒街の〈秩序〉も、蘭ちゃんたちの〈解放区〉(駆け込み寺)も、自分たちの掌の上に乗っかっていると信じているからだ。

その「新宿警察」に話を聞いてみた。答えてくれたのは、副署長の小口守義・警視庁警視だ。

Q　歌舞伎町がマフィアのうろつく危険な裏社会という、『不夜城』などの小説に描かれているととらえ方に、信憑性はどの程度あるものですか。

A　フィクションと現実は違います。歌舞伎町が危険な裏社会とは考えてません。

Q　しかし、フィクションだけでなく、実録もの、ノンフィクションでもそう書かれたものがありますが？

A　それは、大げさなとらえ方をしているんじゃないでしょうか。歌舞伎町は、女の子が真夜中でもひとり歩きできる街です。暗黒都市でも犯罪都市でもありません。

Q　犯罪をひきおこす中国人、台湾人は組織的なマフィアなのですか？

A　組織的な犯罪もなくはないですが、これは検挙してみないとわからないので実態の把握は非常に困難です。外国人の検挙数は、九八年が一〇月まで二五〇人ほど。九七年も同じくらいです。増えも減りもしていません。まあ、マフィアと言えるほどのものはいないようです。やはりオーバーステイなどで不良化していったケースが多いですよ。

Q　新宿署では、それら外国人社会が、殺人さえ日常化する危険な社会であるという認識はもってますか。

A　殺人は日常的ではありませんよ。九七年、新宿署管内で起きた殺人事件は、全体で三件。九八年も、これまで五件です。そんな危険な世界などないんです。もちろん裏社会はあるし、犯罪の種は世に尽きません。でもそれは新宿に限ったことではない。

Q　日本のヤクザが勢力を失うのと軌を一にして、外国人がのしてきたということはありませんか。

A　暴対法以降も、それ以前も、日本のヤクザと外国人が対抗したり、縄張り争いをするということはありません。彼らの間で、活動の場所は棲み分けができている。それは日本の組どうしでも同じでしょう。

Q　繰り返しますが、いま歌舞伎町は安全なんですか。

A　理想は犯罪ゼロだとしたら、それはまだまだ遠い道のりですが、適正な取り締まりが功を奏しているとは思います。外国人に対しては九八年八月から、国際捜査係というものを新設して、第一係と第二係にそれぞれ五人ずつ配備しました。外国人犯罪全般にあたります。不良外国人対策などというと差別的表現になりますから、国際捜査というわけです。

Q　そういう係をおく必要に迫られたということですか。

A　そうですね。本腰を入れようというわけです。

いつものやり方

歌舞伎町はいま、日本のグローバル化で国内に拡散したやっかいな異民族エネルギーを一カ所に回収し、封じ込める器としての役割を果しているようにみえる。長崎の「出島」のようなものだ。〝解放しながら包囲するAシステムであり、その力の根源が「新宿警察」だ。警察権力は、ここに回収されたアジア的エネルギーが反日的暴動に結びつかぬように取り締まりを強化する一方で、殺人などの大きな犯罪でなければ大目にみる〝解放区〟の恩恵も与える。要するに歌舞伎町の外に出るなということで、それは成田空港反対闘争で、中核派などの過激派ゲリラに〝解放区〟を作らせて三里塚農村地帯に封じ込めてしまったやり方と同じだ。つまり警察権力は、台湾や韓国の在日アジアが守りぬいた歌舞伎町の〈異界〉性を徹底利用して、外国人治安に当たろうとしている。「日本人には悪いけど、もう歌舞伎町は日本じゃないからね」などという中国人マフィアの言葉は、悪い冗談でしかないのだ。歌舞伎町はいまあの「出島」や「三里塚」のように、直接弾圧するのではなく、異物のままくるみ込み外側から二四時間監視する日本の伝統的「異物」支配の上におかれ、解放されながら包囲される、最も「日本らしい日本」空間に変ろうとしているのだ。

〝神〟が見下ろす街

そう、九八年歌舞伎町は「日本人が登場しない」エスニックな『不夜城』ブームに沸いた。どうやらいま、日本人は〈暴力〉と〈異界〉を二つながら欲しているらしい。八年にもおよぶ未曽有の大不況とリストラ、眼に余る政治・経済の腐敗と不正義、支持したい反体制英雄《カリスマ》ゼロのこの日本の〝怒りにみちた〟日常現実をぶちのめしたい、小市民たちのストレートな暴力願望！　だけどその暴力ロマンは、バブルの金融腐敗とつるんで肥え太った、あの汚れた共犯者＝「経済ヤクザ」化した日本の暴力団に託すことはとてもできない。かくて彼らのその汚れなき暴力、真正直な無法といったハード・ロマン願望は、日本で唯一の〈異界〉すなわち異民族空間《エスニック・シティ》としての歌舞伎町に向かったのだろう。しかも『不夜城』の男と女の主人公はどちらも日本人によって捨て去られた混血であり、「この国では一〇〇パーセント日本人でなければ幸福はつかめない」と嘆きながらゴミだめのような裏社会を這いずり回って殺し殺されてゆく。つまり『不夜城』の世界では、一〇〇パーセント日本人は〝神《ゴッド》〟の如き存在なのだ。神だから、日本人はストーリーのなかに登場しないのだ。『不夜城』を読み始めたとき、私は妙に心地良さをおぼえたのだが、それがなぜなのか、いまわかった。『不夜城』には、神の眼で、下界の虫ケラのごとき台湾マフィアの血の抗争を眺め下ろす〝心地良さ〟があるのだ。不況下における、最高のエンターテインメントだった。

「怖い街」歌舞伎町のブームは、九九年も続くのだろうか。それが、嘘だとはいわない。歌舞伎町が「怖い街」ではないとはいわない。けれどあの街が怖いと思ったときは、必ずこの〝歌舞伎町のすすめ〟蘭を想い出してくれ。蘭もまた私たちと同じくらい、日本のごく普通の街を「怖い街」だと思ってることを。

（99・1）

平成の歌姫と怨歌のルーツ ●宇多田ヒカルと君が代●

世紀末に響き合う二つの歌声

いま日本を二つの巨大な歌声が、怪物のようにのし歩いている。一つは、七月二二日に衆議院を通過した国旗・国歌法案の日の丸・「君が代」のナショナルな歌声。もう一つは、若者を中心に初アルバム「First Love」を約七〇〇万枚も売り上げ、あっという間に音楽界のスーパースターに駆け登った一六歳の女子高生・宇多田ヒカルの歌声である。

宇多田は〝生まれも育ちもアメリカ・ニューヨーク〟の帰国子女。本場仕込みの流暢な英語（リズム＆ブルース・以下R&B）で歌いまくり、その歌声は「ボーダーレス」「コスモポリタン」「インターナショナル」などと評されている。

「やっぱスゴイよねぇ〜、ウタダって。怪物みたいじゃん、七億とか八億とか稼いでるっていうし……。でも、見た目はごく普通の、その辺のガキンチョって感じ。あんなに売れてるのに、気取ってないのがいいよね」（一八歳のフリーター・三上康子）

皮肉なことに、学校教育の場を通し、「君が代」を最も多く歌わせられるのは、こうした宇多田のインターナショナルな歌声に魅せられるような若者たちなのだ。国旗・国歌法案に激しく反発したのが、良識ある中高年層よりも、若い世代だったのは当然である。『毎日新聞』調査（七月一四日付）では、二〇代の「君が代」慎重・反対論は七〇パーセントを占めた。

そうした若い世代の反発をよそに、小渕「自自公」内閣は、いまバブル敗戦から〝復興〟への道筋を、日の丸・「君が代」という民族ナショナリズムの強要によって切り開こうとしている。しかし、本当にその方向に国民の未来はあるのだろうか。「君が代」と対決するかのように、若者の圧倒的支持を集めている宇多田ヒカルのインターナショナルな歌声、それは一体どこから生まれてきたのか。彼女のメガヒットの裏に隠された日本人の時代心理を探ってゆこう。

好むと好まざるとにかかわらず到来する「君が代の時代」。それは一体どんな時代だろう？　まずその「君」は、「国民統合の象徴」天皇を指すと政府が明快に答弁しているのだから、それは戦後の国民の常識をくつがえすものとなる。なぜなら、日本人にとって象徴天皇と平和憲法とはワンセットのものと一般的には考えられてきたからだ。

象徴天皇は、戦前の「現人神《あらひとがみ》」の神格性（＝軍国主義）を否定して、「人間天皇」（＝平和と民主主義）になられたという戦後的価値を内包していた。ところが、いま政府および自自公は、ガイドライン関連法を通過させ、「米国の軍事行動への自動参加」（四月一九日付『朝日新聞』）を強いられる現実を新たに作りあげてしまった。

「今度のガイドラインは、ごく大ざっぱにいうと、まさに戦争に参加する話なんです」(小沢一郎、『正論』六月号)

いわば〃戦争する日本人〃の出現であり、そうなれば「国民統合の象徴」としての天皇もまた、Automatic《オートマティック》(自動的に)に〃戦争する天皇〃のお顔をもたねばならなくなる。私たち国民も、これからは和戦両用の〃鵺《ぬえ》のような〃天皇として、現天皇と美智子さまを仰ぎ見なければならなくなる。天皇概念の事実上の〃書き変え〃に等しい。果たして現「平和天皇」はそのことを御存知、または御承知なのか?

つまり「君が代の時代」とは、まず第一義的には、その「君」たる天皇御自身の〃人間としての意志〃がどこにあるのかサッパリわからないという形で幕を開けるのだ。一体そんな君が代ニッポンであってよいのだろうか。

ガイドラインについてはすでに去年(一九九八年)、評論家の江藤淳(七月二一日・自殺)が、アメリカによる〃日本空間の再占領〃を意味するという「第二の敗戦」論を発表している。これに、日米金融システム戦争やコンピュータ戦線での敗北を重ね合わせれば、八〇年代に〃世界一の経済大国〃を豪語していた日本の経済ナショナリズムはいま失意のドン底、ほとんど〃焼け野原〃状態にある。

官僚や政治家たちが、ナショナルな魂の拠所《よりどころ》としての日の丸・「君が代」をなにがなんでも強要しようとするのは、このためである。経済ナショナリズムの崩壊を、民族ナショナリズムの再構築で切り抜けようとしているのだ。古臭い知恵である。

国旗・国歌法案が、「盗聴法」と「国民総背番号制」という全体主義《ファシズム》のにおいのする二人の家来を連れて現れてきたのも、その彼らの〝危機突破〟の発想の古さ、貧困さによるものなのである。
かくて、やってくる「君が代の時代」とは、第一義的には、民族感情の共有を強いる、息苦しい、重苦しい時代気分の世の中となるだろう。

日本に〝風穴〟を開ける天才少女歌手

そうした重苦しい日本空間に反発するかのように、この半年、〝帰国子女〟宇多田ヒカルの『Ａｕｔｏｍａｔｉｃ』が、若者の間で大流行した。こんな歌だ。

It's automatic
側にいるだけで
その目に見つめられるだけで
ドキドキ止まらない……

「彼女の歌手としての能力には特筆すべきものがある。天性のビブラート（音声を細かくふるわせる）唱法など、彼女は、聞き手の感情を揺さぶるエモーショナルな歌唱ができる」（音楽評論家・渋谷陽一）
だが、これほどヒットしたにもかかわらず、宇多田はテレビや雑誌に数えるほどしか登場していない。彼女が出現するまで、日本のR&Bミュージシャンの最右翼だったＭＩＳＩＡと同様、露出を抑えることでミステリアスな魅力が生まれ、人気に拍車をかけたといわれている。
そこで、ちょっと彼女のプロフィールを紹介しよう。八三年、藤圭子とミュ　ージシャン・宇多田照實の一人娘として、ニューヨークで生まれる。一三歳から作詞、作曲を始め、一家で「Ｃｕｂｉｃ　Ｕ」というグループを結成し、地元でライブ活動を続ける。大物ロックミュージシャン、レニー・クラビッツの高い評価を受け、九八年一二月歌手デビュー。初アルバム「Ｆｉｒｓｔ　Ｌｏｖｅ」の売り上げ七〇〇万枚は、ＧＬＡＹの「ＲＥＶＩＥＷ」約四八〇万枚、Ｂ'ｚの「Ｐｌｅａｓｕｒｅ」約五一〇万枚を軽々と抜き去り、日本新記録を樹立。戦後最大のヒット曲「およげ！　たいやきくん」約四五〇万枚は、遠い昔の話になってしまった。

とにかく国内のシンガーは総ナメにされ、『週刊文春』で音楽時評を連載している近田春夫も、これは「Ｊポップの敗戦」だと七月二二日号で書いている。〈中略は（…）で記した〉

〈今の音楽シーン、（…）何だか空襲でメタメタにやられてしまった風景に思えて仕方がない。（…）Ｂ29は宇多田ヒカルである。（…）片やＭＩＳＩＡに代表される和製女性Ｒ＆Ｂ、一方はＳＰＥＥＤ。どちらも「本格的」なハズだった。そのハズが、たった一度の爆撃で、あっけなくふっ飛んでしまった。そしてそのまんま宇多田ヒカルに占領されっぱなし〉（「考えるヒット」・一二六回）

そういわれてみれば、五〇年前の敗戦復興期にも大流行したのは笠置シヅ子の『東京ブギウギ』（＝洋楽ブルース）だった。笠置のあのけたたましい歌声は、古臭い封建ニッポンに最初の〝解放の風穴〟を開けた。宇多田の「本場仕込みのＲ＆Ｂ」は、その解放の歌声の再来かもしれない。

それにしても、デビューでいきなり七〇〇万枚というのは、最近一〇〇万枚、二〇〇万枚のメガヒットは当たり前となってきた音楽業界にとっても未曽有のデキゴトで、「アメリカン・ドリームの逆輸入」などと呼ばれている。なぜ宇多田の超メガヒットが生まれたのか、その一六歳の突然の成功物語《サクセスストーリー》の秘密を探ってゆこう――彼女の魅力はどこにあるのか、街の声を拾ってみた。

「あの普通っぽい所がいいと思う。ナチュラルで、ゴチャゴチャ飾ってないし。その辺のコギャルみたいでもないし……」（一六歳の女子高生・中野美香）

「あの普通っぽい所がいいんじゃないですか？　ウチの娘と同じような感じ。ただ、うちの娘よりも品行方正であるような気がしますが……」（四二歳の自営業・熊澤博）

「きっと歌手と学校の両立って大変なんじゃないかしら。ただ、子供にあんなふうに育ってほしいというような願望はありますけれど……」（三〇代主婦・吉川友美）

宇多田ファンは若者だけでなく、中高年層も結構多いのだ。ただ、誰もが彼女の中に天才ではなく、「普通の少女」の姿を追い求めていた。

ただ、宇多田は決して「普通の少女」ではない。藤圭子と宇多田照實という音楽一家の〝希望の星〟として、ニューヨークの音楽スタジオのなかで純粋培養されたエリートだ。日本に移ってからも普通の学校には通わず、都内のインターナショナル・スクールに隔離通学している。

だから彼女の「普通っぽさ」「ナチュラルさ」というのは、日本のいまの教育荒廃の現実に汚染されていないところから生ずる〝特別な普通さ〟なのだ。〝アメリカ製・普通〟といってもいい。そして、そうした作られた普通さに人々が引きつけられるのは、逆にそれだけ今の日本では「普通であること」が難しいからである。普通が希薄な国になっているのである。

若者の生きる矛盾を癒すカリスマ

実際ここ一〇年のわが国の若者事情は異常だった。ひどいものだった。家庭内暴力はもう日常茶飯事となり、ニュースにもならなくなった。学校でのいじめ・自殺は小学校まで蔓延した。中学校では酒鬼薔薇の「首切り」事件やバタフライ・ナイフ殺人。女子高生の援助交際＝コギャル売春には、外国人がみんな首をかしげた。「貧しい国の少女売春なら、わかる。しかしこんな豊かな国の高校生がなぜ売春するのか?」。うまく答えられた日本人は誰もいなかった。それより上の世代、すなわち「コミュニケーション不全症候群」と呼ばれた精神不安の若者たちは、絶対帰依を求めて、オウム・地下鉄サリン事件を起こしたりした。

音楽《ミュージック》が若者を中心にメガヒットするようになったのは、そうした異常社会ニッポンのなかで、親も先生も信頼できず〝行くべき道〟を見失った多くの若者に、音楽だけが、共に悩み、共に苦しむことの勇気や愛や、孤独でいることの意味を教え続けたからだ。特に、九二年に自殺とも事故死ともつかぬ死に方をしたロック歌手の尾崎豊は〝カネやモノのためでなく夢のため愛のため〟と歌い、若者世代の〈音楽英雄《カリスマ》〉、最初の〈癒《いや》しの教祖〉にのし上がった。音楽は、若者の生きる矛盾を映し出す鏡となったのである。

そこで、ここでちょっと尾崎の死後、宇多田ヒカルに至るまでの音楽史のハイライトを点描してみよう。

まず若者の間で大流行したのは、小室哲哉のカラオケ音楽である。小室ファミリーの歌姫・安室奈美恵は、茶パツ・ヘソ出しルックの「コギャルの教祖」として一世を風靡《ふうび》し、一〇代少女の危うい心理を援交《エンコー》応援歌とも思える甲高い音声で歌い上げた。そのメロディは、大人社会の頽廃《たいはい》的享楽には自分たちも享楽で答えるという、若者らしい〝反抗〟のメッセージを含んでいたため、軒並みヒットしたのである。

しかし人々はもうホトホト「異常」に疲れ、「普通」を求めはじめていた。かくしてもう一つの新しい〈癒しのミュージック〉が登場してくる。それが、GLAYとB'zである。小室を〝享楽派〟と銘打つなら、彼らは〝普通派〟の流れだ。

GLAYは、函館出身の四人のビジュアル系ロックバンド。ボーカルのTERUは、「自分は、生まれ育った故郷と、そこでの家族や友人をとても大切に思ってます。もう一度生まれ変わったとしても、またそこで暮らしたい」などと語る。真面目で礼儀正しく、「ライブの後は反省会を欠かさず、キチンと掃除して帰る」ような普通の高校生バンドが、東京に出て、トップ・アーティストの地位を築いた。函館の先生たちは生徒に、「目標に向かって努力すれば、いつかGLAYのように必ず報われる」と話すそうだ。「普通」が英雄になれるジャパニーズ・ドリームの幕開けだった。

そしてB'zもまた、岡山県の普通の高校生バンドが成功した例。中学で生徒会副会長だった稲葉浩志が、高校ロックのボーカルを始めた。近所の人は、「ホント稲葉さんとこは、絵に描いたような幸せな家庭ですよ」などと語るらしい。彼らのキーワードは〈普通〉と〈家族〉そして〈故郷〉、みなバブル時代の経済大国化で失ったものばかりだ。そうした〝普通派〟の歌声が、四八〇万枚、五一〇万枚とメガヒットを続けるところに、酒鬼薔薇事件で衝撃を受けた日本人ファミリーの新たな選択が垣間見える。娘や息子が夢中だから、自分もGLAYやB'zを買って、その虜《とりこ》になったという主婦の話を取材中ずいぶんと聞かされた――。

だから、普通っぽい高校生・宇多田ヒカルの成功物語《サクセスストーリー》（＝七〇〇万枚）も、この延長線上に生まれ出たと思ってよい。彼女は、時代に恵まれたのである。後ろを振り返れば、〝普通派〟の流れがあった。前を見れば、やってくる「君が代」の重苦しい時代がある。その時代の十字路で、彼女のインターナショナルな歌声は、つかの間のやすらぎ、ちょっとした〝解放の歌声〟に響いたのだ。

三代にわたって流れる芸能の命派

しかし七〇〇万枚も売った現在《いま》、彼女はもうアメリカ発「普通の少女」でいつづけることはできないだろう。なぜなら、七〇〇万枚とは単なるセールス記録ではない。その数字には、日本の若者と親たちの生きてゆく矛盾や苦悩、切ない願いがそれこそ七〇〇万人分ギッシリとこめられているからだ。今後彼女は否応なく日本の現実あるいは日本的なるものを背負わねばなるまい。

なら、宇多田にとって〈日本〉とは一体何であろうか？　それは、こうだ。「彼女の武器は、ビブラート。外国人の歌うR＆Bには、これがない。これを演歌で使えば〝コブシ〟になる。やはり母親から受け継いだのかな」（音楽評論家・富澤一誠）

そう、宇多田ヒカルにとっての〈日本〉とはズバリ母親・藤圭子のことなのである。ところが不思議なことに、デビュー以来一貫してこの藤とヒカルの接点は隠されてきた。ヒカルの歌声を世に送り出した最大の功労者の藤が表に出ず〝雲隠れ〟して、どういうわけかいつも父親の照實がシャシャリ出てくる。彼は、「子供って、親が育てるもんじゃなくて、親が子供を見て学ぶ」（『女性自身』五月二五日号）などと、いかにもアメリカ的な自由主義家風を強調なさるが、実際は藤との離婚騒ぎや夫婦喧嘩の絶えない家庭であることは、マスコミを通じて日本中にバレバレなのだ。

だからわたしたちが知りたいのは、そんな「お父さんと一緒」みたいな子供番組のお話ではない。もっと大人の物語だ。たとえば、ヒカルのビブラート唱法の源流をさかのぼると、藤圭子の演歌を通り越し、圭子の母親の〝盲目の女浪曲師〟阿部澄子に行き着く。藤圭子は、ドサ回りの冬の北海道の炭鉱を、両親に手をひかれ、渡り歩いて育ったのである。

宇多田ヒカルは、「浪曲《演歌《R&B」という日本近代大衆芸能の到達点なのだ。彼女自身は、「浪曲《演歌」という〝日本的なるもの〟に背を向けているが、実はあの美空ひばりだって、その源流は浪曲なのだ。ひばりが浪曲「唄入り観音経」を世界的大歌手ハリー・ベラフォンテに聞かせたときのことを、ルポライターの竹中労はこう書き残している。

「それはもう、凄いというより他に表現のしようのない天来の調べであった。ベラフォンテほどのうたい手が圧倒されて声もなく、涙ぐんで聞き呆けていた」

宇多田ヒカルに、世界をも圧倒するこうした日本的芸能の流れを背負って欲しいと思うのは、わたし一人だけだろうか。

時代が味方した帰国子女の成功

デビューからわずか半年で初アルバム『Ｆｉｒｓｔ　Ｌｏｖｅ』を約七〇〇万枚売り上げて、日本音楽界のトップ・シンガーにのし上がった宇多田ヒカルは、生まれも育ちもニューヨークの「帰国子女」。いまは都内のインターナショナル・スクールに通う一六歳の高校生。来年は大学受験だ。米国名門のコロンビア大学かどっかの大学に入り、再びニューヨークを中心にグローバルな音楽活動を開始するのだという。

つまり〈来年、ヒカルはニッポンを去っていく……〉(『宇多田ヒカル　世紀末の詩』・衆芸社)のだ。

おいおい、七〇〇万枚も売っといて、〝勝ち逃げ〟はないだろう。それならこっちもチョットいわせてもらうが、なによりもまず彼女は、いまの日本の「君が代という時代」に恵まれたのだ。

国民は経済敗戦で疲弊《ひへい》し、国家は日の丸・「君が代」という民族ナショナリズムを敗戦復興の柱にしようとしている。その重苦しい時代に、帰国子女のインターナショナルな歌声がつかの間の解放感を人々に与えたという、そういう〝日本人の事情〟が彼女に味方している。実力一本で売れたと過信してグローバルな活動を再開したら、間違うだろう。

これがもし八〇年代だったら、宇多田の目はなかった。日本が「世界一の経済大国」を自認していたあの八〇年代後半は、日本人が戦後最もゴーマン化した〝排外主義〟の世の中だったからだ。アジアや中近東からやって来る貧しい外国人労働者を使い捨てにし、外国で生まれ育った商社員の子供たちも軒なみ〝帰国子女いじめ〟にあった。

もし、その八〇年代ニッポンに宇多田が現われていたら、あのぎこちない〝タメ口《ぐち》〟トーク一発でたちまち学校中のいじめにあい、ニューヨークに逃げ帰るのがオチだったろう——八〇年代経済ナショナリズムの挫折から九〇年代末の民族ナショナリズムへと切り換ってゆく、ニッポンの転換点に、宇多田の歌声はうまく着地したのである。

実際あの宇多田のボキャ貧な日本語（＝歌詞）では、いまの日本の若者の矛盾や苦悩の現実はほとんど写し出せない。たとえば、こうだ。

君に会えない my rainy days
声を聞けば自動的に
sun will shine　（『Automatic』）

恋しい人の声を聞くと、心がパッと晴れるよと歌っているだけ。それ以上でも以下でもない。かといって、他にどんなアメリカ的情景を写し出しているわけでもない。それは『First Love』に収録されているどの歌にもあてはまる。

ニューヨークの音楽スタジオの中で〝純粋培養〟された彼女は、日米どちらの汚れた現実にも染まったことがないのだろう。NHK衛生第二『新・真夜中の王国』（九九年七月六日放送）では、黒人少年コーラスとのレコーディング風景が映し出されたが、いまの彼女にはその黒人少年のドン底の貧しさや人種抑圧を写し出す、十分な言葉能力があるのだろうか、疑問に思えてくる。彼女の言葉は貧しさではなく、藤圭子・宇多田照實という音楽一家の〝豊かさ〟から生み出されたものだからだ。

ニューヨーク事情に詳しい人はいう。

「ヒカルは、エリート家庭、エリート教育ですよ。ヒカルがニューヨーク時代に通っていた小学校は、日本の学習院、雙葉程度のレベルではないといわれている。家庭の生活レベルもさることながら、口利きがあり、家柄も審査された上で入学が許されるようです」

はたしてその豊かさのままで、ヒカルはR&Bの国際的歌い手として大成できるのだろうか。なぜなら、R&Bの根源は、いうまでもなく、抑圧された貧しきブラック・スピリチュアルの中にあるからだ。そう、いま宇多田ヒカルは一六歳の日本人としてはじめて、貧しさとは何か、抑圧された大衆の音楽＝大衆芸能とはなにかという本質の前に立たされているのだ。

順風満帆にみえる天才エリート音楽少女・宇多田ヒカルの隠された二つの弱点、「貧しさ」と「大衆音楽」――奇しくもその二つの低俗性を背負って、いまからちょうど三〇年前の六九年、日本芸能界に彗星のように現われてきた一七歳の美少女歌手がいた。それが、宇多田の母親・藤圭子である。暗く薄幸な少女イメージの「圭子の夢は夜ひらく」（石坂まさを作詞）は、一世を風靡した。作家の五木寛之は、これは〈演歌〉でも〈艶歌〉でもない、正真正銘の〈怨歌〉だと絶賛した。

夜咲くネオンは　嘘の花
夜飛ぶ蝶々も　嘘の花
嘘を肴に　酒をくみゃ
夢は夜ひらく

この歌が宇多田にとっていま改めて重要なのは、自分の母親がうたった歌だからではない。日本において「貧しさ」とはどう歌い継がれてきたかという、大衆芸能の〝低俗性〟の秘密がこめられているからだ――というわけで、ここからあの藤圭子の有名な、不幸の生い立ち物語が始まるのだが、その前に、芸能人というと華やかなスターやアイドルしか知らない若い世代に、演歌とか浪曲といった日本大衆芸能の本質を簡単に説明しておこう。

“怨歌”のルーツとなったドサ回り

わかりやすい一例をあげれば、ビートたけしが、初めて浅草松竹演芸場の舞台に上がった夜、支配人にこう諭《さと》されたと、自伝的小説『漫才病棟』（文藝春秋）の中で書いている。〈以下中略は（…）で記した〉

「演芸場なんて芸人の底辺なんだぞ、最底辺、（…）だけどな、最底辺だからって恥じる必要はない、最低のお前らが日本国中の皆さんを支えているんだからな。（…）あらゆる人を相手にしてだ、皆さんを笑わせる。（…）だからこそ、上の方からいろんなもんが降って来る、世間の恨みつらみに憂き嘆き、欲に混じった塵《ちり》あくた（…）それらに混じってちゃんと金も降ってくるって寸法になっている、（…）最低だからこそっていうお宝がある」

こうした現代芸能の〈最底辺〉性＝低俗性は、もともと芸能というものが、中世近世の傀儡師《くぐつ》や獅子舞や三河万歳といった下層階級の人々の門付《かどづ》け芸や放浪芸から始まったことに起因している。日本芸能の本質は〈最底辺〉という被差別性のなかにあり、歌や踊りといった肉体を酷使する芸によってしか食う術《すべ》を見出せなかった極貧階級の処世術だった。その意味で、アメリカ南部の奴隷労働のなかから生み出されていった黒人音楽（ブルースとジャズ）の系譜と相響き合う哀しみを持っている。

「うたっているときは、いつだって真っ黒な気持ちだわ。特別に歌がすきだということはないのよ。ただ、それしか食べる方法がなかったの――」（藤圭子、一九歳のときの言葉『女性セブン』七〇年一一月一八日号）

藤圭子（本名・阿部純子）は五一年生まれ。両親はしがない浪曲師で、旅から旅を回って歩く貧しいドサ回り。母の澄子は、網膜色素変生症でほとんど盲目に近かった。北海道から東北の田舎町、新潟へと流れ回り、お祭りとか工事現場の飯場、養老院の慰安会などが稼ぎ場だった――零下三〇度の冬の北海道を腰まで雪に埋まりながら、大雪山のふもとの炭鉱の飯場までたどりつき、キャンセルされた時もある。母が藤圭子をおぶい、姉と兄が小さな手と手を握り合い、宿もなく、ふりしきる雪のなかで一家中が立ちつくし、泣き出したという。そうした浪曲の旅の日々、圭子は、

〈両親が口演しているときは、粗末な舞台裏に、いつもたったひとりで寝かされていた。そんなとき、純子は、父母の熱演にあわせ、ときおり不思議な声で泣いた〉（前出『女性セブン』）

藤が人前で初めて歌ったのは、小学校四年のとき。北海道・旭川市近郊の村祭りで、父・壮《つよし》とうたった歌が観客に受けて、投げ銭が三〇〇〇円もあった。それ以来、藤が浪曲口演の前座で歌うことになった。藤は『新評』の七〇年一二月号に寄せた『私の十八年〈涙の記録〉』という手記のなかで、こう書いている。

「浪曲は廃れかけていたので、（…）歌謡曲のほうが喜ばれた（…）私はもう親子三人一座の、いってみれば花形スターということになってしまった（…）中学校へ入った頃から、本格的に歌のことを考えたものです。（…）馬鹿の一つおぼえで、三橋美智也さんの『新選組』しか歌えなかったのです。（…）これではいけないと思い、私は畠山みどりさんの『出世街道』を一生懸命におぼえました。（…）美空ひばりさんの歌も勉強しました」

そして中学卒業後に彼女は上京し、「新宿の女」で歌手デビュー。そしてあの「圭子の夢は夜ひらく」で

大ブレークをおこすのである。

藤圭子は日本戦後歌謡曲史のどこに位置するのか？　もともと浪曲と歌謡曲（演歌）の源流は異なるが、これを最初にミックスさせたのは浪曲師・三門博の「唄入り観音経」（三七年）だ。それを発展させたのが、ギター浪曲ともジャズ浪曲ともいわれた川田晴久の、あの「地球の上に朝が来るぅ〜」という川田節の名調子である。さきに、美空ひばりが「唄入り観音経」を歌って世界的大歌手ハリー・ベラフォンテを驚愕させた話を紹介したが、その観音経を、譜面の読めない幼いひばりに口移しで教え込んだのが、この川田だった。すなわち「浪曲《演歌」という戦後歌謡曲の流れを確立したのは美空ひばりであり、浪曲的環境から独学の物真似で身を起こし、一世を風靡した少女歌手という意味では、藤圭子は〈ひばりの再来〉であった。

歌姫が隠蔽する大衆芸能の〝血〟

そしてまぁ昔からよく〝血〟は争えないというけれど、親子ってのはなんでこうも不思議によく似た姿をとるのだろう！　というのも、取材中、新宿の居酒屋横丁で私は中年男性何人からも、同じような、こんな宇多田ヒカルへの評価の声を聞いたからだ。

「車のラジオで流れてるの聞いて、この歌、誰歌ってるの？　と娘に聞いて宇多田ヒカルだと知った。宇多田の歌は、声だけ聞くと、すごい成熟した大人の歌手に思えるけど、テレビで見たら、ほんの子供だろ。

ビックリした。あれは、ひばりの再来だね」

年配の読者なら、知っているだろう。五〇年前の敗戦復興期に、笠置シヅ子の物真似で登場してきた天才豆《まめ》歌手・美空ひばりも当時はこう評されていたのだ。

「ラジオで聞いていると、完全に大年増の歌手としか思えない」（劇作家・飯沢匡）

「ひばりの歌声の、広汎な低音域のひろがりと情趣ゆたかな音色は、とうてい一三～一四歳の小娘のものとは思えない」（音声研究家・颯田琴次）

宇多田ヒカルの歌声が、そうした藤圭子的「浪曲《演歌》」の流れの上に乗っていることを物語るエピソードは、その他にもいっぱいある。まずデビュー時の、ふてくされたような台詞《せりふ》が同じで、笑わせる。

藤「特別に歌がすきだということはないのよ」（前出『女性セブン』）

宇多田「別に歌が好きで好きで！　っていうんじゃなかったの」（『ＪＵＮＯＮ』九九年四月号）

それならナゼ歌手に？　藤は、両親の舞台裏で〝浪曲漬け〟になって育ったから。宇多田は、両親の音楽スタジオのなかで〝ミュージック漬け〟になって育ったからだ。

つまり、ニューヨークで藤圭子と夫の宇多田照實が娘の宇多田ヒカルをボーカルにして結成した親子三人の音楽グループ「Ｃｕｂｉｃ　Ｕ」ってのは、アメリカ製というよりは、藤をボーカルにしていたあの阿部親子三人の浪曲一座の再現と考えた方が手っ取り早いのだった。

というわけで、宇多田ヒカルのなかには、ニューヨーク「英才」教育から得た黒人音楽のメロディー（Ｒ＆Ｂ）と、日本芸能の〈最底辺〉が生んだド演歌の歌唱力という、日米二つの音楽系譜が流れ込んでいるのだが、なぜか宇多田一家は、その日本芸能との接点を指摘されることを嫌う。それは、藤圭子が一度は〈日本〉を捨てたからだろう。当時の事情に詳しい元・興行主のNさん（五九歳）は、こう語る。

「藤圭子の性格は明るい素直な娘なんだが、商売として一八〇度違う、世間をすね、流れ流れて……といった〝怨歌の女王〟を演じなければならなかった。つらかったと思うよ。それと、石坂まさを（作詞家）の〝育ての親〟という亡霊がいつまでもまとわりついていたからね。結局、怨歌と亡霊の世界からの脱出のため、アメリカに旅立ったのでしょう」

誇張《デフォルメ》された悲惨物語を演じているうちに、彼女自身が本当に悲惨になってしまったのだ——たとえば、七三年に藤の両親は離婚している。芸能スターにのしあがった〝藤圭子マネー〟をめぐる泥仕合の結果で、そのすさまじい父と母の愛憎合戦は、マスコミを通じて日本中に知れ渡った。

父は、他に女を作って離婚し、「金だ！　金だよっ！　金、金さえくれれば、オレのことは、どんなに悪くいいふらしてもいい」（『明星』七三年五月一三日号）と叫び、母は母で、「阿部が好きで結婚したわけではないんです。（…）無理に犯された」（『女性セブン』七三年五月二三・三〇日号）などと反論。ムチャクチャな家庭崩壊劇をくりひろげ、藤は〈取材記者に、「父を殺したい」とまで口走るほど〉（『週刊女性』九九年四月二〇日号）だったという。貧しさではなく、豊かさが藤圭子の家族と家庭を崩壊させたのである。

そしてよく考えてみれば、その藤の悲劇は、のちに多くの日本人家族が体験する物語だった。七〇～八〇年代にかけてひたすら右肩上がりの経済的豊かさを追い求めた日本人は、その一方で激しい教育荒廃と家庭内暴力、家族崩壊にさらされることとなった。いわば藤はその最も早い先駆けであり、日本的「豊かさの悲劇」に打ちのめされて、アメリカに渡って行ったのである。

苦悩する日本人が望む国民霊歌

そのため一部マスコミでは、今度の宇多田の〝天下取り〟を、藤の日本に対するリベンジ（復讐）だと解する向きもあるが、私はリベンジではなくチャレンジ（挑戦）だったと思う。貧しい者が豊かさを求めることを誰が否定できようか。問題は、豊かになったとき、その豊かさをどう生かすかだった。

「世界一の経済大国」になった八〇年代ニッポンは、ただただゴーマン化して、男も女も「くう・ねる・あそぶ」の酒池肉林におぼれた。バブル敗戦は、〝おごれる者は久しからず〟の当然の結末だった。〈豊かさを手に入れたら、次に人はなにをなすべきか〉という課題へのチャレンジが、あの時代すべての日本人に求められていたのだと思う。少なくとも藤圭子は、「豊かさの悲劇」に学び、二〇年かけてアメリカから〝音楽の結晶〟を生み出すという課題にチャレンジして、それをクリヤーしたのである。彼女の不屈のチャレンジ精神は、いま経済敗戦 復興期にある日本人にとって、最も必要なものではなかったろうか。

藤圭子のチャレンジは終わった。しかし宇多田ヒカルのチャレンジはこれからである。彼女の初アルバム売り上げ七〇〇万枚という数字には、音楽に生きる勇気や癒《いや》しを求める日本の若者や親たちの苦悩と願いがギッシリこめられている。それを忘れてはなるまい。

そう、アメリカの大学に行くな、とは言わない。癒しの教祖・ロック歌手の尾崎豊のように悲壮な人生を歩め、ともいわない。ただしかし、貧しさと抑圧のなかから生まれたド演歌と、黒人音楽R＆Bの流れ、その日米二つの音楽魂をあわせもつ者が、七〇〇万枚の日本人の苦悩を背負ってうたう歌というものがおのずからあるはずだ。

いまこの国には、いじめや自殺、不登校や援助交際といった八〇年代経済戦争のゆがみや犠牲者、その残骸が、累々と堆積している。それは国家が作り出し、国家が収容できずに放置したものばかりだ。しかもその上、国家はいま日の丸・「君が代」という民族ナショナリズムを教育現場に強要して、若者への抑圧度をさらに深めようとしている。経済ナショナリズムのかくも広大な敗戦の焼け野原に立って、それを悼《いた》む、それを葬るためのたった一度の国民霊歌さえ歌わずに……。

だから、宇多田ヒカルよ、君はそんな日本ナショナリズムのために歌うな。傷つき倒れる若者たちのためのニグロ・スピリチュアル（黒人霊歌）をこそ、歌え。そして願わくば、わたしたち日本の大人には、〝藤圭子との親子ジョイント〟を実現させてくれ。

藤はもう単なる「昔の名前で出ています」の芸能人ではない。七〇年代に日本人として最も早く〝バブル敗戦〟を体験し、その挫折から二〇年かけて立ちあがってきた〝肝っ玉おっ母《かあ》〟だ。藤と宇多田の共演は、敗戦リストラで自信喪失している日本中の親たちに、娘や息子ともう一度手を取り合って生き直すことの意味と勇気をきっと与えるだろう。

（99・8）

●ヒロシマ「反戦」て、アメリカの物真似だぜ
ヒロシマのまやかしの夏●

ついこの間までコギャル売春とか不良債権、野村サッチーがどうたらこうたらと騒いでいたと思ったら、いつの間にかもう日の丸・君が代の時代だという。銀座なんか歩いていると突然テレビレポーターにマイクをつきつけられ、「あなたは、君が代を全部、最後まで歌えますか?」などと問いつめられる。よけいなお世話だと思うが、朝日新聞の調査では「完唱者は三〇人中一七人」だそうな。雑誌ジャーナリズムでも「誰も知らない『君が代』の起源」(『新潮45』八月号)と題して、薩摩藩の砲兵隊長だった大山巌が「普段から愛誦していた『君が代』が、その起源」と教えてくれるが、なぜ今の今、唐突に、そんな古色蒼然たる「明治の元勲」のお話を聞かされねばならないのか、「誰も知らない」のはそっちの方である。

日の丸・君が代の他にも、盗聴法とか国民総背番号制とか、人権もプライバシーも屁ったくれもあったものかという、恐ろしげな国民管理法案がズラリと顔をそろえ、小渕「自自公」政権の手で、あれよあれよという間に、次々と成立してゆく。極め付けは、新ガイドライン。

「今度のガイドラインは、ごく大ざっぱにいうと、まさに戦争に参加する話なんです」(小沢一郎『正論』一九九九年六月号)というわけで、とうとう戦争法案まで成立させてしまった! 戦後五四年間の平和を踏みつぶす勢いで、時代はなにか得体の知れない方向に向かって、ギシギシと音をたててねじ曲ってゆくようだ。

私たちはいま、一体どんな曲り角＝時代の転換点を渡ろうとしているのか。またあの敗戦の初発の時期に、「安らかに眠って下さい　過ちは繰返しませぬから」（原爆慰霊碑）と誓った、日本人のヒロシマ型「反戦平和」の精神はいまこそ有効に機能せねばならないのに、ほとんど空洞化＝無効化しているのはどうしたことか――これは、やって来る日の丸・君が代という《民族ナショナリズム》の時代を見据え、日本人の戦後平和の内実を改めて原点から問い直す〈ヒロシマ平和への旅〉の緊急リポートである。筆者もちょうど五四歳。昭和二〇年九月生まれ、敗戦ベビー世代の第一号だ。しかも爆心地を訪れるのは、これが最初。原点を初心で見つめる旅とシャレたい。

組合・解同 vs.文部省

広島では、まず世羅の町をたずねてみた。今年（一九九九年）の二月、石川敏浩校長が日の丸・君が代問題で苦悩の末、首吊り自殺したあの世羅高校のある町だ。

広島から高速バスにゆられて一時間半、青い山脈《やまなみ》をかきわけた奥に世羅盆地の町がひらけていた。歴史をひもとけば、遠く後白河上皇が平家を亡ぼした折、その祟《たた》りを恐れ、この世羅一帯を含む太田庄《おおたのしょう》を高野山に寄進し、鎮魂につとめたという。それくらいこの盆地は昔から中国地方有数のゆたかな穀倉地帯で、江戸時代から何代も続く米《こめ》農家が多い。今年の夏も、見わたす限り緑の稲穂、幸水梨《なし》がたわわに実っている。

でも、世羅高校は夏休み中で、ガランとしていた。敷地の到るところにロープが張られ、「関係者以外、立入禁止」のカードがやたらめったらぶらさがっている。自殺事件で、マスコミ取材にナーバスになっているのがよくわかる。

「校長さんが自殺したときは、ビックリしたが、地元の人じゃないからね。なじみが薄かった。顔も知らん……。まぁここは、組合の先生が強いからね」

昼めしを食いに入った食堂のおじさんはそんなふうに話したが、それが今回の自殺事件に対するマスコミ一般の見方でもあった。つまり卒業式に国旗の掲揚と国歌の斉唱をせまる文部省＝広島県教育長（辰野裕一）の〝武闘派〟路線と、これに激しく抵抗する「五者協」（県高教組、県教職員組合、県高校同和教育推進協、県同和教育研究協、部落解放同盟広島県連合会）との板ばさみになり、「自分の進む道がどこにもない」との遺書を残して、自殺したというのである。とくに、知る人ぞ知る、広島県東部は、あの解同中央本部の書記長として名をはせた小森龍邦の地盤であり、全国でも解放運動の強いところだ。

宮沢喜一蔵相（広島七区選出）も、三月一〇日の参院予算委員会で、こう答弁している。

「実は、この問題はきのうきょうの問題ではございません。四〇年ほどの歴史がございます。それも広島県のほとんど東部に限られた問題でございました。四〇年間たくさんの人が闘ってまいりました。……たくさんの人がいわばリンチに遭い、職を失い、あるいは失望して職をやめる。なぜその戦いに勝てなかったかといいますと、基本的には部落という問題に関係がある」

こうした解同〝圧力〟説に対して、本誌『現代』五月号の「サラリーマン自殺ファイル」（最終回）の鎌田慧は、「政治が教育に干渉をしすぎた（中略）。ひとりの教師が、政治の思惑に押しつぶされて死んだ」と書き、文部省・国家権力の方の責任を追及している。どちらかといえば、解同〝擁護〟の論調といえよう。

「平和教育」の〝強要〟

私がこれから書こうとしているのは、石川校長自殺の謎解《なぞと》きではないのだから、両論併記にとどめるが、こうして並べてみると、相も変らず、文部省と教組の二大組織の中で学校教育が翻弄されている、その不毛さが浮かび上がってくる。そこには、日の丸・君が代の民族教育＝愛国心の強要が集中的にふりそそぐのは、教職員というよりは、生徒・子供の頭上なのに、その一番底辺の〝子供たちの視点〟が決定的に欠け落ちているからだ。

鎌田慧は書いている、石川校長（五八歳）は、この世羅高校で、「最後の教員生活を平穏無事に終えよう、という心づもりがあったようだ。その（中略）高校で、（中略）自分の命を絶つまでに追い込まれることになると、まったく考えていなかったのはまちがいない」

しかしそれはあくまで〝先生〟という特権者の世界の中だけで通用する話だろう。いじめ・自殺が蔓延し、学級崩壊や家族崩壊、不登校一二万八〇〇〇人の〝教育荒廃〟のただなかにいる子供たちにとって、教育現場の最高責任者たる校長に「平穏無事を心づもり」に日々過ごされてはたまらない。実際これまで何十人の子供たちが、学校教育への呪詛《じゅそ》や遺書を残して自殺したか。それに対し、校長が生徒荒廃の責任をとって自殺したなんて話はほとんど聞いたことがないのである。

今度の石川校長だって、結局は組織対立のはざまで死んだのであって、生徒のために命をかけたわけではない。生徒・子供という底辺から見上げれば、石川校長も単なる〝善意の犠牲者〟というわけにはゆかなくなる。たとえば、「〝キミガヨ〟で悩みの校長の教え子たち」という、こんな話が残っている。

「校長が自殺した世羅高校が毎年、生徒を修学旅行で韓国に送り、ソウル市内にある独立運動記念公園で謝罪文を朗読するなど〝謝罪行事〟をしていたことが明らかになった。五日付の韓国日報が社会面トップ記事で伝えたもので、記事には、生徒たちが市民の前でひざを折り、頭を垂れている写真が添えられ（中略）修学旅行は、（中略）自殺した石川敏浩校長を団長に、二年生約二〇〇人と、引率の教員一三人が参加した」（三月六日付、産経新聞）

つまり日の丸・君が代の民族教育の以前に、子供たちには「平和学習」「平和教育」というものが〝強要〟されていて、石川校長はその最前線で号令をかけている教育者だったことがわかってくる。

逃げる若者

私がこうした〝韓国謝罪〟型の平和教育を〝強要〟だというのは、私自身が「敗戦ベビー」第一号世代だからだ。私たちも小学校から一貫して、日本は悪い国だ、世界を相手に身の程知らずの侵略戦争をした愚かな民族だと教えられて育った。

しかし、よく考えてみれば、私たち自身は侵略などやってない。アジアで人殺《ひとごろ》しをしたのは、父であり母であり、爺さまや婆さまの大人の世代だった。その大人たちは戦後、その侵略戦争（＝加害者）の責任を明確には取らなかった。軍部にダマされたとかいって誤魔化して、アジアに顔向けのできない、国内だけの「反戦平和」システムを作ってきた。そのおかげで、子供や孫の世代がいまもなお韓国あたりまで行って、ペコペコおわびせねばならぬのではないか。大人の喧嘩《けんか》（戦争）に子供を出してわびさせる「平和教育」ほど欺瞞的なものはない。

孫の世代に平和を語り伝えるヒマがあったら、まず戦争した今の七〇代八〇代の老人たちこそ全員アジアへの〝謝罪旅行〟に出かけるべきだ。それが話の本筋というものだろう。

というわけで、生徒・子供の身にすれば、受験戦争でいためつけられた上に、文部省経由の民族教育と教員組合経由の平和教育の左右からの〝押しつけ教育〟にあっているわけで、現在の小中高の学校教育ってのはホント真面目につき合っちゃいられない内容なのだ。そこで彼らは、逃げる。

「こんな山の中の盆地だから、純真な子が育つとは限りませんよ。茶髪やピアスの子が増えてね、渋谷状態ですよ。そして卒業したら、すぐ世羅の町から出て行く。ほとんどが残りません。地元で農業を継ぐ者は、更に少ない。一見ゆたかな農村地帯に見えますがね、全体の六割以上が六五歳から上の年寄り農家ですから……」（世羅高校関係者）

夏蝉の鳴く世羅の町を歩き回りながら、想った。この盆地の農民は、昔から荘園や代官の支配に対し何度かの大きな一揆で対抗してきた。いまの若者にとって、外部からやって来て〝押しつけ教育〟をほどこそうとする県教育長や学校管理者こそ〈現代の代官〉であろう。世羅から逃げる若者の姿は、代官の教育抑圧からの〈一揆・逃散〉に似ていた。

「軍都」から「被爆」への転換

世羅の次には、広島の街を歩いた。あまりに夏の陽ざしが強いので、爆心地の相生橋の川岸に腰をおろし、元安川の流れに素足をひたしていたら、話しかけてきたのが地元の写真家の石原重樹さん。

「この川辺には、以前は汚ないバラック建ての朝鮮人部落があってね、〝原爆スラム〟って呼ばれてた。被爆直後は、七〇年間ペンペン草も生えないっていわれたが、広島は立派に復興して、水と緑の美しい街になった。でも、逆にいえば、広島はずっと原爆の観光で食ってる街。世界中から外国人の観光客が、原爆ドームを見に来る。平和教育の修学旅行もいっぱい来る」

そこで私もその原爆ドーム＝「戦後平和の原点」見物へと急いでみた。テレビや写真でもう何度も見たあの鉄骨ドームだが、瓦礫の建物のまわりをぐるぐる回っているうちに、フトこの建物は生前いったい何の建物だったのだろうと疑問がわいた。すぐ平和記念資料館まで駆けて行って、調べてみると、こうだ。

大正四年　広島県物産陳列館オープン
昭和八年　広島県産業奨励館と改称
昭和九年　大連、新京、ハルピンに出張所を開設
昭和一三年　奉天、天津、上海、神戸に事務所を設置
昭和一九年　広島県の業務停止。その後、官公庁、統制組合が使用

つまり原爆ドーム（産業奨励館）は、日本軍国主義とともに中国大陸に進出した軍国産業であり、反戦平和のシンボルである前に、侵略戦争のシンボルなのだ。もっと端的にいえば、戦中の広島は、第二総軍司令部や呉の軍港、江田島を擁する西日本最大の「軍都」であり、アジアへの出撃拠点だった。決して手放しで祈られるべき《平和の聖地》ではない。だから被爆後の昭和二〇年一一月、広島復興委員会がアメリカ進駐軍ＧＨＱのマンソン大佐に会って主張した内容は、こうだ。

「終戦を早めたのは実に原子爆弾の威力であって、広島市が今回の戦災を被ったことは、世界平和をもたらす第一歩である」

また最初の平和式典でも「これ（原爆）が、不幸な戦を終結に導く要因となった」（浜井信三広島市長）と評価している。

ピカドン（原爆投下）が、侵略者ニッポンへの因果応報であることを半ば認めた見解だった。ところが、広島県史などの文献をあたると、このヒロシマ・ニッポンの侵略性（＝加害者性）は、昭和二三年、広島を「原子時代の戦争が意味するもののシンボル」として直視しようという、アメリカ北部バプテスト連盟の『ノー・モア・ヒロシマズ運動』（世界平和デー委員会）の出現によって、ボカされ、打ち消され、浄化されてゆくことがわかる。この運動の本質が、ヒロシマを「世界最初の原爆被害者」（＝平和への殉教者）として聖化するものだったからだ。そしてこのアメリカ製の平和主義に救われて、第二回広島平和祭は初めて『NO　MORE　HIROSHIMAS』の看板をかかげ、「再び第二の広島が地上に現出しないよう誠心こめて祈念する」という平和宣言を全世界に向けてアピールしたのである。軍都広島（＝加害者）イメージから被爆広島（＝被害者）への、身軽な、しかし重要な転換点だった。

ヤスクニと仲間《ぐる》になって

平和とは一体なんだろう、原爆慰霊碑に向かって問いかけずにはいられなかった。

戦争の罪過の焼け跡に向かって「過ちは繰返しませぬ」と平和の呪文＝平和の式典を積み重ねれば、それでヒロシマのもつ戦争加害者性は消え失せるのか？　それなら、ヒロシマから消えた侵略ニッポンの加害者性はそれから一体どこに行ったのか⁉　私は、それがヤスクニ（靖国神社）だと思う。

　というのも、戦後日本人は、この大東亜戦争は軍部の独走によるもので、自分たちは戦争したのではなく、戦争させられた、ダマされたと思い込んでいるからだ。「一億総火の玉だ！」と熱狂し、天皇陛下の聖戦に御奉公した自らの罪を認めようとしない。そしてその〝人殺し《ひとごろし》〟聖戦の中で、自分たちが行った残虐な戦争犯罪の数々を、戦死した兵士ともども、あの靖国神社のなかに封じ込め、外に出ないように隠してしまったのである。〝死人に口なし〟の館である。だから国は「英霊」と呼ぶが、国民一般はあそこを「戦争加害者の拠点《アジト》」と信じて疑わない。ヤスクニは、元兵士と遺族らしか立ち寄らない〝封建的遺物〟となり、一般人は避けて通った。

　つまり戦後日本の大衆は、ヤスクニに戦争加害の罪を隠し、ヒロシマで戦争被害者であること（＝加害の否定）を主張した。それで清廉潔白の身になれると思ったのである。

　ヤスクニは、戦前戦中こそ「戦意高揚」のための軍国神社として輝いたが、戦後はもっぱらそうした「被害者」平和主義を引き立たせる悪役《ヒール》としてのみ機能させられたのだった。もっとはっきりいえば、ヒロシマとヤスクニは仲間《ぐる》で、ワンセットなのだ――いまの七〇代八〇代の戦争世代が作り出した戦後「反戦平和」（＝過ちは繰返しませぬから）の正体とは、これであった。

　とまぁそんな物想いから我にかえると、慰霊碑や原爆ドームのまわりは、華やかな、縁日のようなにぎわいだった。

　色とりどりの花々とピース・キャンドル、沢山の折り鶴に飾られ、⇧の声と日本山妙法寺の〝南無妙法蓮……〟の平和行進、祈りを献げる修道尼と外国人、家族連れ観光客の笑い声でごったがえしていた。「ほらね、原爆観光でしょ」と笑いながら、写真家の石原さんが人ごみの中から現われてくるような気がした。そしてあくる日の八月六日は、第五四回原爆慰霊・平和式典の日である。

私は取材者席に座り、式典の最前列で、その一部始終を見た。

戦争男の平和宣言

マスコミはほとんど触れなかったが、今年の平和式典ほど白々しくかつ重要な式典は、過去になかったのではないか。加害から被害へと転換したあの昭和二三年の第二回平和祭に比すべき《転換点》だった。なぜなら、式典は年中行事のように秋葉忠利広島市長が「核兵器の廃絶」を全世界に訴えたが、その後に登場したあの小渕恵三首相が「希望に満ちた平和を次世代に引き継がねばなりません」などと、ぬけぬけと述べたからだ。小渕は二カ月前、戦後初の〝日本人が戦争する法案〟ガイドラインを成立させた男である。そんな戦争男に無責任な平和宣言をさせて恥じないところまで、ヒロシマは空洞化したのである。いや、空洞化がゆきすぎて〈真空化〉し、ガイドラインでも戦争首相でもなんでもかんでも吸収し始めたといった方が正確だった。

なにしろ靖国までも吸収し始めたのだから――慰霊式と同じ八月六日、野中官房長官は次のような〝靖国神社改造案〟を発表した。(1)A級戦犯の方々に戦争責任を負ってもらって、分祀《ぶんし》する。(2)宗教法人格を外し、(3)宗教を問わず国民全体が慰霊できるよう、国立墓地などの形で犠牲者をまつる。「各国首脳に献花していただけるような環境整備が必要だ」と。

それは、靖国から戦争責任(=加害者性)を抜き取り、宗教・人種を問わず、日本人も外国人も気軽に祈念できる戦争犠牲者(=被害者)慰霊の場に改造しようという目論見《もくろみ》である。加害から被害への身軽な転換、すなわちそれは、靖国神社のヒロシマ化ではなかったか。だから今年の慰霊・平和式典とは、戦後五〇年続いたヤスクニ・ヒロシマ「ワンセット」型平和主義が役割を終え、ヒロシマ「被害者」型平和に吸引され一元化されてゆく重要な転換点なのだった。

ただこうした野中「改造案」は自民党内部や遺族会、アジア諸国からの拒否反応にあって、実現するかどうかはまだよくわからない。しかし靖国神社がなんらかの〝変身〟をとげなければならないことは、間違いがない。例えば一九八四年四月に自民党靖国問題小委員会の奥野誠亮委員長はこう述べている。

「私たちは外部から侵略を受けた場合、この国の独立を守るため自衛隊とともに全力を傾ける。その際、命を落とした隊員のみたまが靖国神社にまつられることになっても、憲法は公務員の慰霊参拝を許さない、との説は理解しにくいことである」(朝日新聞の論壇)

ガイドラインという戦争法案の成立によって、まさにそのことが現実化したのだ。靖国は否応なく国民にとって身近かな、開かれた霊場に転換してゆかねばならないのだった……。

〝経済敗戦〟を乗り切るために

かくて今回の〈ヒロシマ平和への旅〉の終りは、ガイドラインに行き着いた。ガイドラインとは何だろう？

「米国の軍事行動への自動参加」（四月一四日付朝日新聞社説）である。これについては、評論家の江藤淳（七月二一日、自殺）が、アメリカによる〝日本空間の再占領〟を意味し、『第二の敗戦』だと主張した。

それに日米金融システム戦争などの〝経済敗戦〟を重ね合わせれば、かつて「世界一の経済大国」を豪語した日本の経済ナショナリズムは、いまやほとんど破産状態なのである。

官僚や政治家が、日の丸・君が代の民族ナショナリズムをなにがなんでも成立させようとするのは、そのためだ。経済ナショナリズムの崩壊を、民族ナショナリズムの再構築で切り抜けようとしているのだ。その唐突で急激な転換点の中で、世羅高校の石川校長の自殺も、ヤスクニ・ヒロシマ型平和の終焉も引きおこされたのだった……。

平和式典の終った夜、元安川の戦没者慰霊の「灯籠《とうろう》流し」に出かけてみた。闇の中に無数の灯明の光が浮かんでいた。私はふと思いついて、一個四〇〇円のその灯籠船を買った。ろうそくに火を点し、川岸から暗い川面に押し出してやった。原爆死ではないが、石川校長の死を悼《いた》む送り火のつもりだった。校長の船はしばらく闇の中でたゆとうていたが、やがてうまく川の流れに乗り、ゆらゆらと平和大橋の方に向かって流れていった。頑張れ、沈むなよ今度こそ沈むなよ、私は心の中でそうつぶやいた。

（99・10）

赤軍の亡霊〈重信房子〉が帰ってきた！

●さらば、ゲバルトの季節●

『ＰＬＡＹＢＯＹ日本版』七〇年代の物語

時は一九七五年五月。ちょうどその一カ月前、北ベトナム軍の侵攻によってサイゴンが陥落し、約一〇年の長きにわたったベトナム戦争が終結した。アメリカは軍事的覇権を失い、アジアから後退していった。そのアメリカが抜けた空白を、中国の軍事力と日本の経済力がすぐさま埋めてゆく。『ＰＬＡＹＢＯＹ日本版』が創刊されたのは、皮肉にもそうした日米のパワー・オブ・バランスが逆転しかかった時期なのだ。私などはベトナム反戦デモで二回逮捕歴がある札つきの反戦派だから、ナパーム弾と枯葉剤に代わって今度はアメリカ美女の平和攻勢かよと目をパチクリさせたが、創刊二号でプレイボーイ社主のヘフナーはこう日本の読者に手紙をしたためている。

「日本の友へ　創刊号がすでに全冊売り切れなんて、まったくエキサイティングだ。……アメリカで『ＰＬＡＹＢＯＹ』は、すべてのエンターテイメント・マガジンのなかで、ずっとナンバーワンの座を続けている。すでに大成功をおさめたドイツ版、フランス版、イタリア版に、日本版もくわわってきたことを、ほんとうにうれしく思う。記録的な売り上げ！　おめでとう」

プレイボーイ帝国の日本上陸は大成功だったわけだが、しかしまぁそれは、創刊のご祝儀相場ということもある。その後『ＰＬＡＹＢＯＹ』が日本の土壌に根づいていった〝成功の秘密〟とは何だったろうか。

それをまず考えることから、この『PLAYBOY』七〇年代総括の物語を始めよう。

SEXという密室文化の扉を開け、明るい楽天性を与えた

誰でも知っている話だが、戦後日本の民主化は、農地解放から平和憲法にいたるまですべてアメリカ指導型だ。古びた天皇制や戦前封建の暗黒を否定しようとする日本人にとって、アメリカ民主主義とその金満家ライフスタイルは、良きにつけ悪しきにつけてのお手本だった。

例えば六〇年代初頭、日本中の若者を熱狂させた〈太陽族ブーム〉というのがおきた。『太陽の季節』で芥川賞をとった慎太郎と日活スター裕次郎の石原兄弟を〝元祖〟とし、湘南の海辺でアロハシャツにサングラス、不純異性交遊にうろつく不良学生や愚連隊予備軍みたいなのを〈太陽族〉と呼び、当時の婦人会連合やPTAが「青少年に悪影響を及ぼす」と猛烈に非難したりした。

けれどその内実は、セックスに限らず、恋愛や経済観念、ファッションや食生活、スポーツ、レジャー全般をめぐって、戦後はじめて現われてきた〈私的欲望〉(=市民的自由と快楽)の全面肯定ともいうべき若者現象だった。そしてその太陽族スタイルは、ジャズ評論の湯川れい子によれば、「当時もっとも、モダン、いいかえればアメリカ的と認識されていた日本のジャズメンからの借用だった」という。日本人が個的な欲望を解放させてゆく時のお手本もやっぱりアメリカ的豊かさやカッコ良さを物真似する消費欲望が日本人ぜんぶの底辺まで拡大した時、大量消費・大量生産の高度成長=「黄金の六〇年代」が到来したというわけである。

なら、七五年日本上陸の米国エンターテイメント・マガジン『PLAYBOY』はどんな役割を果たしたかというと、ズバリ、「自慰《オナニー》の快楽」を舶来妄想にまで高めたことだ。女体というのは恐ろしい。ベトナム反戦の私でさえアメリカ憎しの心はすぐに忘れて、こんなハクイ、豊満なヌードグラビアのヤンキー娘とセックスできたら、「死んでもいい……」と思った。こんなにも簡単に美女たちを一糸まとわぬ裸のスッポンポンにしてしまう、アメリカン・マネーの世界にすっかり憧れちまったのだ。『PLAYBOY』が日本の「ジェントルメン」に与えたものは、それと似たり寄ったりのバーチャルな妄想体験だったろう。でも、その舶来妄想が当時の日本の男たちには是非とも必要なのだった——なぜなら、六〇年代の高度成長は確かにテレビや電気冷蔵庫やマイホーム、マイカーの〝箱モノ文化〟を実現させはしたが、日本人にはその快適ライフを大胆にエンジョイする、個的で内面的な快楽主義の精神がまだまだ未発達だったからだ。『PLAYBOY』はそのためのお手本となったのである。

例えば車は走らせるばかりが能ではなかった。『PLAYBOY』では、それは人目をはばからぬカーセックスの世界だったし、ホームパーティは男女が快楽のおもむくまま戯れ合う社交場だった。飛行機の中でも、会社オフィス、エレベーターの中でも、トイレでも、彼らは大胆不敵に抱き合った——そう、封建ニッポンではSEXは暗く湿った〝密室文化〟でなければならなかったが、『PLAYBOY』はその密室の扉を開け、SEXという快楽追求に〝カラッと明るい楽天性〟を与えた。全面的肯定=免罪符を与えたと言ってもいい。その性的楽天主義は、日本人の内面的「個人主義」の発達を助けたのである。あの時代、〝世界のプレイガール〟たちがあんなにも眩しく、キラキラ輝く〝高嶺の花〟に見えたのは、そのためだったのだろう。もちろんそれらは、ヘフナーの財力が作り出した「男性優位」の虚構と妄想の物語だ。現実ではない。だがしかし、ドイツ選民思想の虚構を煽動したナチスの例をひくまでもなく、いつの世も妄想こそが大衆を根こそぎ〝教育〟するのだ。

ただし『PLAYBOY』はそうした「性の伝道者」にとどまったわけではない。日本への最初の挨拶に「一流の小説・記事を読む」とあったように、黒人流離の大河小説、アレックス・ヘイリーの『ルーツ』や、アマゾンの緑の魔境を踏破する開高健の『オーパ！』などの名作を育んでいる。日本人国際化（＝海外旅行熱）の先駆けだった沢木耕太郎と藤原新也の対談「ペンを捨てカメラを捨て肉体の旅に出よう！」なんてのもある。時代動乱にもきわめて敏感で、「ヌードだけではない」という編集者の心意気が伝わってくる〝純な〟マガジンでもあった。さぁそれでは、その『PLAYBOY』〝七〇年代動乱〟の頁をめくり、あの時代が日本人のどんな精神の解放または挫折だったのかを概観してゆこう。ボルドー産の名醸赤ワインを一本用意した。飲みながら、酔いながら、セピア色したあの激動の時代の物語にタイム・スリップしてゆくのだ。

日本赤軍の女頭目・重信房子の詩をスクープ

七〇年代後半の世界は、サイゴン陥落に見られるように、いまだ左翼と民族革命の血みどろなロマンが止まず、パレスチナ解放戦線PFLPと結んだ日本赤軍が暴れまわった時代だった。七二年の岡本公三らのテルアビブ空港・自動小銃乱射（二四人死亡）から始まり、七五年のクアラルンプール事件、七七年にはボンベイで日航機をハイジャック。日本政府の福田赳夫首相は「人間の命は地球よりも重い」と発言、赤軍派釈放と身代金六〇〇万ドルを支払った。世界をゆるがすその暴力テロリズムの中心にいたのが、日本赤軍の女頭目・重信である。七八年一月号の『PLAYBOY』は、それに先だつ一三年前、重信がまだ明治大学第二文学部で「かわいい美人」だった頃、大学ノートに書き残した「四五編の詩」をスクープし、こう掲載している。

「一九六九年九月、共産主義者同盟赤軍派結成。……あなたは世界同時革命の根拠地づくりをめざして、パレスチナに飛ぶ。……あなたが（詩や小説の世界と決別し）革命の闘志を志した契機はさだかではない」

私はその『PLAYBOY』誌を見た覚えがある。ああ、今頃になって俺は重信の詩を読むのかと。なぜなら、私は重信をよく見知っていたからだ。当時私は、記録映画の小川紳介監督の出世作『圧殺の森』の学生プロデューサーをやっていて、映画資金のカンパを集めるため、明大自治会通いの毎日だった。重信は、そこの会計係だったのである。会うたびに重信は言った。「吉田さん、私、詩を書いているんです。大学ノートに何冊も。一度見てもらえませんか」「ああ、いいよ」。しかし映画製作の忙しさの中で、私は重信との約束を忘れた。だからその時の約束を、私は七八年の『PLAYBOY』誌上で果たしたのだった。あれからさらに二二年後の今夜、ワイングラスを片手に、また再びセピア色にくすんだ詩に目を通すと、心がホロホロと泣き出すようだ。重信はアラブのどこで、何をいまも夢見ているのかと……。

想い出せば、なつかしくも血みどろな時代だ。街頭には赤白青のヘルメットとゲバ棒が林立し、石や火炎ビンが飛び、機動隊の催涙ガスで眼がチカチカした。ヒッピー、コミューン、ドロップ・アウト、長髪のフォーク・ゲリラやピース・アンド・ラブなんて、御意見無用の若者文化も花盛りだった。あんなにも自由と破壊に満ちあふれた時代は他にはない。太陽族ブームから始まった日本人の新しい波＝私的欲望（自由と快楽）優先主義が大きく前進したからだ。そして古びたニッポンの封建的なモラルやシステムをこわし、乗り越えようとして急速に政治暴力化し、高度成長のカジをとる国家の利益と対立した。そう、私的利益と国家利益が〝武器〟をとってにらみ合う、一種の〈内戦〉の時代だったのだ。

この時に私的利益の側を代表したのが、中間プチブル急進派のインテリ学生である。彼らは、国家が大学アカデミズムを産業界に奉仕させる「産学協同路線」を打ち出したことに猛反発、日本中の大学に「全学共闘会議」と呼ばれる学園ストライキ・システムを作り出し、大学を占拠した。「大学の帝国主義的再編」粉砕！　を叫び、国家の暴力組織・機動隊と激突した。これがいわゆる「全共闘の時代」である。

左翼も右翼もズッコけて政治の時代から経済の時代へ

六九年　東大安田講堂決戦　水俣病裁判始まる
七〇年　日航よど号ハイジャック　三島由紀夫　市ヶ谷自衛隊で自決
七一年　成田空港反対　第一次強制代執行
七二年　連合赤軍　浅間山荘銃撃戦　田中角栄の日本列島改造論

年表を見れば一目瞭然、東大闘争の敗北が七〇年代の精神を規定したって気がする。まず全共闘世代の体制内回帰＝就職転向が雪崩《なだれ》をうったように始まり、街頭からヒッピーとフォーク・ゲリラの姿が消えた。やがて『神田川』（南こうせつ）の、　貴方はもう忘れたかしら、と歌う四畳半フォークが流れ始めた。当時明大中退のフーテンだったビートたけしは、その全共闘の総転向を目撃し、「馬鹿くしく、まともにつき合ってゆく気になれなくて、咄嗟《とっさ》に考えついてしまった。浅草に行って芸人になろう」（『浅草キッド』）。そして彼は浅草ストリップ劇場『フランス座』のエレベーターボーイになった。東大闘争で日本共産党のゲバルト部隊の隊長だったあの『突破者』の宮崎学（いわゆるキツネ目の男）は、共産党から除名され、七〇年代半ばに京都の実家にもどり、ヤクザと土建屋の二足のわらじをはいた。青春の挫折と出発、流亡が重なり合った時代だった。しかし最も大きな転落と流亡を迫られたのが、全共闘を同盟軍にして栄えた新左翼の政治党派だった。中核派などは成田空港反対の農民闘争の中に落ちのび、真っ直ぐ飛ばない火炎ロケット弾をもつ農村ゲリラになった。学園ストライキの限界を「ライフル銃」による武装蜂起で乗り越えようとした連合赤軍は、雪の山岳アジトで同志一四名のリンチ殺人をひきおこして自滅した。国内だけの一国革命をあきらめて、世界同時革命をめざして北朝鮮に飛んだ赤軍派の『よど号』ハイジャックも、大山鳴動して鼠一匹出なかった。結局パレスチナに飛んだ重信房子の日本赤軍だけが〝革命的スター〟にのしあがったという新左翼流亡の結末である。だからこの時代の終わりに、『PLAYBOY』はその政治暴力の悲劇的な傷跡を悼むかのように、こんな二つの墓標を建てている。

●七九年四月号「ある連合赤軍兵士・鉄格子からの肉声」（吉野雅邦の場合）
●七九年一〇月号「機動隊と成田空港反対派・ガス弾に吹きとばされた東山薫の青春」

ナーンテことを原稿に書きつらねていたら、どうだろ。この三月一八日にレバノン刑務所から日本赤軍の和光晴生、足立正生、戸田和夫、山本万里子の面々が「国外追放」され、日本に帰ってきてしまった。みんな白髪のさえないおっちゃんおばちゃんになっちまって、もうガックリ。七〇年代革命ロマンの物語はこれですべてチャラになったわけだ。ウーン、もう左翼はダメだ。右翼に行こう。

●七六年一月号「情報将校と三島由紀夫　市ヶ谷事件への鎮魂歌」（元自衛隊陸将補・山本舜勝）　三島が割腹した七〇年のあの自衛隊クーデター未遂の頃、私は記録映画の世界を離れ、東京板橋区の小っちゃな発泡スチロール工場のアルバイト工として働いていた。汚い工場の食堂で一四～五人の出稼ぎ農民のおっちゃんたちと昼の土方弁当を開いて、三島自決のテレビニュースを見ていた。しかし農民たちはその画面になんの興味も示さず、お茶を飲んだりベンチで昼寝をしたりしていた。そもそも三島の名前を誰も知らなかった。彼らの関心は、年末にいくらの出稼ぎボーナスを得て故郷に帰るかだけであり、経済的向上への情熱だけをむき出しにしていた。私は、知識人の思想や美学が死を賭けてさえ、経済的欲望をみなぎらせた大衆の前には一片の説得力も影響力も持ち得ないことに衝撃を受けた。左翼も右翼もズッコケて、時代は〈政治〉から〈経済〉に大きく移り変わろうとしていた……。

七〇年代の破壊と暴力の季節が終わりを告げる

実はあの『ＰＬＡＹＢＯＹ日本版』の創刊号が全冊売り切れたという一九七五年は、そうした日本経済の大きな転換点、新しい躍進のはじまりだったのである。コンピューター付ブルドーザーといわれた土建屋首相田中角栄が金脈問題で七四年一一月に辞任したからだ。そこでチョット〈経済〉を繙《ひもと》けば、土建屋政治ってのは、なにも角栄が創始者ではない。それ以前から、国家と財界は日本「総工場」化をめざし、生産効率の悪い農村地帯を次々と潰し、緑の自然風土を破壊しまくっていた。成田空港の強制収用に見られるように、極めて暴力的なスクラップ・アンド・ビルド方式で高度成長してきた。その集約点が田中角栄の「日本列島改造」なのである。だから、あの頃は左翼の政治暴力と資本家の経済暴力が同時進行していたわけだ。

しかし七三年にやってきたオイルショックは、私たちに地球の資源や緑の風土が〝有限〟であることを教えてくれた。風土破壊から利益をあげる土建屋手法に国民の批判が高まり、田中式ブルドーザーは動けなくなっていった。私的利益優先の側も、公害企業への不買運動や「地球にやさしい」環境保護の消費者運動へと様変わりした。七〇年代の破壊と暴力の季節が、終わりを告げたのである。

●七七年四月号　立花隆のロッキード裁判特別寄稿「田中角栄が法廷に立った日」——〝角栄の涙〟に私はシラけた——

そしてブルドーザーの後からは、自動車が現われてきた。つまり今度は、日本列島「総工場」化の最良の息子たちともいうべき無数の、良質な小型自動車の群れが「連合艦隊」を組んで、アジアや中近東、世界中に進攻し始めたのだ。その嵐のような小型車輸出で、自動車王国アメリカは窮地に陥《おちい》る。

●七七年二月号「クルマは国家なり」——ドイツの国家産業ともいうべきフォルクス・ワーゲン〝かぶと虫〟を広大なアメリカ市場から追い出した我が自動車連合艦隊——

事実、その三年後の一九八〇年に、自動車生産台数では日本一一〇四万台、アメリカ八〇一万台と「日米逆転」し、八一年には日本一一一七万台とアメリカに三〇〇万台もの差をつけ、文字通り「世界一」の自動車大国に成長してゆく。八〇年代「ジャパン・アズ・ナンバーワン」の時代がすぐそこまで来ていた。

男と女の快楽主義の波間に溺れた七〇年代の志

さて紙数も尽きてきた。ワインも残り少ない。そろそろまとめに入るが、七〇年代を概観していま私は、この時代がバブルの素《もと》を準備した、この時代が〝勝負の分かれ目〟だったな、とつくづく思うのである。だって、例えばその七七年の自動車経済レポートは、「いまや日本人の労働者の一〇人にひとりが自動車に関連する仕事で給料を得ている」と書いている。その豊かになった日本人の個人所得は、この文章の前半でも指摘したように、家電製品や住宅などの箱モノ文化から、市民的自由や快楽、個人主義の成熟など、近代市民社会の「個の原理」の確立に向かって投資されるべき性格を持っていた。

しかしその市民的自由の最初の、最大の代弁者であったプチブル急進派の全共闘世代が、東大闘争の敗北を機にして総転向（就職転向）し、古い上意下達式の企業文化の下にもどっていった。いわば頭を下げてワビを入れた格好で、そのために日本的封建の否定＝近代的「個」の確立は腰砕けていったのだった。逆に彼らは、日本が経済大国化（＝大東亜「経済」共栄圏）するために総動員体制の中に組みこまれ、「二四時間戦えますか」のモーレツ企業戦士に姿を変えた。子供たちの多くが「鍵《かぎ》っ子」となり、家庭崩壊・教育荒廃の引き金もここでひかれた。さらにその企業戦士への〝慰安〟のために、あのバブル的価値「くう・ねる・あそぶ」の酒池肉林的快楽主義が、八〇年代ニッポンをおおってゆく。

男たちばかりではない。女も慰安された。八〇年には女の性について語る『モア・リポート』が爆発的に売れた。それは七五年の『ＰＬＡＹＢＯＹ』による〈男の性〉快楽解禁に対抗する、〈女の性〉の幕開けを意味した。「抱かれる女から抱く女」への自由と自立（＝女の快楽主義）が叫ばれ、その代表ともいうべきあのセクシャルな赤い唇・松田聖子が〝嘘泣き〟デビューし、ノーパン喫茶やアルサロ・ピンサロ、夕暮れ族の愛人バンクに素人女性が堂々と進出する時代が始まっていった――すなわち、日本的封建を変革するという七〇年代の志は、男と女の快楽主義の波間に溺れ、雲散霧消したのである。

いくつもの忘れてはならない墓標に出会い、いくつもの血みどろな里程標を通りすぎてきた。最後の最後に、いま私は、『PLAYBOY』七九年三月号「ベトナムよ！　お前の革命はどこへ行ったのか」の頁をひらいている。サイゴン陥落五年後、共産党の弾圧をのがれて海を渡る大量のベトナム難民＝ボートピープルの悲惨を伝える緊急レポートだ。「世界的な反戦の嵐の中で勝利したベトナム革命とは一体何だったのだろうか」と記してある。私は、七〇年代『PLAYBOY』の珠玉をこの記事に求めたいのだ。

なぜなら、サイゴン陥落の二〇年後の一九九五年、私も「ベトナム統一・二〇周年記念式典」の取材に行って、はじめてこの眼でベトナムの現実を見た。ホーチミン市（旧サイゴン）の夜の街を徘徊《はいかい》する乞食のように貧しき人々と、ハノイの高級ディスコで踊り遊ぶ共産党幹部のドラ息子・ドラ娘の群れを見て、〝われらがベトナム社会主義〟が幻想にすぎなかったことを知った。涙が流れた。そして私もやっぱり思ったのだ、俺たちが全身全霊を傾けたベトナム反戦って一体何だったのかと……。

だから私は残り少ない最後のワイングラスをこの記事にささげ、こう結びたい。時代は「川の流れのように」流れ去っても、誌面に残された書き手と編集者の志は消えることはない。読む者の前に繰り返し蘇るのだと。

（00・6）

◎追録◎「亡霊」の帰国促したものは？（「うわさ」マガジンチェック／朝日新聞夕刊）

あのロッド空港乱射で観光客二四名を殺害した日本赤軍の女頭目・重信房子が、〃五体満足〃な笑顔で東京駅頭にもどってきた。週刊各誌は「なぜいま、帰国したのか」（「週刊朝日」一一月二四日号）と大騒ぎ。中東和平が進む中、暴力革命を叫ぶ日本赤軍は「行き場のないホームレス状態」（「Yomiuri Weekly」同二六日号）で、望郷の念にかられたという。

「逮捕覚悟の帰国」説が「アエラ」（同二〇日号）。「サンデー毎日」（同二六日号）は、「人民革命党」なる新組織の旗揚げが目的だったと、諸説ふんぷん。でもそれって、〃木を見て森を見ない〃論議だって気がする。だって重信の実像は、あの全共闘大学反乱で挫折してアラブに亡命した、日本《革命ロマン》のなれの果て。それがアラブでまた挫折して、再び暴力主義的な温床を求めて世界にさまよい出た、一個の革命亡霊にすぎない。

だから問題は、むしろわれらニッポンの側にある。この国は、バブル崩壊後、オウムや酒鬼薔薇《さかきばら》、バス・ジャックなどが横行し、企業リストラで中高年の自殺が相次ぐ、極めて暴力主義的な風土に変貌した。自衛隊を「軍隊」化する憲法改変の動きも急だ――そう、その暴力的風土が重信に帰国を囁《ささや》きかけたのだ。重信逮捕は、亡霊が寄り着くほど、この国の形がこわれ荒廃化していることをこそ物語っている。彼女の歌うリバイバルソングを〃時代錯誤〃だと、笑っている場合ではないのだ。

（00・11・20）

君が代の時代とガイドライン

●安室奈美恵とJ回帰●

「二〇〇〇年になって振りかえってみると、一九九〇年代の日本文化を『J回帰』という言葉で特徴づけられるのではないか」と、評論家の浅田彰が『VOICE』（二〇〇〇年三月号）のなかで書いている。音楽におけるJ–POP、文学におけるJ–文学、美術におけるJ–アートなど、日本的なるものへの回帰現象がおきているが、これは、いわゆるあの古びた〝花鳥風月〟的な日本伝統への回帰ではない。その回帰対象はあくまで「サブカルチャー」や『オタク文化』の日本」なのであって、表層的な回帰現象だとしている。九〇年代バブル崩壊・構造不況が続く中で、「世界資本主義への反発の方が前面に出て、『J回帰』につながっていった」。それは、グローバル化の波にさらされた日本が、文化のレベルで自閉してゆく姿で、トテモ情けない話だというのである。

こうした指摘自体は〝ああ、そうですか〟ぐらいの話ですんじゃうのだが、面白いのは、昨年の天皇即位一〇周年記念式典を見ていると、「天皇制さえ『J天皇制』に変質したかに見える」と述べている点だ。

式典では、首相のまわりをGLAYやSPEEDが囲み、元X JAPANのYOSHIKIが「奏祝曲」を演奏した。皇室の伝統的なイメージなどかなぐり捨ててでも大衆――とくに若者に迎合しようとするポピュリズムが、アルファベットだらけの「J-POP」で飾り立てられた「J天皇制」を生む。

私もあの一一月一二日の記念式典をテレビでずっと通して見ていたが、私の関心はGLAYやX JAPANといった〝J-POPの政治的利用〟の方向にはなかった。私の視線はずっと芸能人、スポーツ選手の間に並んだ沖縄出身の安室奈美恵の表情に注がれていた。さらに天皇ご夫妻が即位一〇年目にしてなお沖縄について言及するか、それとももう無視して語らずに終わるのかの一点に最大の関心を寄せていた。

安室奈美恵のことについては、後に記そう。天皇は会見で、昭和一二年、三歳の時に盧溝橋事件がおき、それから「戦争のない時を知らないで、育ちました」と戦争への哀悼の気持ちを表したあと、こう沖縄戦について言及した。

沖縄では、軍人以外の多数の県民を巻きこんで、悲惨な戦闘が繰り広げられました。その後、米国の施政下にあり……このような苦難の道を歩み、日本への復帰を願った沖縄県民の気持ちを、日本人全体が決して忘れてはならないと思います。

そして記念式典の会場では、一九七五年に天皇ご夫妻が沖縄県を初訪問（＝国際海洋博覧会）した際に詠《よ》んだ琉歌に皇后が新たに曲をつけた『歌声の響き』が演奏された。彼らは、即位一〇年目の隆盛を迎えてなお〈沖縄〉を手離すことはなかったわけである。

というのも、沖縄はご夫妻にとって、心の奥に隠された一種の〈聖地〉であったからだ。ふりかえれば、あの昭和天皇の在位期間はあまりに長すぎた。現天皇は四三年もの皇太子時代をすごし、平成王朝を引きついだ時にはもう頭は真っ白の白髪に変っていた。国民なら誰でも知っているあの宮中の〝美智子妃いじめ〟にも遭い、孤立して苦悩した皇太子時代だった。そうして昭和の偉大なる老王が〝万能の力〟をふるっていたとき、現天皇ご夫妻がたったひとつ心の拠り所としたのが〈沖縄〉である。ナゼなら、沖縄こそ、万能の王の最大の弱点・アキレス腱＝昭和天皇は毎年国民体育大会で各県を回るが、結果的には沖縄だけは足を踏み入れなかった。天皇制護持のための〈捨て石作戦〉として展開されたあの沖縄戦で、軍民で約二〇万の沖縄側犠牲者を出したからばかりではない。

一九四七年九月、敗戦した昭和天皇は、マッカーサー占領軍総司令部に対し、

（1）米国が沖縄その他の琉球諸島の軍事占領を継続するよう希望する。

（2）その軍事占領は、日本に主権を残したままでの長期租借《そしゃく》――二五年ないし五〇年あるいはそれ以上――の擬制《ぎせい》にもとづくべきである。

との対米メッセージを秘密裏に手交していた事実が今日では明らかになっている。天皇制の人柱となった沖縄への〝陛下の裏切り〟で、これではさすがの「昭和最大のスーパースター」も沖縄訪問に二の足を踏まざるを得なかったのかもしれない。八七年秋、重い病の床で〝思はざる病となりぬ沖縄をたづねて果さむつとめありしを〟と詠んで、その心の奥の苦衷《くちゅう》を吐露している。七二年の「沖縄復帰」への最大のプレゼントとして開催された七五年の「沖縄海洋博」には天皇名代として皇太子ご夫妻が派遣されたのも、そ

うした事情が背景に隠されていたのではなかったか。そして南部戦跡の「ひめゆりの塔」の慰霊に訪れたところで、沖縄過激派の〝火炎ビン〟襲撃を受ける。その皇太子受難は、本来なら昭和天皇に向かうはずのものだった。それをわが身におうことによって、皇太子ご夫妻は初めて昭和天皇への心理的優位を保つ位置に立てたと言ってよい。沖縄戦の死者と遺族の怨念は、ご夫妻にとっての〈聖痕〉となり、反戦平和の祈りの地・沖縄がお二人の〈聖地〉となった。つまり皇太子ご夫妻が事件のあと、琉歌を作って送ったほど沖縄にのめり込んだのは、日本の中で沖縄だけが老王の力の及ばざる地だったからである。例えば、その琉歌の一つがこうだ。

花よおしやげゆん　人知らぬ魂
戦ないらぬ世　肝に願いて

しかし、あれからもう即位して一〇年もたったのである。「日の丸君が代」法案も国会を通過し、天皇家はいま最も安定した〝わが世の春〟を迎えたはずだ。もう沖縄を〈聖地〉とせねばならない必要性は薄れている。天皇ご夫妻も沖縄を捨てるのではないか、昭和天皇の時のように……と、私は思ったりしたのだ。〈君が代〉の時代へと移行せよと、少なくともその国旗・国歌法も命じていた。だから私は、お二人が沖縄について言及するか否か、それがこの式典の最も重大なポイントだと考えていた。言及しなければ、それは現天皇「制」の変質だと。しかし、なんと天皇ご夫妻はこの式典の夜、ご自分の作詞・作曲の〈琉歌〉まで演奏させる〝離れ業〟をやってのけたのである。

実は私は、九九年八月「宇多田ヒカルと君が代の時代」(『週刊現代』・本書一八〇頁参照)という一文を書き、ニューヨーク生まれのスーパースター宇多田ヒカルが初アルバム『First Love』を七〇〇万枚売り上げ、その『Automatic』の可憐な歌声が日本中に流れる中で、『君が代』の歌の時代が強要されてゆく矛盾をこう指摘した。

好むと好まざるとにかかわらず到来する「君が代の時代」。それは一体どんな時代だろう? まずその「君」は「国民統合の象徴」天皇を指すと政府が明快に答弁しているのだから、それは戦後の国民の常識をくつがえすものとなる。なぜなら日本人にとって象徴天皇と平和憲法とはワンセットのものと一般的には考えられてきたからだ。

象徴天皇は、戦前の「現人神《あらひとがみ》」の神格性(=軍国主義)を否定して、「人間天皇」(=平和と民主主義)になられたという戦後的価値を内包していた。ところがいま、政府及び自自公は、ガイドライン関連法を通過させ、「米国の軍事行動への自動参加」(四月一九日付『朝日新聞』)を強いられる現実を新たに作り上げてしまった。「今度のガイドラインは、ごく大ざっぱにいうと、まさに戦争に参加する話なんです」(小沢一郎『正論』六月号)

いわば〝戦争する日本人〟の出現であり、そうなれば「国民統合の象徴」としての天皇もまた、Automatic(自動的)に〝戦争する天皇〟のお顔を持たねばならなくなる。私たち国民も、これからは和戦両用の〝鵺《ぬえ》のような〟天皇として、現天皇と美智子さまを仰ぎ見なければならなくなる。天皇概念の事実上の〝書き変え〟に等しい。果たして現「平和天皇」はそのことを御存知、または御承知なのか?

つまり「君が代の時代」とは、まず第一義的には、その「君」たる天皇御自身の〝人間としての意志〟がどこにあるのかサッパリわからないという形で幕を開けるのだ。一体そんな君が代ニッポンであって良いのだろうか。（八月一四日号）

それに対する現天皇ご夫妻の答えが、あの即位一〇年記念式典での「琉歌」の演奏ではなかったか。すなわちご夫妻は現在《いま》はまだ全面的に「君が代」の歌の時代に移行するつもりはない。〝私たちは、なお「平和天皇」の概念の中にとどまりたい〟という、あれは「君が代」の時代に対するお二人の〈返歌《かえしうた》〉だったと私は考える。そのために、お二人はわざわざ、あの老王に対して自らを対置させた時代の「琉歌」＝お二人のアイデンティティを象徴する〝平和の歌〟を持ち出し、それに新たな曲までつけて演奏させたのだろう。国歌「君が代」とは、現代民主主義ニッポンにとってまずなによりも"昭和天皇(戦前)の歌"だったからだ。お二人は、昭和天皇ではない、新しい天皇「制」を持とうと思いつづけている。そこには戻らないと。つまり国旗・国歌法案を成立させたり、森首相が「天皇を中心にする神の国」と発言したりするような国家主義的な政府・自民党と現天皇陛下の間には微妙なズレが生じている。

だから、浅田彰が記念式典のYOSHIKIの「奏祝曲」をみて、「若者に迎合しようとするポピュリズム」のJ天皇制の誕生だと考えたのは、半分は当っているが半分は勘狂っている。ポピュリズムは政府・自民党の方であり、天皇の方は、それが「開かれた皇室」の一例だと考えているまでの話だ。九九年一一月七日の『朝日新聞』は、こう伝えている。

天皇陛下は、皇太子時代の一九八七年に「現在の憲法に規定された天皇の地位は日本の伝統にふさわしい」と述べた。さらに「伝統的な姿とは」と問われ、「長い日本の中で一番長くあった状態」「平安以降」と答えている。

「象徴」として出発した天皇陛下には、帝国憲法下の明治・大正・昭和の前例をモデルにすることはできず、その視野は江戸以前の歴代天皇の姿にも広く向けられ、活動も多彩になっている。（社会部編集委員　岩井克己）

つまり天皇ご夫妻は、（いっくじけるかはわからないが）昭和にはもどらないというけなげな決意だけはある。しかし、未来像がわからない。だからJ天皇的衣装もまとってみるし、雲仙・普賢岳の被災民の前で「膝をついて」はげましてみたり、阪神大震災では美智子さまが、「ガッツポーズ」をとって被災者を元気づけたりしてみる。現天皇をJ天皇と評してみるのも悪くはないが、YOSHIKIの「奏祝曲」に対置された「琉歌」の意味を見落としてしまっては、あのお二人の立つ瀬がない。

さて歌手の安室奈美恵の方だが、彼女はあの時、その「琉歌」が意味する世界から最も遠い場所に立っていた。なぜなら、彼女は戦後沖縄の日本復帰運動あるいは反戦平和の反米・反基地運動、総じて沖縄〈民族〉ナショナリズムとでも呼ぶべきものから軽蔑され続けた「混血二世」（クウォーター）であり、ダンス・ミュージックという芸能の道を通じて東京フリーゾーンに脱出してきた一種の「逃亡者」だったからだ。拙著『ひめゆり忠臣蔵』（太田出版）に眼を通していただければわかるのだが、戦後沖縄で、米軍基地が生んだ混血児（ハーフ）ほど激しい嘲《あざけ》りといじめと差別を受け、生きることの暗黒＝闇の世界をさまよった人々はいない。ハーフの子供は、「アメリカに帰れ」と石を投げつけられ、取り囲まれては殴られ蹴られた。ハーフは米兵に肉体を売った売笑婦の子、民族の敵とされたからだ。九七年一一月一五日号の『週刊現代』は、安室の母親・恵美子（四七）の父親は「那覇の米軍基地のイギリス人軍属だった」と祖母・清子（七六）の話を載せている。清子は敗戦後、米軍基地の中で皿洗いの仕事をしていて、そのイギリス人軍属と同棲していて、恵美子を産んだというのだ。恵美子は『週刊現代』の取材に「父親がイギリス人だと初めて知った」と語ったというが、それはおそらく彼女が自分を混血ハーフに産んだ母親を呪い、長い間おのれの出生の秘密さえ知ろうとしなかったからではないのか――それぐらい沖縄の混血児差別は苛酷に米兵混血の子供たちを追いつめたのだ。安室奈美恵は、小学校五年生のときに早くも〝ダンス〟を職業に選んでいる。歌とダンスにのめり込み、中学のクラスメートから孤立していった時代を彼女はこう回顧している。

まわりの友達は、「そんなことやって何になるの?」って。もうしょっちゅう言われてた。そんなとき、……心の中ではいつも「覚えてろよー、おめぇら」って思ってましたね。（『ＢＡＲＴ』九六年八月号）

安室が〝歌とダンス〟に賭けてヤマトの首都・東京をめざしたのは、単なるアイドルへの憧れからではない。混血差別社会＝沖縄〈民族〉共同体への反逆を意味していたのだ。だからこそ、安室が、九五年『ＴＲＹ　ＭＥ～私を信じて～』で七五万枚を売り上げ、次々にメガヒットを連発、一気にアムラー世代の歌姫「教祖」の地位に駆けのぼった時、「琉歌」を源流とするウチナーンチュの沖縄〈民族〉音楽の側は、安室のダンス・ミュージック（東京ミュージック）を〝亡国音楽〟だと排撃したのである。

りんけんバンドのリーダーである照屋林賢にいたっては、「こんなことやってて何があるというの?」徹底した批判である。「こんなこと」というのは、欧米の追従をやっていては自分たちの文化が滅ぶしかないという意味である。（『鳩よ!』九六年九月号）

だからあの記念式典で、天皇ご夫妻が君が代の時代に向かって「琉歌」を対置させた時、安室はその琉歌世界から最も遠い場所にいて、こう発言したのだ。

黒いシックなスーツに身を包んだ安室は、司会の岩瀬恵子さんからマイクを向けられると、緊張した表情で「今日は、こういう日に、（両陛下と）一緒にいれて光栄に思っています」と短いが、心のこもったメッセージを両陛下に送った。（『サンケイスポーツ』）

考えてみれば、安室の運命を規定した〝混血差別〟の根源＝米軍基地の固定化は、あの昭和天皇の「米国の軍事占拠継続」要請の秘密メッセージからも発している。つまり〝混血の子〟が、彼らの運命の源流である天皇家の「天覧の場」に、独力で（スーパースターとなることによって）たどりつくまで、清子→恵美子（九九年三月、義弟の平良謙二によって惨殺）→奈美恵の母子三代の苦痛にみちた歳月を要したのである。

天覧の記念ステージに立つということは、怨讐を越えた彼女の〝晴れ舞台〟だった。だから彼女はあの時はじめて「逃亡者」としての歌声を捨て、琉歌でもない東京ミュージックでもない、いわば真裸な〝混血の子〟としての歌をうたったのだ。それは、言葉になることを拒否するほどに、深くて暗い〝沈黙の歌〟だった。国歌斉唱の時、安室は「君が代をうたわなかった」として、のちに物議をかもしたことの実相とはそれである。ひとりの混血の子が、沖縄の戦後史五五年間の重みをかけてうたったあの〝沈黙の歌〟を、天皇も沖縄も、すべての日本人は聴かなかったというのか。

その安室が、小室哲哉とコンビを組んで、「沖縄サミットの歌」をうたうという。小渕前首相からのたっての要請だったというから、今度は〈ヤマトの使者〉として沖縄の、あるいは世界の舞台に立つのである。その時でもなお、故郷を超え国境を超えた真裸な〝混血の子〟としての心の歌をうたい切れるかどうか、安室の性根が問われている――というわけで、話は今年の夏の沖縄「平和サミット」のことに移るが、いまの沖縄は決して「平和の島」ではない。小沢一郎が「戦争に参加する法案」と呼んだ日米ガイドラインによって、日本で最初に「戦争する島」になっている。

ガイドラインの骨子は、極東有事の際には自治体・民間が米軍の軍事行動に協力するというものだから、そのガイドラインに最初に協力させられるのは、アメリカ海兵隊基地のある沖縄に決まっているからだ。

この間サミット開催間近の沖縄を訪れてみた。那覇にある沖縄県庁にはサミット参加八カ国の旗やポスターが飾られ、職員はこの「美《ちゅ》ら島・沖縄」をアピールして世界中から観光客を呼ぶのだと張り切っていた。サミット首脳の会議場となる名護市の部《ぶ》瀬《せ》名《な》岬《ざき》でも、「万国津梁《しんりょう》館」の建設が急ピッチで進んでいた。万国津梁とは「世界の架け橋」という意味で、そこには小国とはいえど、一四～一六世紀には東南アジア最大の中継貿易拠点として栄えた「琉球王国」の栄光をとりもどしたい〈沖縄の心〉がこめられているのだという。しかし、その華やかで大袈裟なサミット効果の部瀬名岬から車で三〇分、広大な米軍基地キャンプ・シュワブとキャンプ・ハンセンの間の道を走り、島の反対側の辺野古崎近くに出ると、そこがいま普天間基地代替施設（ヘリ基地）移設決定で大揺れしている名護市辺野古《へのこ》地区だ。移設受け入れ派の岸本市長のリコール問題で名護市は真っ二つに割れ、賛否両派の板挟みになり、地区長が自殺未遂する騒ぎもおこっている。

なぜそんなに反対騒ぎがおこるのかというと、ここに作られるヘリ海上基地は、あの世界の紛争地域への殴り込み部隊・アメリカ海兵隊の主力輸送機で最新鋭のMV22オスプレイの出撃拠点になるといわれているからだ。在沖海兵隊（三〇〇〇名）の機関紙『オキナワ・マリン』（九月一一日号）によれば、垂直離着陸機V22オスプレイは「ヘリコプターより二倍速く、CH46中型輸送ヘリの三倍の積載能力、五倍の航続距離」をもち、「米海兵隊がV22で自力展開すれば、危機現場に船舶で展開するより一一〜一二日早く到着できる」（米海兵隊広報誌『マリン・コー・ガゼット』）という〝すぐれもの〟だ。「核・化学・生物兵器に対する防御を設計段階から採り入れている戦術輸送機としては、V22は米軍で唯一の機体」（同前）といわれる。ガイドライン専用の主力機だ。こんな恐るべき代物の出撃拠点となるのでは、普天間返還のねらいが基地縮小というよりは、最新鋭の軍事基地の建設＝日米安保の再強化だと反対派がいきり立つのも無理はない。事実、その極東有事のターゲットにされている中国、北朝鮮も心中おだやかではない。小渕前首相は、この平和サミットに中国を招待して〝アジアの視点〟を出そうと腐心していたが、中国指導者は一貫して消極的だった。

……会場が沖縄だということも影を投げかける。日米安保体制の象徴的な場所で、台湾問題とも密接に関連している。台湾海峡有事ともなれば、沖縄は対中戦略の最前線になりかねない。（二月六日付『朝日新聞』）

つまり沖縄はいま、部瀬名岬からは「平和」（サミット）のシグナルを発信し、すぐ向い側の辺野古崎からは「戦争」（ガイドライン）のシグナルをアジアに発するという、矛盾にみちた〝二足のわらじ〟をはいているのだ――こうした矛盾が物語っていることは、沖縄は常に日米という二つの大国の利害によっていいように翻弄されてきたということである。沖縄戦然り、米軍基地然りである。その小国としての運命《さだめ》は戦後五五年を経て、なお少しも変っていない。その悲運から脱出する道はないのだろうか。

私は戦後生まれの、いわゆる「全共闘」世代であるが、私たちが学生だった六〇年代後半、学生運動の中で流行っていたのは《琉球独立論》だった。かつて〈琉球王国〉であった沖縄は日本に復帰せず、共和国として独立し、米軍基地も廃棄せよという主張である。今回、私はその独立論をひっさげて、何人もの沖縄知識人との討論を重ねてきた。サミット効果で沖縄県は観光客が増えると喜んでいるが、はたしてそうだろうか。サミットが沖縄にもたらすものは、「戦争と平和」のさらなる分裂・矛盾の深刻化ではないのかと。その一人、九五年の「少女暴行事件」に端を発し、八万五〇〇〇人の「基地撤去」県民総決起大会に発展した、あの「代理署名拒否」闘争の指導者・大田昌秀前沖縄県知事との討論の一部をここに引用しておこう。

吉田　大田さんの本心はどこなんですか。沖縄はやっぱりある種の独立国的な魂をもたないと、本当はやってゆけないんじゃないですか。

大田　そうですね、沖縄の知的階層は普通、独立論をいわないんですけども、心の中にはほとんどの人がその願望をもっていると思いますよ。独立論には二つありまして、一つは感情的に、こんなにいじめられてやるよりは貧しくてもいいから自分たちでやってゆこうという説ですが、はたして今のような経済で自立できるだろうかというのが、沖縄の多くの人が独立論についてゆけない理由なんですよね。

ところが、理論的に学問的に、独立論を唱えているのが、アメリカのイリノイ大学にいる宮古出身の平恒次という教授なんです。彼は経済が専門で、経済的にもやってゆけると。

彼の発想は、武器をとって戦って旧宗主国から独立する東ティモールみたいのじゃなくて、日本の中でいろいろな工夫をして、日本政府が独立を認めざるを得ない状況に追いこんでいき、日本にも沢山の支持者を得てゆくという発想なんです。

吉田　大田さんが「代理署名拒否」でやったことじゃないですか（笑）。

大田　沖縄のインテリたちの独立したい、自立したいという想いは、まだ消えてない。自治労なんかの組織労働者たちは、特別県制をつくろうというのを、ずっと前からいっているわけですよ。そうするとまた別の連中が、「特別県制にすると沖縄だけ特別視されて、また逆に差別や偏見の対象になるから、そんなのやるべきじゃない」という言い方をするわけなんですが、私などはそれに賛成しない。むしろ特別県制みたいな、ある意味で形の変った独立を指向すべきだと。

ガイドラインがもたらすものは、〈戦争〉である。その最前線が沖縄だ。極東有事の時、沖縄が米軍の軍事行動に積極的に協力するか、それとも激しく抵抗するかで、次にその影響は本土の自治体・民間に直接波及するだろう。ガイドラインによって、沖縄と本土は運命共同体になったといってよい。しかしそれは必ずしも〈戦争〉共同体の成立ばかりを意味しない。切り返せば、それは沖縄との〈平和〉共同体の成立をも意味する。沖縄の基地労働者の抵抗と日本の平和を願う人々の《連帯》の力《パワー》がさらに深まることをさえ意味する。そう、私は決して悲観していない。ガイドライン＝君が代の時代という、〝国家主義〟の暗い影がのしかかりつつあるが、逆にこれまで心の中に秘していた思いを公然と外に出して行動する人々も増えているからだ。天皇ご夫妻はそれを「琉歌」という形で表現したし、安室奈美恵は混血の「沈黙の歌」でそれに応えた。大田昌秀は、これまでマスコミの前では決して認めなかった「沖縄独立論」をはっきりと口にした。『Ｊへの回帰』(浅田彰)という文化自閉現象とは、また一《ひと》意《い》味《み》異った〝時代の地軸〟が動き出している。勇気をもとう。戦争だけは、なにがあっても阻止しなければならない。

（00・7）

琉球にひるがえる赤旗と日の丸と星条旗
●沖縄サミット「観戦日記」●

夜中ルルルーッと電話が鳴って起こされた。環境保護の〝過激派〟団体グリーンピースからのファックスが飛びこんできたんだ。

「7月11日神戸発　本日11・40、グリーンピースの活動家4人は、大手合板製造業の永大産業がアマゾンから輸入した合板を入れた11個のコンテナを積んでいる『Ｍａｎｚａｎｉｌｌｏ』号に乗り込み、占拠した」

あらあら、どうも木材船一隻、乗っ取っちゃったらしい。二一日から開催される沖縄サミットに向けた、グリーンピースお得意の「海上示威行動《パフォーマンス》」だ。彼らは「世界に残された原生林の違法で破壊的な伐採に寄与しているＧ８諸国の企業」の代表として、日本の永大産業をターゲットに選んだのだ。事実、ブラジル政府は七月一〇日、永大産業の子会社、エイダイ・ド・ブラジル木材株式会社が違法に伐採された木材を使用したとして、八八万ＵＳドル（三四〇万ブラジル・リアル）を課税すると発表した、とある。

フ〜ム、すっかり眼がさめてしまった。ことはついでだから、今回の沖縄サミットに集まってくる海外ＮＧＯ（非政府組織）のなかでは最も名前が売れている、そのグリーンピースのお話からこのレポートを始めてしまおう。

グリーンピースは、八五年フランスのムルロア環礁での核実験を阻止するために抗議船「虹の戦士号」を出し、一説には仏政府の破壊工作によって爆破され、死者一名を出したことで有名になった〝環境過激派〟だ。虹の戦士とは、インディアンの予言で、「いまに、大地は荒れ、海は黒ずみ、川の水は毒になる。間に合わなくなる前に、インディアンは白人と手を携えて〈虹の戦士〉となり、戦争と破壊を終わらしめよ」というカッコいいお話から出ている。でもいまのグリンピースときたら、〈虹〉というよりは、核実験や原発、有毒廃棄物、大気汚染に原生林伐採など、「緑の地球」を破壊するものならとりあえずなんでも反対し、国を越え海を越えて攻撃する《大海原のバイキング（海賊）》みたいな国際組織（会員約五〇〇〇人）にふくれ上がっている。

日本では、反捕鯨キャンペーンで、悪名が高い。グリーンピースの女隊員が日本の捕鯨船に乗り込み、鎖で身体を船に縛りつけて抗議したからである。日本のイルカ漁にも猛反対し、伊豆半島あたりで「スト破り」ならぬ漁民の「網破り」をしばしば行っている。実は、今回の沖縄サミットが開催される名護市の名護湾でもイルカ漁がさかんだったが、一四～五年前、グリーンピースが「網破り」で抗議したことも大きく影響して、イルカ漁は中止に追い込まれている。

それまで名護湾のイルカ（ヒートゥ）漁は、沖縄本島の人たちにとって、一個の〝お祭り〟のようなものだった。漁師が大量の黒いイルカの死骸を浜辺に引き上げようとすると、黒山のように集まった近隣の村の人、町の人、はるばる山から下りてきた人々が、争ってその黒い遺体に手を触れる。触れた者は、漁に参加したものと見なされ、イルカ肉の分配にあずかれるからだ。大量に解体されたイルカから流れ出す血は、海を真っ赤に染めた。グリーンピースの眼には、それは〈大量虐殺〉にほかならなかったが、名護の漁民にとってはそれは〈海の神からの恵み〉であった。だから漁民はイルカに限って、自分たちの収穫物とせず、全住民に平等に分配したのである。

ヒートゥの寄らない不漁の年があると、名護の町長は気が気でなかった。神の御加護を持たない町長として人気がガタ落ちしたからだ――いま名護の〝祭り〟としてのイルカ漁は中止されたが、漁民は網にかかったイルカは、自分たちの収穫物として解体し、一族中で分け合って食べている。イルカは大量虐殺されることはなくなったが、その代わり〈神の魚〉からただの雑魚と同じ身分に転落したのである。

以前からこうしたグリーンピースと名護の人々との深い因縁があったから、私は今度の沖縄サミットで両者がどんな顔をして向かい合うのかを楽しみにしていたのだが、今夜とびこんできたファクスでグリーンピースは沖縄でのテーマを「原生林保護をG8に実行させること」一本に絞ったことがわかる。チョット残念、いや、大いに不満だ。不満の理由は、別にもうひとつあるからだ。そもそもグリーンピースにとって、沖縄は隠された、アイロニー（逆説）にみちた《聖地》のはずではないか。彼らの最初の指導者ジム・ボーレンはニューヨーク生まれで、「第二次世界大戦中米海軍の深海潜水員兼レーダー操作員として沖縄と硫黄島攻撃に参加した経験を持つ。アメリカが広島と長崎で原子爆弾を投下したときには沖縄にいた」（『グリーンピース・ストーリー』）

そしてその沖縄は、原爆の長崎投下に深く関与している。「長崎に原爆を投下したB29は、沖縄の伊江島飛行場に着陸。燃料補給してテニアン島に帰島した」（拙著『増補新版・ひめゆり忠臣蔵』）

つまり、核実験に反対するジムとグリーンピースの《内なる原郷》は沖縄にあるのである。彼らが今回のテーマを〈原生林保護〉一本に絞り、核兵器をもつといわれている沖縄の米軍基地への直接行動、あるいはなんらかの抗議アクションをおこさないとすれば、被爆日本人としては大いに不満なのである。

そのグリーンピースが、「原生林の保護をＧ８に実行させるため」、あの「虹の戦士号」に乗って、かの地オキナワにやってくるという。ひょっとしたら、沖縄でもド派手な〝示威行動〟をやらかしてくれるんじゃないか、な～んて思っていたのだが、まあその話は最後までとっておくとしよう。

〝元過激派〟の血がたぎる

というわけで、一口にサミットといっても、なにも森喜朗「神の国」首相やクリントン「ＮＭＤ（米本土ミサイル防衛）」大統領らＧ８首脳が集まる〈要人サミット〉ばかりとは限らない。グリーンピースのような環境過激派から、アフリカなど貧しい国々の債務（政府の借金）帳消しを求める非政府組織の連合体「ジュビリー２０００」（二〇〇〇年までに最貧国の債務帳消しを求める国際キャンペーン）のように、Ｇ８に〝お願いする〟立場の穏健派にいたるまで、日本人がその氏素姓もよく知らない有象無象のＮＧＯが世界中から集まる〈民衆サミット〉の側面も持っている。

そしてホンネをいえば、私たちはもうサミット要人たちの〝礼服を着たおしゃべり（共同声明）〟にはウンザリなのだ。「密室五人組」の森首相になにを期待し得ようか。イラクやユーゴを爆撃して回り、いまＮＭＤで世界の軍事システムまで一挙に無効化しようとしている超軍事帝国のクリントン大統領が、沖縄戦の犠牲者をいたむ「平和の礎《いしじ》」の前で行う〝平和への祈り〟ほどしらじらしいものはまたとあるまい。

彼らがこれまで考えたことで、私たちの暮らしが悪くなることはあっても、良くなったことなんてあるだろうか。あったら教えてくれ。そんな〈要人サミット〉につきあうよりは、外国からやってきた白、黒、黄色のNGOと日本国内の平和、環境、女性運動の面々が出会い、互いに「なぜお前は、ふつうのサラリーマン生活に満足できず、世界の不幸を背負ったような、やくざなボランティア稼業をやっているのか」を語り合う、少しは人間の血の通った〝民衆のおしゃべり〟につきあうほうがずっと面白いではないか。

たとえば私は、グリーンピースを悪名高い〝過激派〟と書いた。しかしいまから約三〇年前、この私自身、水俣病の反公害運動で活動し、チッソ東京本社を一カ月にわたって占拠した「東京・水俣病を告発する会」の責任者だった。〝反公害過激派〟と呼ばれていたのである。

けれどいま日本国内を見わたして、グリーンピースに匹敵する〝元気のある〟環境運動が果たしてあるだろうか。心底、世界のNGOから刺激を受けたいと思う。だから私がこれから一週間、かけ足でレポートしてゆく沖縄サミットの最終ゴールは、七月二二日のG8首脳会議ではない。七月二〇日、沖縄の反基地運動と本土のNGOと海外NGOが手を握り、米軍嘉手納基地を「人間の鎖」で包囲する民衆総決起大会のほうである――。

7月13日　暑いっ！　真夏の太陽がギラッギラの沖縄だ。でも、なんだかチョットおかしいのだ。那覇の繁華街・国際通りを歩いている観光客の数が異常に少ない。観光土産物店や琉球料理と泡盛の飲食店はガラ空きで、悲鳴をあげている。サミット開催で観光客がドッと押し寄せると思っていたら、まったく裏目に出て、収入はどこも例年の半分だというのである。「沖縄の観光は冬が短いから、夏場の稼ぎで冬場をのりきるんです。今年は、冬に倒産する店がかなり出る」と、商店街の人々は嘆く。

観光客激減の原因は、たったひとつ。二万人を優《ゆう》に越える警察の史上最大の過剰警備体制からきている。

本土から警備にやってきた警察官が那覇のホテルをほとんど独占的に借り占めて、観光客の泊まる部屋がなくなってしまったのだ。でも警察官で埋まっているのならホテル側はニコニコで文句ないだろうと思うと、ドッコイ、警察は予算が少ないから「部屋代まけろ」「お国のための仕事だ」とゴネまくる。ホテルも泣く泣くダンピングで、さっぱり儲かってない。

サミット会場のある名護市に至る主要道路には装甲車が辻々に並んで車輌検問を繰り返すから、連日交通は大渋滞。ムーンビーチなどの海水浴場には観光客が寄りつかずカンコ鳥が鳴いている。海上警備船で漁ができない漁民も休業中。どこに行っても警察の眼が光っていて、沖縄弁護士会が「人権侵害になるような違法捜査、過剰検問をやめろ」と抗議声明を発表する騒ぎなのだ。「サミット、早く終われ」の怨嗟の声が、那覇の街中にあふれていた。ただ「それを表だって発言すれば、『非国民』扱いされるから、みんな我慢しているだけ」（三宅俊司弁護士会副会長）なのである。

「警官二万二〇〇〇人、車両三〇〇〇台の体制で…、サミット主会場の万国津梁館や晩さん会が開かれる首里城の警備に当たる。海上警備は…巡視船艇約一四〇隻、航空機二二機の態勢で備える」（沖縄タイムス）「防衛庁は、化学兵器によるテロなどに備え、陸上自衛隊の化学防護隊を派遣する。…陸海空自衛隊（計約八六〇〇人）に、要人に対する儀じょうや輸送、護衛艦やP3C哨戒機による沖縄周辺の警戒監視…命令を出した」（琉球新報）

結局、「まあまあの景気です」とニヤついているのは、歓楽街・波の上のソープランド街だけである。昼に非番となった警察官たちが〝暑気払い〟にと、若いソープ嬢めがけて「大勢いらっしゃいますから」というのだ。こ〜んなサミットってあったもんじゃない。グリーンピースは一隻木材船を占拠しただけだが、日本の警察は沖縄本島ひとつ丸ごと占拠して乗っ取っちまったのである。沖縄サミット最大の〝過激派〟とは、「警察」のことだ。

7月14日　警察がこんな「史上最大の作戦」を展開しているのは、ひとつは「NGO対策」のためである。最近のNGOは、インターネットを通じて、世界のどこにでもただちに結集できる力を強めている。

九九年一一月、米国のシアトルで開催された世界貿易機関（WTO）閣僚会議に、欧米の環境団体や産業保護を求める労働組合、農業団体、遺伝子組み換え食品反対の市民グループ、動物愛護団体などの雑多なNGOが集まって大規模な抗議デモを行い、州兵が出動するほどの暴動に発展、結局、閣僚会議は決裂に終わり、〈新しい風が吹いた〉と言われた。それに先立つ九九年六月のドイツのケルン・サミットでは、ジュビリー2000を中心とした五万人の人々が「人間の鎖」で街を包囲、G7首脳に七〇〇億ドルの債務救済策を約束させる成果をあげている。警察は、この〈新しい風〉を吹かすことができる海外NGOの力と、日本の環境団体や反基地平和勢力などの国内NGOが、沖縄で結合することを恐れているのだ。

貧困と戦う戦士たち

でもNGOって、本当にそんなスゴイのか⁉　どんなメンバーが集まっているのか。沖縄大学で「国際環境NGOフォーラム」というのをやっていたから、チョットのぞいてみた。

最初に会ったイキのいい若者が、飯野暁（東大法学部三年）だ。長髪頭をタオルでしばり、Tシャツを汗でびっしょり濡らしながら、フォーラムの裏仕事に懸命のボランティアだ。

「ボクが環境NGOに入ったのは、いまの日本人の消費者生活って本当は非人間的なものじゃないか、って思うようになったからなんだ。ビル・ゲイツもITベンチャーも興味ないね。ボクは環境NGOやって、日本のラルフ・ネーダーになるんだ。ネーダーってカッコいいだろ。アメリカ消費者運動の先頭に立って、絶対妥協しない。理想の炎を燃やして、その炎で若者をひきつけてるじゃないか」

おいおい、こりゃイイぜ。久しぶり、こんなハッキリ物を言う若者に出会った。これは相当に期待できるゾと思って三〇〇人くらいいるフォーラム会場に入ってビックリしたね。

「この小さな沖縄の島に、巨大な軍事基地を負担させるために、大国の指導者が集まっております」

ナンテ、開会のあいさつをやっているのは、宇井純・沖大教授じゃないか。宇井は確かに七〇年代反公害運動の先頭に立って「日本のラルフ・ネーダー」と呼ばれた男だが、今じゃもうその道の〝最古参〟だ。そして同じく最古参で水俣病の権威である熊本大の原田正純も陣取っている。三里塚「実験村」の農民グループの顔も見える。

おーいおい、どこが〈シアトルの新しい風〉なんだ？　こりゃみんな、昔から顔見知りのメンバーばかりじゃないか！　さらに驚いたことには、このフォーラムの舞台裏を仕切っていたのは、沖大教授の桜井国俊だった。桜井とは「東京・水俣病を告発する会」で同じ釜の飯を食った仲である。三〇年ぶりの出会いだった。

「おい、お前、いままで、どこで何をしていたんだよ」と、私たちは肩を抱き合った。桜井は、東京告発を離れてから、WHO（世界保健機構）の環境衛生士となり、一家で南米のペルーに渡り、五年間ペルーの劣悪な「飲み水、ゴミ、下水処理」の改善に務めたという。その後、アフリカやマレーシアを渡り歩き、第三世界の貧困をつぶさに体験した。

「この一〇年、ユーゴのような悲惨な内戦が連続しているが、戦争がおきているのはみんな極貧地帯だ。戦争の根としての『貧困』を絶たなければ、いくら抽象的に平和を訴えても戦争はなくならないんだ。日本の政府が送り出す協力隊は、その戦争と貧困の危険地帯の中には決して入ってゆかない。そこに入ってゆけるのは、真のボランティア精神をもったNGOしかいない。NGOは、〝貧困と戦う戦士〟なんだと、オレは思っている」

国際色豊かな会場の壇上では、キリスト教の白い修道女服をきたフィリピンのシスター、マリア・アイダ・ベラスケスが、国境を越えて活動するTNC（多国籍企業）＝エリート主義的経済グローバル化の罪悪について演説していた。

「TNCが世界の富の二五パーセントを支配し、たった一〇〇の会社が世界の貿易の七〇パーセントをにぎっています。金持ちがますます金持ちになり、貧乏人はますます貧乏になる。三〇年前、フィリピンには、ストリートチルドレンの問題はありませんでした。ましてや、子供による売春などもありませんでした。それらは、グローバリゼーションとともに現われ、大きくなっています」

ここには古い型の民衆運動と新しいNGOの姿が混在し、ぶつかり合っていた。七〇年代の水俣病は基本的には日本国内の環境問題であり、その運動も反政府、反国家的色彩が濃かった。しかし九〇年代はソ連邦の崩壊によって、世界は単一的な資本主義が支配し、国境を越えて資本が大量に移動できる世界市場主義のシステムに変化した。そのために、地球全体を支配する「世界資本」TNC（多国籍企業）と、それを支える「世界権力」としてのG8（サミット）が登場してきたというわけだ。これが、いわゆる「経済グローバル化」である。当然ながら、これまでの民衆運動も国内的なレベルにとどまれず、世界権力G８を相手に「地球環境」を守る運動に変化した。

　こうして現れてきたのが、インターネットを使って世界中のどこにでもリアルタイムで結集できるニュータイプの国際NGOなのである。そのかわり、日本では水俣病一本で徹底的に国家権力と戦うという激しい「告発型」の運動は影をひそめた。

　実際、この沖大フォーラムには、川口順子環境庁長官から「国際NGOフォーラムのご成功をお祈りします。環境問題への取り組み方は異なっても、事態の改善を図るべく力を合わせて、行きましょう」という、メッセージが寄せられていた。政府から祝電メッセージが届く反権力運動なんて、あるわけがない。熊大の原田正純は、「いまは環境問題が広がって、『ホタルを守れ』みたいな、小市民的なものまでNGOだと言っている。私は古いかもしれないが、政府と対決してラジカルに戦わなければ、NGOの存在意義はないと思う」と言って嘆いた。

　そんなふうだから、沖縄サミットでは外務省が名護市に「NGOセンター」を設置している。NGOメンバーは、簡単な個人情報を聞かれ、写真入り入館証を国から支給されて、そのパソコンつきのセンターで、記者会見を行うのである。「NGOはなぜ自分たちで独自のセンターを作らないのか」と、いぶかる声も起こっている。

　確かに三〇年ぶりの桜井の話は、私の心を強く打った。シスター・マリアのフィリピン演説も深く心に残った。しかし、そのお話は、あくまで沖縄大学という、沖縄では指折りのエリートだけに許された〝特権的空間〟の中での感動の物語だった。大学の外に出れば、那覇の街は二万人の警官隊に取り囲まれ、「サミット早く終われ」の怨嗟の声にみちている。〝民衆のおしゃべり〟を聞きにきたが、やっぱりおしゃべりしているバヤイじゃないなと思った。「書を捨てよ、町へ出よう」という詩人・寺山修司の古めかしい言葉を想い出した。

会場の外で、金髪で見上げるほど長身のグリーンピース・ドイツの森林担当、マーティン・カイザー（三五歳）に会った。マーティンは、一〇代の時から「森の国ドイツ」の森林問題を憂えていて、大学の修士論文のテーマは「森林」だったという。

「あの永大産業のコンテナ占拠、その後どうなった？」

「副社長が、違法木材買うのをやめると約束したぜ」

「えっ、そんなすぐ、たった一発で勝利しちゃったのかい」

私はおどろき、マーティンはニコニコした。（※後で、調査し直したところでは、永大側は「約束してない」と言を左右にしている）

「どうだい、グリーンピースは二一日からのＧ８首脳会議に今度はどんな素晴らしいプレゼントをするんだい？」

「計画は決まっているけど、まだいまは言えないよ」

当然だ。仕方ないから、私はマーティンのそばにいた通訳の女性（三二歳）に、こんな質問を放《はな》ってみた。

「あなたは、どういう思考のすえ、こんな〝過激派〟のグリーンピースに入ったんだい？」

「学生時代、自分がどんな人間なんだと、悩んでばかりいた。セミナーなんかに行って。他人を踏みにじってまで生活したくない。企業の歯車にはなりたくないって、ずーっと思っていた。食品関係の会社に二カ月つとめて、やめて、この世界に入ってきたの。親は怒りまくってね、『出て行け』って。『お金にならないことをやめろ』って。勘当状態だった。グリーンピースに入っているってのは、いまでも内緒(笑)」

相変わらず、旧態然の日本的親子関係でございます。

今度のサミットには千数百人の外国人が沖縄入りしているが、ナイジェリア、ウガンダ、ハイチ、フランスなど最も国際色ゆたかな動員力を誇っているのは、ジュビリー2000だ。ジュビリー2000のマッカーティン・ポールと語り合った。ポール（オーストラリア）は、聖コロンバン会（本部・アイルランド）の四六歳の司祭である。もちろん独身。

「貧しい国々の莫大な借金というのは、オイルショックで大もうけした中近東の石油産出国が、そのオイル・マネーを欧米の銀行に預けたことから起こったんです。銀行はその余剰資金の使い道に困って、南の貧しい国々に貸した。決して貧しい国の救済のために貸したのではない。それに借金国はもう元金は支払い済み。利子が高すぎて、借金が増えているだけなんです」

要するに、国際的な〈サラ金地獄〉におちいっているのである。私は、明治時代、秩父の貧窮農民が「借金棒引き」の徳政令を求めて武装蜂起した「秩父困民党事件」をダブルイメージした。ジュビリー2000は、カトリック・プロテスタントを中心とした宗教者の非暴力運動の色彩が濃いが、〝G8よ、世界的な徳政令を施行せよ〟という主張は、十分にうなずけるものだ。だって、世界中の債務国では、借金返済のため、子供の安全対策の予算が削られ、「一分間に一三人の子供が〝債務死〟している」のだ。

沖縄NGOに見たもの

7月15日そして20日　沖縄でも子供、とくに少女の安全が脅かされていた。九五年には、あの米兵による少女暴行事件が発生し、「基地撤去」県民総決起大会(八万五〇〇〇人)が開かれた。当時の大田昌秀・沖縄県知事は、その反基地の住民パワーをバックに「代理署名拒否」の反乱を起こし、日米安保体制は危機に陥った。そのときの亀裂を修復し、県民を慰撫するために、日米両政府は今世紀最後のサミット開催を沖縄にプレゼントするという手を打ったのである。沖縄サミットの生みの親は〝少女暴行〟なのだ。

そしてその因縁を象徴するかのように、サミット直前になってまたまた海兵隊員の少女わいせつ事件が発生した。県民は再び怒り出し、一五日に緊急の県民総決起大会が五年前と同じ宜野湾市海浜公園で開催されたのだ。

もちろん私も参加したよ。だって、それは、沖縄NGOがいまどのくらい「世の中を変革」する力量をもっているかを示すバロメーターだからだ。けれども参加して見た現実は〝いささか無惨〟だった。

会場には炎天下七〇〇〇人もの人々が集まり、反戦地主会や国公労、名護市議会や琉球新報労働組合などの赤旗が林立していた。しかし、どの顔も、労組員のおじさんおばさんの顔ばかり。「少女わいせつ」なんだから、若い女性の意見をと思って、会場内を隅から隅まで探して回ったんだぜ、あのクソ暑い陽ざしの中を。一人もいないんだ。若い娘が。二〇分かけて、やっと一人見つけた！　思わず走り寄って、「今日参加されたお気持ちを……」と言いかけたら、そのチョット目きれいな女の子、「スミマセン。わたしも〝取材(メディア)〟なんです(笑)」。その先に小柄な女子高二年生がうずくまっていた。母親と一四歳と八歳の一家連れ。

「お母さんに無理やり連れてこられたの。米兵わいせつは、基地も近し、恐い。でも、学校じゃ友達の間でもこんなこと、話題にもなんないよ」

「だから、こういう所に来て、学ばなきゃいけないんでしょ」

母親に叱られて、女子高生はまた顔を足の間に落としてうずくまった。

別におじさんおばさんの大集合だから、ダメだと言っているワケじゃない。ここには〈沖縄NGO〉と言うべき新しい息吹きがどこにも感じられないのだ。この「わいせつ糾弾」大会を主催したのは連合沖縄などだが、正面壇上に大田前知事が現れると万雷の拍手と声援がゴォーッと巻きおこったことでわかるように、ここに集まっている人々は、大田支持の労働組合運動の固まりなのだ。その本質は、「沖縄復帰」運動をリードしてきた教職員組合や旧・社共型の古びた革新運動である。五年前の「少女暴行糾弾」大会では太田と並んで壇上に立ったはずの、現在の沖縄県知事・稲嶺恵一（自公支持）が今回の「わいせつ」大会への参加を拒否したのは、そのためだ。もっとハッキリ言えば、沖縄の反基地・反戦平和運動は常にこうした〝自民vs.旧・社共型の票のつぶし合い〟を軸に展開しており、市民的NGOがその間に割って入る余地はきわめて小さい。

だから当然、この大会には海外NGOの姿も、本土NGOの姿もなかった。彼らはソッポを向いて、那覇や名護にそれぞれ小さな会場を借りて自分たちのシンポジウムや手前勝手な講演会を開催して、いわゆる〝民衆のおしゃべり〟に余念がなかった。「書も捨てず、町にも出ない」のである。かくて赤旗七〇〇〇人は、〈沖縄NGO〉という新しい名称で呼ばれることもなく、気高いがむき出しの「孤高の集団」となったのである。地元紙、沖縄タイムスでさえ、この大会は「革新勢力の域を出ず」と評したくらいだ。

〈シアトルからの風〉なんて、どこにも吹いていなかった。なんだかこの三日間で、七〇年代のあの水俣病闘争の日々から今日までを一気に歩き通してしまったような気がした。通りの観光土産物屋さんの店頭からは、いくつもいくつも、あの沖縄のクオーター（混血）歌手、安室奈美恵が歌うサミットのテーマ曲『NEVER END』が聞こえてきた。

ずっと奇跡だった
ずっと描いていた
やっと解かってきた
きっと大事なこと
Never End　Never End

こうした労組主体の沖縄NGOの「限界性」は、〈民衆サミット〉のピークである二〇日の「嘉手納基地包囲行動」（主催・基地はいらない人間の鎖県民大行動委員会）の中で、さらに鮮明に浮き彫りにされた。なぜなら、その包囲行動は二万七〇〇〇人（主催者発表）を集め、極東最大の米軍基地の金網フェンス沿いに一七・四キロの長い「人間の鎖」を作り上げて《勝利宣言》を発したが、その鎖の主力部隊は、一五日に結集した「気高い、孤高の集団」が最大動員したものだったからだ。

なるほど、今度は「爆音訴訟」の地元市民グループもジュビリー2000を中心としたNGOも参加していた。本土からやってきた学生過激派のNGOもいて、「サミット粉砕!!」の旗もはじめて公然と林立した――しかし、何事も起こらなかった！　包囲行動は、この集団の統制下に進められ、二万七〇〇〇人はそれぞれに沿道に向かって気勢をあげ、三度手をつないで「鎖の輪」を作り上げ終わると、そそくさと帰り支度をはじめ、次々に貸し切りバスに乗って帰ってしまった！　つまり、お手手つないで、民衆の〈おしゃべりサミット〉はあっけなく終わったのである。

私は唖然とした。〈シアトルからの風〉を受け、日本の警察が緊迫し、世界中のメディアが〈NGOサミット〉に注目する中、この気高い集団は、動員数の多寡を競って勝利宣言する戦後労働運動の悪弊をためらいもなく実行し、二万七〇〇〇人が集まって何事か〈新しいNGOの流れ〉を生み出すという絶好の機会を葬り去ってしまったのである。二万七〇〇〇人で勝利なら、日本の警察は二万二〇〇〇集まっている。在沖米軍だって二万七〇〇〇だ。なによりもドイツのケルン・サミットを包囲した五万人の「人間の鎖」は、G7首脳に七〇〇億ドルの債務救済策を約束させる成果をあげたではないか。沖縄〈民衆サミット〉は、G8首脳に何を約束させたというのだろう？

サミットを食った魔物

7月21日　いよいよG8首脳が沖縄に飛来し、〈要人サミット〉のおしゃべりが始まった。クリントン大統領は、沖縄戦の犠牲者をいたむ摩文仁の「平和の礎」の前に立ち、日米同盟によるアジア地域の平和と安全のため「沖縄基地は不可欠」と演説し、最後に琉球王朝の尚泰王の『命《ぬち》どぅ宝』を引用し、「尚泰王の歌が、ここにいる私たち全員の祈りであり、目標であります」

と述べた。『命《ぬち》どぅ宝』こそ、ここ一〇年、沖縄の反基地・反戦勢力が「沖縄の心」として世界中に発信し続けてきた言葉だった。沖縄はいま、サミットという名の下に、本島を日本の警察に乗っ取られ、反戦の最も大事な旗印をクリントンに乗っ取られているとの観が深い。

しかしたったひとつ、クリントンが「平和の礎」の前で演説している頃、サミット会場のある部瀬名の海の沖にあの「虹の戦士号」(五五五トン)が姿を現わした。ようやくG8首脳への〝グリーンピースからのプレゼント〟が届いたのである。彼らは原生林を違法伐採しているロシア製の木材をG8のもとに運ぼうとして果たさず、エンジン付きのゴムボートでサミット会場から南約八〇〇メートルのビーチ内に強行突入。日本人を含む男女四人のメンバーが逮捕された。更に、

「記者会見で、森林担当のドイツ人のマーチン・カイザーさんは『G8は、二年以上前に原生林保護の問題を取り上げる約束をした。今回のサミットでぜひこの問題を首脳らにつきつけたい』と話した」(沖縄タイムス)

その記者会見に私は立ち会えなかったが、マーチンはその時でもあのニコニコの人なつっこい笑顔を絶やさなかっただろうか。

そうそう、その後、ジュビリー2000も、G8首脳が採択したIT憲章に対して「私たちがほしいのは、コンピューターではなく、食べ物と薬だ」と抗議して、名護市の海岸でパソコン一台を焼いたってのもあったっけ。

でも、それだけだ。経済グローバル化が引き起こす不正、不幸、腐敗、不平等を許すな——という、ケルンとシアトルから吹いてきた新しい風は、沖縄上空でとまどい、たゆとうて、行き場を見失った。その

ことによって、戦後ずっとこの島を取り仕切ってきたあの気高くも古い魔物は、なおしばらく生き残るだろう。沖縄サミットで真に勝利したのは、森首相でもクリントンでも日本の警察でもない。その古い魔物なのだ。

（00・9）

〈あとがき〉ボム・ド・パンからの別れの挨拶

『明日があるさ』という坂本九のリバイバルソングが若者の間で流行っている。坂本がこの歌をうたったのは、一九六三年。「明日」という言葉には、高度成長期の市民の確固とした〝未来への希望〟がこめられていた。

でもいまこのデフレ不況のなかで、明日への希望なんてホントにあるのか？　またゾロ不良債権を明日に先送りするための〝現実逃避の歌〟に聞こえてしかたがない。歌ばかりではない。書物のほうはもっと暗うつにこのデフレ不況の時代気分を映し出している。

例えば第一回のホラー・サスペンス大賞に選ばれた『そして粛清の扉を』は、女教師が自分のクラスの暴走族や援交少女の生徒全員をピストルで皆殺しにしてしまうという、ハチャメチャな〝逆ギレの物語〟である。失われた一〇年――変わるに変われない閉塞ニッポンを変革するにはもう血みどろのテロリズムしかないという大衆の小暗い「変革願望」が逆立ちした形で描かれている。

またベストセラーになった『東電ＯＬ殺人事件』では、高級ＯＬと娼婦という二重性をもって殺された被害者と自分を二重写しにして「私も渡辺泰子だ」と言い出す女性が続出、犯罪現場の渋谷円山町の〝名所めぐり〟まで発生した。被害者は深い父親コンプレックスにとらわれ拒食症に追い込まれた〝病んだ精神〟の持主だったと作者の佐野眞一は書いている。

歌と書物が描き出した二一世紀初頭のわれらがニッポン像とは、現実とリアルに格闘するよりは殺人願望や精神病理のなかに退行してゆく《おビョウーキ日本》といってよかった。

それはあながちブッ飛んだ指摘ではあるまい。昨年一年をふりかえれば「我、革命を決行す！」とか「人間を壊してみたい」とかデングリ返った破壊と変革を夢見るバス・ジャックなどの少年「殺人」犯罪が立て続けに、騒々しく、ド派手に勃発したじゃないか。《おビョウーキ日本》解禁の年だったといってよい。

少年犯罪の裏側をのぞけば、その日本人のおビョーキ精神がいったいどこから生まれてきたのかが見えてくる――というのも、それらの犯罪は、家庭内暴力やひきこもりなどの〈家庭崩壊のトウラマ〉が原因だという精神心理学的分析がまかり通っているが、本当にそうだろうか？

家庭崩壊したら家庭は一種の〝廃墟《はいきょ》〟だ。廃墟で人は暮らせない。子供がひきこもるのは、そこが廃墟ではなく、親の「無限抱擁」（愛情と金銭）によって外部社会から可愛い子供を守る防波堤となっているからだ。むしろ子供にとって住みやすい天国となっているせいだ。そこでは子供は「オレを産んだ親がみな悪い」と暴れてさえいれば、社会に出て働かなくても食ってゆける。リアルな現実と格闘せずに済む一個の「内弁慶」＝家庭内〈暴力の王〉が誕生する。だから少年犯罪を生んでいる正体は、家庭崩壊というより、過剰な「家庭依存症」にほかならない。

それは、多くの若者がフリーターの道を選び、両親の家でぶらぶら徒食したり、三〇代四〇代の会社行きでも親離れしないという昨今のパラサイト・シングル（寄生虫）現象と同根の問題なのである。

そうした依存精神は、子供や若者たちにだけ流行っているのではない。企業倒産・リストラ続きのこのデフレ不況下で、大手銀行への公的資金の大量注入や公共事業の前倒し、中小企業への〃倒産予防〃の融資要求など、大人の親たちの精神構造もいまはひたすら国家という「公」への依存度を深めているからだ。

大人たちもこの大量リストラ（↓四〇～五〇代中高年男性の大量自殺）の現実と格闘することなく、国家が「そのうちなんとかするだろう」と嵐の過ぎるのを首をすくめて待っているのだ。

こうしてあなたもわたしも「家族依存症」「国家依存症」のなかから、戦わない、怠惰な、過剰願望型の《おビョーキ日本》が生まれてくる。そしてその行き着く先が、現在の田中康夫長野県知事フィーバーや自民党総裁選に見られるような選挙〈変革〉幻想だ。

しかしそれは政治家や行政トップの首をすげ替えさえすれば世の中が変わるという、またひとつの「政治家依存症」につながるだけだ。その道を選ぶかぎり、私たちを最後に待っているのは、「閉塞ニッポンに風穴を開ける男」と呼ばれるような、反米・反中国を叫ぶ危うい「ウルトラ・ナショナリスト」だろう。

そう、私たちはいまアジアやグローバリズムのなかで日本がどこに向かおうとしているのか、その重大な分かれ道に立っている。まずはこの《おビョーキ日本》の根源にひそむ「家庭依存症」の芽を踏みつぶすところから始めねばなるまい。

若者よ、家を捨てよ。苦しくとも、親を捨てて自立しよう！　と呼びかけたい。若者の自立への巣立ちが、親たちをはげますだろう。

（01・5・9）

［初出一覧］（発表順）

94/11/26『図書新聞』「民衆」という死語
96/9『文学界』「遊民」のバーチャルランド
97/4『UNO！』「在日・日本人」聖子への、ある嫌悪感
97/4/7『アエラ』三池閉山
97/4/12『図書新聞』コギャル・マゴギャルの援助交際
97/5/27『東京新聞』ノンフィクション評判記『萬屋錦之介』等
97/6『文学界』村上春樹「アンダーグラウンド」を読む
97/11/18・19『山形新聞』思想するやまがた「私の視座と現代への問い」
97/12『文学界』もう一人のフランク——村上龍『イン　ザ・ミソスープ』と酒鬼薔薇事件
98/10『論座』証言型ノンフィクションの終焉
99/1『現代』「歌舞伎町＝恐怖伝説」のベールを剥ぐ
99/8/14・28『週刊現代』宇多田ヒカルと君が代の時代
99/10『現代』ヒロシマの夏、まやかしの「平和」の夏
00/1『文芸春秋』グラビア/事件「農村崩壊」
00/2/21『アエラ』現代の肖像「宮崎学」
00/2/23　・3/8『実話プレス』渥美清
00/3/22『実話プレス』北野武
00/6/12『アエラ』現代の肖像「つんく」
00/6『PLAYBOY』「さらば、ゲバルトの季節、ようこそ快楽の宴」
00/7『草思』J天皇と安室奈美恵とガイドライン
00/9『現代』沖縄NGOサミット「観戦日記」
00/11/20『朝日新聞』（夕刊）「うわさ　マガジンチェック」「亡霊」の帰国を促したものは？
01/3/12『アエラ』現代の肖像「田口ランディ」
01/5/9『東京新聞』（夕刊）「これでいいのか　おビョーキ日本」

「あなたは男でしょ。強く生きなきゃ、ダメなの」

二〇〇一年七月一〇日　第一刷発行

著　者　吉田　司　Tukasa Yoshida ©

一九四五年山形市生まれ。早大中退。在学中から小川プロで「三里塚の夏」などを制作。七〇年から水俣に移住、水俣病患者と若衆宿を組織。その記録をまとめた『下下戦記』が大宅壮一ノンフィクション賞受賞。著書に『ひめゆり忠臣蔵』『宮澤賢治殺人事件』『ビル・ゲイツに会った日』『スター誕生』などがある。

装丁者　菊地信義

発行者　内川千裕

発行所　草　風　館

東京都千代田区神田神保町三―一〇

tel 03-3262-1601 fax 03-3262-1602 http://www.sofukan.co.jp e-mail:info@sofukan.co.jp

印刷所　松沢印刷